UN PROTECTEUR POUR JOSIE

FORCES TRÈS SPÉCIALES : ALLIANCE

TOME 3

SUSAN STOKER

Un paradis pour Lexie

Un paradis pour Kenna

Un paradis pour Monica

Un paradis pour Carly

Un paradis pour Ashlyn

Un paradis pour Jodelle

Sauvetage à Eagle Point

Un sauveteur pour Lilly

Un sauveteur pour Elsie

Un sauveteur pour Bristol

Un sauveteur pour Caryn

Un sauveteur pour Finley

Un sauveteur pour Heather

Un sauveteur pour Khloe

Le Refuge

Un soutien pour Alaska

Un soutien pour Henley

Un soutien pour Reese

Un soutien pour Cora

Un soutien pour Lara

Un soutien pour Maisy

Un soutien pour Ryleigh

Silverstone

Pour la confiance de Skylar

Pour la confiance de Taylor

Pour la confiance de Molly

Pour la confiance de Cassidy

Delta Force Deux

Un refuge pour Gillian

Un refuge pour Kinley

Un refuge pour Aspen

Un refuge pour Jayme

Un refuge pour Riley

Un refuge pour Devyn

Un refuge pour Ember

Un refuge pour Sierra

Forces Très Spéciales : L'Héritage

Un Sanctuaire pour Caite

Un Sanctuaire pour Brenae

Un Sanctuaire pour Sidney

Un Sanctuaire pour Piper

Un Sanctuaire pour Zoey

Un Sanctuaire pour Avery

Un Sanctuaire pour Kalee

Un Sanctuaire pour Jane

Mercenaires Rebelles

Un Défenseur pour Allye

Un Défenseur pour Chloé

Un Défenseur pour Morgan

Un Défenseur pour Harlow

Un Défenseur pour Everly

Un Défenseur pour Zara

Un Défenseur pour Raven

Ace Sécurité

Au Secours de Grace

Au Secours d'Alexis

Au Secours de Bailey

Au Secours de Felicity

Au Secours de Sarah

Forces Très Spéciales Series

Un Protecteur Pour Caroline

Un Protecteur Pour Alabama

Un Protecteur Pour Fiona

Un Mari Pour Caroline

Un Protecteur Pour Summer

Un Protecteur Pour Cheyenne

Un Protecteur Pour Jessyka

Un Protecteur Pour Julie

Un Protecteur Pour Melody

Un Protecteur pour l'avenir

Un Protecteur Pour Les Enfants de Alabama

Un Protecteur Pour Kiera

Un Protecteur Pour Dakota

Delta Force Heroes Series

Un héros pour Rayne

Un héros pour Emily

Un héros pour Harley

Un mari pour Emily

Un héros pour Kassie

Un héros pour Bryn

Un héros pour Casey

Un héros pour Wendy

Un héros pour Mary

Un héros pour Macie

Un héros pour Sadie

Un héros pour Annie

Autre

Un moment suspendu : Recueil de nouvelles

AUDIO

Un paradis pour Élodie

CHAPITRE 1

Nate Davis alias « Blink » proférait un juron, allongé au sol, juste là où les ravisseurs l'avaient jeté, roué de coups puis, heureusement, laissé seul.

Il pouvait affirmer que sa seconde mission en Iran avait été un merdier, tout comme la première, lorsque ses coéquipiers avaient été tués et blessés.

Non, ce n'était pas vrai. Cette fois, l'équipe était allée au bout de son objectif, trouver et descendre les terroristes, ce pour quoi on les avait envoyés. Et étrangement, Blink n'était pas furieux d'avoir été retenu prisonnier. Probablement parce qu'il avait fait ce qu'il n'avait pas réussi à effectuer la dernière fois ici.

Sauver ses coéquipiers du SEAL.

En tout cas, il l'espérait. Ils avaient été encerclés sans aucun moyen de s'échapper. C'était du déjà-vu. Mais il avait décidé que cette fois-ci ce ne serait pas comme la précédente. Même en sachant exactement ce qui arriverait – qu'il serait soit capturé ou tué – Blink avait pris la fuite.

Il avait seulement prié pour que les membres du SEAL aient honoré son sacrifice et fait ce qu'il fallait pour qu'ils puissent s'échapper.

Alors non, Blink n'était pas en colère maintenant qu'il était un « invité » des Forces armées iraniennes. Il s'était fait à sa décision, car cela voulait, par chance, dire que des hommes bien survivraient. Ses actes avaient été une mission suicide. Lui aussi voulait vivre. Grâce à beaucoup d'introspection après sa dernière mission en Iran et avec l'aide de son thérapeute, il avait compris que ce n'était pas parce que ses amis étaient morts que cela signifiait que sa vie à lui était également terminée.

Sauver Remi avait aussi contribué à cette prise de conscience. S'il n'avait pas été au bon endroit au bon moment, elle serait morte. Et de voir son chef d'équipe, Kevlar, si heureux avec Remi, l'amour de sa vie, avait renouvelé la détermination de Blink quant à se servir de son expérience et de ses capacités pour aider les autres.

Aujourd'hui comme à l'époque, un sixième sens profondément enfoui en lui lui hurlait que ce qu'il avait fait devait arriver. Comme c'était ringard ! Mais Blink ne pouvait rejeter le sentiment qu'il était pile là où il devait être à cet instant.

Ce qui était ridicule. Quelles personnes sensées pensaient qu'être enfermé dans une cellule avec des séances de torture au programme par ceux qui l'avaient traîné ici était le destin ou une autre merde du genre ?

Un bruit fit tourner la tête de Blink, mais il faisait sombre dans la cellule et il ne voyait rien. Il nota que ça lui faisait mal de tourner le cou. Ses côtes étaient également douloureuses, mais il ne les pensait pas cassées... pas encore. Le sang coulait de son bras et de sa tempe, aux endroits où il avait été frappé, et il avait soif. Tellement soif ! Mais il était en vie. C'était tout ce qui importait.

Un membre du SEAL n'en laissait jamais un autre derrière lui et il ne doutait pas que quelqu'un viendrait pour lui. Il devait juste endurer ce que ces enfoirés lui balanceraient en attendant. Il ne doutait pas de pouvoir le faire, il s'était entraîné pour ça. Pour être un Prisonnier de Guerre. C'était assez tordu, mais c'était comme ça que le monde – *son* monde des Forces spéciales – fonctionnait.

Au début, Blink n'avait pas été emballé d'apprendre qu'il devait s'attendre à porter un traceur, comme s'il était un foutu chien ou autre, lorsqu'il avait rejoint sa nouvelle équipe du SEAL. Mais aujourd'hui ? Ses lèvres se retroussèrent vers le haut, en un sourire satisfait. Un homme nommé Tex se trouvait quelque part, à observer, probablement déjà en train de planifier son sauvetage. Blink détestait que quelqu'un d'autre doive mettre leurs vies en danger pour sauver sa putain de peau, pourtant il ne pouvait s'empêcher d'éprouver de la reconnaissance.

Il entendit quelque chose à nouveau et il réalisa qu'il s'était perdu dans ses pensées un moment. Il le faisait beaucoup désormais. C'était la seule chose qui le maintenait sain d'esprit quand il pensait à ce qui était arrivé à ses anciens amis et coéquipiers.

Se forçant à rester dans le moment présent, il plissa les yeux, tentant à nouveau de voir dans le noir. Il y avait un tout petit peu de lumière provenant du bas de la porte qui entrait dans cette prison de fortune. Il n'avait pas remarqué grand-chose quand on l'avait traîné à l'intérieur... deux cellules, pas de fenêtre, l'odeur de moisissure, de mildiou et une autre, sans doute peu surprenante, d'une odeur corporelle. Il y avait une porte menant dans cette pièce et quand ses ravisseurs étaient partis, elle s'était refermée en claquant avec une finalité qui aurait engendré la peur chez la plupart des prisonniers.

Le bruissement reprit et Blink s'écria :

— Il y a quelqu'un ?

Il n'eut aucune réponse.

Mais il n'avait pas imaginé ce bruit... Dans un grognement, il fit de son mieux pour s'asseoir. Ses poignets étaient menottés à une chaîne entourant ses chevilles. Soulagé de ne pas être pieds et poings liés dans le dos, Blink chancelait, tentant d'identifier ce qu'il avait entendu dans la cellule à côté de la sienne.

Se servant de son épaule pour essuyer du sang coulant de sa tempe, il attendit que ses yeux s'ajustent plus pleinement à l'obscurité. Deux minutes passèrent avant que quelque chose ne finisse par se préciser.

Blink n'était pas certain de ce qu'il était en train de regarder... Un animal ? Un enfant ? Ce qu'il y avait dans la cellule d'à côté ne parlait pas. Ne bougeait pas du tout. C'était recroquevillé tout au fond dans le coin, portant quelque chose... peut-être du marron ou du noir.

— Bonjour ? Vous comprenez l'anglais ?

Toujours aucune réponse. Blink posa la même question en espagnol, en français, en allemand puis en arabe. Il ne parlait aucune de ces langues, mais les avait suffisamment étudiées pour être en mesure de poser une question simple.

Peu importait ce que c'était, ça ne prononçait pas un mot. Ni ne faisait un seul mouvement.

Blink soupira et se rallongea sur le sol de béton. Sa tête le lancinait de douleur. Il avait sûrement imaginé ce qu'il avait cru voir. Il était éveillé depuis quarante-huit heures et avec les coups qu'il avait reçus en parallèle avec le manque d'eau – ou de nourriture d'ailleurs – sa corde était prête à céder.

De plus, ça n'avait pas vraiment d'importance qui ou quoi était dans l'autre cellule. C'était aussi fichu que lui.

Fermant les yeux, Blink s'autorisa à se détendre pour la première fois en une semaine. Il devrait peut-être rester éveillé, explorer sa cellule, voir quelle faiblesse il pourrait découvrir, essayer de trouver un plan d'évasion. Mais menotté comme il l'était et avec ses réserves au plus bas, il n'irait nulle part. Pas maintenant.

Dormir un peu afin de pouvoir être aussi préparé que possible lorsque ses sauveurs arriveront était la meilleure chose à faire pour le moment. Et si les tortures qu'il savait imminentes commençaient avant son sauvetage, il devait se tenir prêt. Et cela voulait dire laisser son corps se recharger autant que possible en dormant.

***

Josie England fixait l'homme dans la cellule à côté de la sienne. Cela faisait si longtemps – combien de temps *exactement*, elle n'en avait aucune idée – qu'elle n'avait entendu personne parler anglais ! Ni même quelqu'un lui parler sans crier ou lui donner d'ordre.

La première chose qui était sortie de sa bouche avait été le juron commençant par P, après que leurs ravisseurs l'avaient laissé seul dans la cellule. Ce qui avait amusé Josie autant que cela l'avait surprise. Puis, quand il avait demandé s'il y avait quelqu'un, elle avait *voulu* lui répondre. Mais elle n'avait pas pu. Elle avait bien ouvert la bouche pour parler, mais rien n'en était sorti. C'était comme si ses cordes vocales étaient gelées.

Quand elle avait été prise en otage, elle avait hurlé. Puis supplié et imploré. Mais rien de ce qu'elle disait ou faisait ne faisait la différence pour les hommes qui l'avaient emmenée.

Les souvenirs ressurgissaient tandis qu'elle observait l'homme dans la cellule d'à côté, s'allonger et fermer les yeux.

Ayden, son petit ami, était militaire. Lors de son temps de repos au Koweït, il l'avait suppliée de prendre un avion pour le rejoindre. Les choses entre eux n'allaient plus très bien depuis longtemps, mais Josie n'avait pas voulu lui envoyer une lettre de rupture pendant sa mutation. N'avait pas souhaité rompre avec lui alors qu'il avait besoin de se concentrer sur ce qu'il faisait.

Elle lui avait dit non ; c'était trop dingue pour elle de traverser la planète en avion pour aller le voir durant une brève pause, mais il s'était montré extrêmement insistant. Il avait même parlé à sa propre sœur et sa mère pour tenter de la convaincre. Geneviève – ou Gen comme elle aimait être appelée – et Millie avaient réussi là où Ayden avait échoué. Gen, la sœur d'Ayden, lui avait tout raconté sur son voyage pour aller voir son frère quelques mois avant. Elle avait rendu ça si merveilleux... et parfaitement sécurisé. Et Josie était d'accord sur le fait que visiter une partie du monde qu'elle n'aura sans doute plus jamais l'occasion de voir était plutôt sympa.

Alors, elle avait dit oui.

Même si son instinct lui avait hurlé de ne pas y aller, elle avait pris congé de son travail et était montée dans un avion.

Même en sachant qu'Ayden couchait avec une femme de son peloton, elle était quand même partie.

Au début, les choses s'étaient bien déroulées entre eux. Elle avait même reconsidéré sa rupture avec lui. Mais au bout de quelques jours, il était redevenu celui qu'elle avait appris à connaître durant leur relation : égoïste, méprisant, vaniteux.

Quand il lui avait suggéré de faire un tour en bateau afin qu'il puisse lui montrer les environs, Josie était déjà à bout de ses « vacances. » Même si cela n'avait pas été le cas, elle n'aurait pas trouvé qu'un tour en bateau était une bonne idée. Elle en savait suffisamment sur la zone pour être consciente que les eaux encerclant le Koweït n'étaient pas tout à fait prudentes. Bien entendu, Ayden s'était juste moqué et l'avait prise de haut. Lui avait dit qu'elle ne savait pas de quoi elle parlait. Qu'elle était une pantouflarde qui n'était jamais allée nulle part, qui ne savait rien du monde.

Pour finir, il lui avait mis la pression. Elle était montée sur le bateau qu'il avait loué pour la journée, vêtue de son bikini et de son paréo, prétendant que tout allait bien. Sauf que non. Ayden avait piloté dangereusement, avait frimé, voulant voir à quel point il pouvait se rapprocher de l'Iran.

Stupide. Tellement *stupide* !

Le moteur avait lâché, il avait été incapable de le redémarrer... et ce qu'il s'était passé ensuite, c'était qu'un bateau était venu les rejoindre, rapidement. La peur avait pétrifié Josie. Les hommes sur le bateau ne leur avaient donné aucune chance de parler ni de faire grand-chose.

Ayden avait levé les mains pour montrer qu'il n'était pas armé... et avait été fusillé sur place.

Deux hommes étaient montés à bord, avaient jeté le corps d'Ayden dans l'eau et avaient traîné Josie sur *leur* bateau avant de retourner d'où ils venaient.

Josie avait craint d'être agressée, abasourdie par ce qui était arrivé à Ayden. Elle les avait suppliés de la ramener. Leur avait dit qu'elle ne savait rien, qu'elle n'était personne, mais tous les hommes avaient ri. Quand ils étaient arrivés à un quai délabré, ils l'avaient hissée à terre, se moquant de lui faire mal tandis qu'ils la portaient et la traînaient à travers les rues de la ville. Elle avait perdu ses tongs en chemin et les cailloux sous ses pieds avaient causé des contusions et des coupures qui avaient mis des semaines à guérir.

Ils l'avaient conduite dans la cellule où elle résidait toujours et l'y avaient jetée, visiblement amusés par la terreur sur son visage. Quelques hommes étaient entrés pour la frapper tout en lui hurlant dessus. Josie avait crié et supplié, en vain.

Le seul point positif dans tout ce supplice, était qu'elle n'avait pas été violée. Elle ignorait pourquoi... Elle supposait que ça n'avait pas d'importance. Les hommes l'avaient laissée sur le sol en béton tout comme l'homme désormais dans la cellule à côté de la sienne, saignant de ses blessures.

Quelqu'un était revenu le jour suivant, lui avait balancé une petite tasse en métal accompagnée d'un morceau de pain. Il était revenu plusieurs fois les semaines suivantes, mais après, les visites à sa cellule avaient entièrement stoppé. Josie ne savait pas pourquoi. C'était un soulagement... mais pas de visite voulait dire pas de nourriture.

Mesurant un mètre cinquante, Josie n'avait jamais été une grande personne... Désormais sans nourriture – elle ignorait depuis combien de temps – avec seulement de l'eau coulant très lentement du mur jusqu'à sa tasse pour l'abreuver, elle n'avait plus que la peau sur les os.

Le bikini, qui lui allait si bien à Vegas quand elle l'avait acheté, pendouillait sur sa silhouette décharnée. Le mignon petit paréo rose qui l'avait rendue si jolie était en lambeaux, déchiré. Il avait désormais une couleur de boue, les bretelles spaghettis glissaient de ses épaules osseuses.

Quant à ses cheveux... Josie ne voulait même pas imaginer de quoi ils avaient l'air. Les mèches blondes étaient couvertes de terre et Dieu savait quoi d'autre provenant du sol de sa prison. Elle avait fait de son mieux pour les peigner avec ses doigts afin de les empêcher de s'emmêler, mais plus elle restait là, plus elle s'en moquait. Ses ongles de mains et de pieds étaient cassés et avaient le dessous recouvert de saleté noire.

Elle n'était que la carcasse de la femme qu'elle était autrefois.

Plus animale qu'humaine.

Elle allait mourir ici. Un jour, ses ravisseurs viendraient et seraient surpris de trouver un cadavre dans la cellule. Ou peut-être pas. Peut-être que c'était leur objectif depuis le début. Ce n'était pas comme s'ils pouvaient obtenir de l'argent d'elle. Ou l'utiliser comme monnaie d'échange avec une personne retenue en otage aux États-Unis. Elle n'était qu'une simple touriste stupide qui avait commis l'erreur colossale de monter sur ce fichu bateau avec un soldat prétentieux.

Elle s'était demandé plus d'une fois ce qu'enduraient Millie et Gen... On avait dû leur apprendre maintenant qu'Ayden avait disparu. Ses amis avaient-ils dit à leurs officiers supérieurs que lui et Josie étaient allés faire un tour en bateau ? Le savaient-ils seulement ? Le bateau avait-il flotté jusqu'aux eaux koweïtiennes ? La mère d'Ayden avait-elle dit à quelqu'un qu'elle était allée rendre visite à son fils ?

Josie l'ignorait complètement... Millie n'avait jamais beaucoup aimé Josie, bien qu'elle ne sache pas pourquoi. Josie travaillait dur, s'occupait de ses affaires et se montrait polie envers tous ceux qu'elle croisait. Et pourtant, Millie ne s'était pas prise d'affection pour elle. Peut-être estimait-elle que personne n'était suffisamment bien pour son fils. C'était logique, supposait Josie, étant donné le fait qu'Ayden avait toujours été un fils à maman.

Le bruit de l'homme dans la cellule d'à côté qui ronflait légèrement ramena Josie au présent. Elle avait tendance à se perdre dans ses souvenirs et ses pensées... car qu'avait-elle d'autre à faire ? Le temps passait lentement ici. Elle ignorait si c'était la nuit ou le jour. Elle pouvait entendre la vie se dérouler comme d'habitude au-delà des murs de sa prison. Les premiers jours de son incarcération, elle avait crié, hurlé, essayé d'attirer l'attention de quelqu'un, mais cela fit seulement revenir l'un de ses ravisseurs pour lui hurler dessus... et une autre fois, entrer dans sa cellule pour la rouer de coups. Cela avait mis fin à tout désir d'attirer l'attention sur elle.

Il y avait longtemps que ses yeux s'étaient ajustés à la faible lumière et Josie pouvait voir l'homme assez distinctement. Elle pensait être devenue à moitié taupe aujourd'hui, à vivre dans le noir et la saleté.

L'homme avait une barbe qui n'était pas assez touffue pour dater de plusieurs semaines, une moustache et des lèvres relativement pleines. Il avait de longs doigts et de larges biceps. Il portait un tee-shirt, un pantalon de camouflage et c'était tout.

L'attention de Josie se porta sur ses orteils ; c'était stupide, mais sa peau semblait rougeoyer. Il n'était pas couvert de terre comme elle. Il semblait... propre. Et regarder ses pieds propres serra le cœur de Josie. Il faudrait peu de temps avant qu'il ne devienne sale comme elle.

Il semblait être quelqu'un d'important. Et il avait des menottes. Alors les hommes qui l'avaient amené ici devaient avoir un peu peur de lui. De ce qu'il pouvait faire.

Tandis qu'elle observait, il se lécha les lèvres dans son sommeil et gémit légèrement, remuant sur le sol en béton.

Le goutte-à-goutte de l'eau dans sa petite tasse attira le regard de Josie. Elle était presque pleine. Ça avait pris deux jours pour la remplir totalement. En général, elle essayait d'attendre afin de pouvoir tout boire d'un coup et faire croire à son ventre qu'elle lui avait donné de la nourriture.

Cet homme n'avait pas de fuite de son côté. Pas de tasse pour récupérer d'eau.

Mais il avait sûrement eu de la nourriture et de l'eau. S'il était important comme elle le pensait, leurs ravisseurs auraient pris soin de lui s'ils avaient voulu l'échanger contre un prisonnier politique ou bien le garder en otage contre une rançon.

Toutefois... Une inquiétude était bloquée dans ses tripes, lourde comme une bille de plomb. Et si ce n'était pas le cas ? Et s'ils le laissaient là comme ils avaient fait avec elle ? Avec ses mains menottées à ses chevilles, il ne pourrait pas bouger beaucoup. Et un homme aussi grand que lui aurait besoin de se sustenter davantage qu'elle pour rester en vie.

Ce n'était pas juste.

Qu'elle soit là. Qu'elle ait été laissée là pour pourrir. Que cet homme ait été capturé. Rien de ce qui leur était arrivé n'était juste. Et Josie sentit la colère monter en elle. Elle avait supprimé cette émotion avec les semaines. Supprimé *toute* émotion. Parce qu'être en colère ou effrayée ou ressentir *toute* émotion intense n'aidera en rien sa situation. Être désespérée et en colère et terrifiée ne lui avait valu que des coups. Alors elle avait appris à ne rien ressentir. À ne penser à rien. Elle comptait le nombre de gouttes d'eau qui tombaient dans sa tasse pour se divertir.

Mais voilà que l'arrivée de cet homme faisait ressurgir ses émotions. C'était dérangeant et effrayant. Josie n'aimait pas ça. Elle voulait que cet homme *parte*. S'en aille. Qu'il soit emmené et qu'il ne revienne jamais. Elle savait à quoi s'attendre dans ce trou à rat quand il n'y avait qu'elle. Mais avec son arrivée, elle sentait profondément que tout allait changer.

Elle ne savait simplement pas si ce serait pour le meilleur ou pour le pire.

Le temps passait et Josie gardait les yeux rivés sur l'homme. Elle mémorisa la forme de son visage, le fait qu'une oreille était un peu plus grande que l'autre. Le fait que sa barbe était pleine et, contrairement à d'autres hommes, peu fournie. Le motif que dessinait son sang en coulant de sa tempe à ses cheveux. La façon dont son gros orteil penchait légèrement sur son pied gauche, mais qu'il était bien droit à son autre pied.

Elle n'avait aucune idée du temps passé à observer l'homme, mais c'était suffisamment long pour qu'elle le connaisse de toute part. Désormais, elle pourrait le rencontrer dans la rue des années plus tard et elle le reconnaîtrait immédiatement. Son esprit cataloguait chaque détail, les mettait tous de côté. Pourquoi ? Elle l'ignorait. Mais ça paraissait... important.

Soudain, la porte de la prison claqua contre le mur et l'homme ouvrit grand les yeux.

Et pour une raison quelconque, ils se rivèrent à elle.

Bleus. Ses yeux étaient bleu clair. Ses cheveux étaient brun-roux. Et avec la lumière qui se déversait, elle vit qu'il avait des taches de rousseur. Beaucoup. Sur chaque parcelle de peau qui n'était pas couverte de barbe. Les ravisseurs se dirigeaient vers la cellule de l'homme et parlaient, prononçant des mots que Josie ne pouvait comprendre. Toutefois, l'homme ne les regardait pas. Son regard restait posé sur elle. Étudiant Josie aussi attentivement qu'elle l'avait examiné pendant qu'il dormait.

Aucun des deux ne parla à voix haute et pourtant, c'était comme s'il pouvait voir dans son âme. Son âme noire, flétrie, complètement ravagée.

La porte de la cellule de l'homme s'ouvrit et soudain, les ravisseurs furent là. Le hissant sur ses pieds, le malmenant, le poussant vivement vers la porte.

Josie perdit brièvement le contact visuel avec lui, mais quand ils le traînèrent devant sa cellule, il tourna la tête et la regarda une fois de plus. Elle était encore réfugiée dans le coin, faisant de son mieux pour rester hors de vue, pour ne pas attirer l'attention des hommes qui mettraient aisément fin à sa lutte pour survivre, elle en était sûre.

— En piste, dit-il avant de lui faire un clin d'œil.

Ce mec avait fait un *clin d'œil* ! Comme s'il était en train de s'amuser ! Mais le sang sur son visage était réel. Il était facile de lire dans ses yeux la douleur que ses geôliers lui avaient infligée, en tout cas selon elle, car elle avait vécu la même chose.

Puis il fut parti. La porte était refermée et elle se retrouvait une fois de plus dans le noir. Josie ouvrit la bouche pour hurler, pour dire à l'homme d'être fort, pour dire *quelque chose*... elle ne savait pas trop quoi. Mais une fois de plus, rien ne sortit. Uniquement un grognement sourd.

Ayant l'impression d'avoir déçu l'homme pour une raison, Josie se pelotonna à nouveau. Elle ignorait complètement s'il reviendrait ou non. Elle réalisa que la présence de cet homme avait sans doute été sa seule chance de parler à un autre humain anglophone avant de mourir. De dire à quelqu'un qui elle était, d'être une personne une dernière fois. Et elle avait tout foiré.

Le chagrin la submergea et elle tenta de l'atténuer, en vain. Les émotions, c'était nul. Être insensible rendait cet enfer plus facile à supporter. Levant la tête, elle fixa l'endroit où l'homme avait été allongé dans sa cellule. Elle pouvait voir la zone plus sombre sur le sol, là où le sang avait coulé.

Sois fort, pensa-t-elle. *Ne les laisse pas gagner.*

Puis elle ferma les yeux et fit de son mieux pour se remettre à compter les gouttes d'eau. C'était mieux que de penser à ce que l'homme devait être en train de subir.

CHAPITRE 2

La torture, ça faisait chier.

C'était la pensée principale de Blink tandis que ses ravisseurs usaient de leurs poings pour le frapper. Puis ils passèrent aux bâtons, lui frappant la plante des pieds, les faisant saigner tout en se moquant et ricanant.

Sa seconde pensée majeure, c'était une *femme* dans la cellule à côté de la sienne. Pas un animal. Pas un camarade militaire prisonnier. Mais une femme. D'abord, il avait cru que c'était un enfant. Mais alors qu'il l'observait, il avait réalisé que c'était une adulte. Elle était mal nourrie, sale et la personne la plus maigre qu'il avait vue de sa vie.

Pourtant, ses yeux l'avaient informé qu'elle était alerte. Qu'elle n'avait pas encore succombé à la torture qu'ils lui avaient infligée. Et ce fait donna à Blink la force de résister à ce qu'ils étaient en train de lui balancer.

Il savait qu'ils ne faisaient que commencer. Il comprenait comment ça se passait, d'être Prisonnier de Guerre. Il avait été entraîné pour ce moment. C'était naze et aucun Marine ne voulait jamais être dans cette position, mais il ne craquerait pas.

Cela avait duré plus longtemps que ce qu'il avait espéré,

mais ses kidnappeurs finirent par s'ennuyer, se fatiguer ou éprouver le besoin de faire autre chose. Il ne savait pas quoi et il s'en fichait. Tout ce qu'il l'intéressait, c'était d'avoir un répit. Blink ne doutait pas qu'ils recommenceraient bientôt, mais peu importait. Il ne dirait rien à ces enfoirés sur le lieu d'extraction prévu pour son équipe ou si les SEALs chassaient d'autres cibles de grande valeur.

Ils avaient réussi à lui briser un doigt ou deux, à lui ouvrir la lèvre et la brûlure de cigarette sur ses chevilles et ses pieds lui faisait un mal de chien, mais rien de ce qu'ils avaient fait l'empêcherait de marcher quand le moment sera venu. Même les blessures sur ses plantes de pieds ne l'empêcheraient pas de sortir ses fesses de là. Avoir confiance au fait qu'il serait secouru aidait Blink à compartimenter ce qui arrivait à son corps.

Penser à la femme dans la cellule jouxtant la sienne lui occupait également l'esprit pendant qu'il était battu. Pourquoi était-elle dans cette cellule ? Depuis combien de temps ? D'où venait-elle ?

Il avait trop de questions et aucune réponse. Il était impatient qu'on le ramène à sa cellule. Pas pour panser ses blessures ou dormir, mais pour parler à la femme.

Blink s'assura de pousser un gros grognement quand il fut jeté une fois de plus au sol de sa cellule, mais ses yeux cherchèrent immédiatement la femme dont il avait eu un aperçu un peu plus tôt.

Elle était au même endroit. Ne donnait pas l'impression d'avoir bougé d'un pouce. Recroquevillée en une petite boule, les genoux remontés et les bras autour d'eux, blottie dans un coin. Et comme plus tôt, elle le regardait comme si elle pouvait voir toutes ses pensées les plus intimes. Ses yeux bleus plongèrent dans les siens tandis qu'il était de nouveau enfermé à clé dans sa cellule.

Aucun de ses geôliers n'avait même regardé dans la direction de la fille en quittant la pièce, claquant la porte derrière eux, ce que Blink trouvait étrange. Il avait encore plus envie de savoir à quelle affaire elle était mêlée.

Un gémissement de douleur lui échappa quand il se déplaça sur le sol dur. Il ferma les yeux un moment, faisant le bilan de ses blessures. Il avait mal partout, mais il survivrait. Vivrait pour être torturé une journée de plus, ce qui était le but, il en était sûr. Mais chaque jour qui passait le rapprochait du sauvetage. Blink en était persuadé. Les secours arrivaient, il devait juste tenir bon jusqu'à ce qu'ils soient là.

— Je suis Blink, dit-il à la femme, sa voix paraissant résonner dans la pièce autour de lui. En réalité, mon nom est Nate, mais les gens m'appellent Blink.

Il patienta, mais n'obtint aucune réponse.

— Quel est ton nom ?

Toujours rien. Il soupira.

— Tu peux me comprendre ?

Blink attendit... et là, il l'eut. Un hochement de tête si infime que certains auraient pu le confondre avec le fait que la femme remuait légèrement. Mais il prit cela pour ce que c'était, la reconnaissance de ses mots.

Cela le remplissait de joie même s'il était désolé pour elle. Et bien qu'il détestait qu'elle soit dans cette situation – et elle l'était de toute évidence depuis un long moment si son apparence était un indice –, il était plus curieux, maintenant qu'il savait qu'elle comprenait l'anglais. Qui *était* elle ? Comment avait-elle atterri ici ?

Mais il ne s'attendait pas à avoir la moindre réponse. Pas maintenant en tout cas. Elle était clairement traumatisée, ce qui n'était pas une surprise. Ce n'était un endroit pour personne, encore moins pour une femme aussi menue qu'elle. Elle donnait l'impression qu'une forte brise pourrait la renverser. Il avait remarqué la façon dont ses clavicules étaient protubérantes sous sa peau, dont ses joues étaient creusées. Ses bras étreignant ses genoux si fort qu'ils semblaient être la seule chose qui la gardaient en un morceau.

Blink prit une décision ; il ne la quitterait pas. Les sauveteurs ne s'attendraient pas à libérer une deuxième personne, mais il n'était absolument pas le genre d'homme à abandonner n'importe quel être humain dans ce trou.

Plus il restait allongé là sur le sol dur et froid, plus son corps le lancinait. Il tuerait pour avoir de l'eau maintenant. Ou même ces rations alimentaires dégoûtantes qu'il avait dû manger la semaine passée. Mais ses ravisseurs ne se souciaient manifestement pas de le nourrir.

Il changea de position sur le sol et grimaça. Regardant de nouveau vers la femme, il pouvait à peine la discerner dans le noir, mais il voyait qu'elle n'avait pas bougé. Pas même d'un centimètre. Elle regardait toujours dans sa direction comme si elle attendait quelque chose.

La possibilité que leurs cellules soient surveillées lui vint à l'esprit, mais il regarda autour de lui et ne vit aucune lumière clignotante indiquant des caméras. Et à en juger par la condition des lieux, il n'était pas certain que les hommes qui l'avaient coincé disposaient d'un système de sécurité hyper sophistiqué, ce qui serait en sa faveur lorsque les secours arriveront.

Quand même, il n'écarterait pas l'idée qu'ils étaient observés. Il voulait parler à cette femme. Désirant la mettre à l'aise. Mais il ne pouvait pas lui dire que les renforts arrivaient. Que le traqueur que Tex avait insisté pour qu'il porte était toujours en sécurité à l'intérieur de la ceinture de son caleçon.

— Comme je l'ai dit avant... Je suis Nate. Je ne sais pas pour toi, mais je tuerais pour une énorme tasse de café. Non, de macchiato au caramel. Je sais, en général, on ne s'attend pas à ce qu'un mec aime ce genre de boisson, mais je suis accro à ces trucs-là. En plus, c'est du caramel ! Qui n'aime pas ça ? Mon ami, Safe, il fait le *meilleur* des cafés. Il a carrément chez lui l'une de ces belles machines qu'on voit dans les coffee shops. La première fois que j'y suis allé et qu'il a mis ce truc en route, j'ai presque bousculé mes autres amis pour avoir la première tasse de café. Oh, et tu sais ce qui me manque d'autre ?

Blink parlait plus pour lui-même que pour la femme ; c'était réconfortant d'entendre autre chose que le silence oppressant ou les geôliers lui criant dessus dans une langue qu'il ne comprenait pas.

— Les Cheetos. Pas les Puffs là, ceux-là sont dégueu, mais les vrais. Les petits, durs et croustillants. Flash se moque de moi parce que j'aime ces merdes, mais je pourrais ne vivre que de ça. OK, probablement pas, car ils sont remplis de trucs qui ne sont pas bons pour moi, mais il n'y a rien de tel que de s'asseoir sur le canapé pour regarder le football et avoir mes doigts devenir orange en les mangeant.

Il était ironique que Blink soit dans une situation où il devait se charger de toute la conversation... Ce n'était pas un bavard. Il ne l'avait jamais été. Mais tandis qu'il parlait, il pouvait jurer que la femme de l'autre côté se détendait un peu. Comme si sa voix était réconfortante. Bon sang, elle n'avait sans doute pas entendu de voix amicale depuis qu'elle avait été jetée dans ce taudis.

Alors il continuait de parler. De rien. De trucs stupides. Il ne semblait pas pouvoir s'arrêter. C'était comme si un barrage avait cédé.

— J'ai un frère jumeau. Son nom est Tate. Oui, Nate et Tate. Ridicule, mais que faire ? Ma mère est partie quand nous étions jeunes. À environ quatre ans. Prétextant qu'elle ne pouvait plus supporter d'être une épouse et une mère. Quand mon père est revenu de son travail, elle l'a retrouvé à la porte, une valise à la main et lui a dit qu'elle s'en allait. Et c'était tout. Elle était partie. Mon père, lui, est incroyable. Je sais que ce n'était pas facile d'être laissé avec deux garçons agités de quatre ans. Nous étions des chahuteurs. Enfin, je ne me souviens pas beaucoup de cette époque, mais Tate et moi, on était constamment en compétition, sur *tout*. Qui pouvait manger le plus vite, qui pouvait faire ses devoirs le plus vite, qui pouvait s'endormir le premier, qui pouvait perdre sa première dent... ça continuait encore et encore. Il aimait les Dallas Cowboys alors j'avais décidé de préférer les Pittsburg Steelers. J'ai rejoint l'équipe de natation, il a décidé de devenir un coureur. Nous étions totalement à l'opposé et faisions tout notre possible pour surpasser l'autre. Mais il est aussi mon meilleur ami.

Blink regardait fixement le plafond, observant les ombres plus sombres bouger et évoluer au-dessus de lui. En pensant à son frère. Il se demanda où il se trouvait en ce moment. S'il savait que Blink avait été capturé. Probablement pas officiellement, mais comme de nombreux jumeaux, ils étaient connectés. Beaucoup de gens prendraient cela pour un fantasme, mais quand Tate s'était cassé le bras à l'âge de huit ans, Blink l'avait su à la seconde où c'était arrivé. Quand lui avait eu un accident de voiture lorsqu'il avait dix-sept ans, Tate était arrivé avant lui à l'hôpital.

— Cet enfoiré a rejoint l'Armée quand j'ai décidé d'entrer dans la Marine. Je sais qu'il a fait ça juste pour m'emmerder, ajouta Blink en pouffant.

Penser à Tate était en réalité douloureux. Il n'avait pas vu son frère depuis bien trop longtemps et en cet instant, il se fit la promesse de réparer ça à la seconde où il serait revenu en Californie. Il ne savait pas si Tate était déployé en ce moment, mais il ferait tout ce qu'il faudrait pour passer quelques jours avec son frère.

— Bref, mon père... était génial. Il n'a même pas fait de break quand notre mère est partie. Il a géré ce merdier en trouvant d'abord des baby-sitters, un boulot où il pourrait être à la maison quand nous revenions de l'école. Notre vieux ne manquait pas une compétition de natation ou de course. On pouvait toujours l'entendre nous encourager dans les tribunes. Mais il ne tolérait pas pour autant nos conneries. La fois où nous avons fait le mur pour aller à une fête au lycée, il nous attendait fermement à notre retour à trois heures du matin. En sachant que nous l'avions déçu, que la confiance qu'il avait eue en nous s'était brisée, ça nous a suffi à ne jamais plus vouloir recommencer.

Entendant un petit bruit, Blink tourna la tête et vit que la femme s'était abaissée vers le sol. Ses jambes étaient toujours en position fœtale, mais sa tête reposait maintenant sur l'un de ses bras, tandis qu'elle était allongée sur le côté, tout en continuant de le regarder.

— Il est toujours en vie, au cas où tu te poserais la question, lui dit Blink. Mon père. Il vit en Floride, comme un roi. Toutes ces dames gloussent sottement autour de lui comme s'il était réellement le Roi d'Angleterre ou autre. Mais il n'a jamais eu de relation sérieuse avec une femme après le départ de ma mère. Il l'aimait. Et elle lui a brisé son putain de cœur. Et honnêtement, jamais je n'ai voulu me rapprocher d'une femme afin qu'elle ne me fasse pas de mal ainsi. Et puis j'ai rencontré Remi. Elle et Kevlar... ils sont...

Sa voix s'affaiblit. Blink ne savait pas trop comment expliquer la relation qu'avait son chef d'équipe avec sa petite amie.

— Je dois peut-être revenir en arrière...

Puis, il se mit à raconter à la mystérieuse femme l'histoire de Remi et Kevlar. La façon dont ils s'étaient rencontrés, abandonnés ensemble au milieu de l'océan. Que l'un des ex-coéquipiers de Kevlar avait comploté pour assassiner Remi. Il minimisa son rôle dans ce désastre ; il ressentait encore beaucoup de culpabilité pour ne pas avoir trouvé le moyen de stopper cet enfoiré avant de mettre Remi dans ce trou dans le sol.

— Mon propos, dit Blink avec un petit rire, c'est que c'est ce que je veux maintenant. Ce qu'ils vivent. J'avais tendance à croire que ce qu'ils avaient trouvé était une exception. Une veine extraordinaire. Mais ensuite, Safe a dû partir et a rencontré Wren...

Il passa les dix minutes suivantes à expliquer comment un autre de ses coéquipiers avait trouvé *son* âme sœur.

— Elle est là, quelque part, dit Blink, presque dans un murmure. Je ne connais pas son nom, son histoire ni où elle se trouve, mais j'espère et prie juste pour qu'un jour, nos chemins se croisent, que je la reconnaisse… et que je parvienne d'une manière ou d'une autre à lui faire voir à travers la carapace stoïque et ennuyeuse que je montre au reste du monde, ainsi que l'homme qui la chérira pour le reste de nos vies.

C'était complètement ringard… Mélodramatique, assurément. Mais Blink voulait ce dont avait été privé son père. Élever de jeunes garçons n'était pas simple, lui et Tate n'avaient pas réalisé à quel point ils avaient dissuadé chaque femme ayant souhaité une relation avec leur père.

Un bruit sourd fit tourner la tête de Blink et regarder une fois de plus la femme. Elle avait levé la tête et ses yeux étaient rivés dans sa direction. Il attendit et elle refit ce bruit. C'était un croisement entre un gémissement et un grognement. Curieusement, cela lui fit dresser les cheveux sur l'arrière de sa nuque.

Il ne comprenait pas ce qu'elle tentait de communiquer. Mais le fait qu'elle ait *produit* une sorte de son était comparable à un truc monumental.

— Très bien, je vais continuer de parler de tout et de rien, lui dit-il. Crois-le ou non, je suis du genre calme. Celui qui ne dit *rien* à moins qu'une chose ne doive être dite. Et me voilà, à jacasser comme un dingue. Tu te demandes sans doute là-bas pourquoi donc tu t'es retrouvée coincée avec un compagnon de cellule qui ne veut pas la fermer.

Elle fit un autre bruit de gorge très bas. Et cette fois, Blink la vit secouer la tête.

— Non ? demanda-t-il, grisé.

Elle interagissait avec lui ! Elle ne se contentait pas de le fixer avec ces énormes yeux bleus blessés. Il voulait s'asseoir, lever les poings en l'air et s'exclamer *Oui !* Mais il se dit que cela la ferait probablement complètement flipper. Et même s'il n'était pas menotté, il ne se pensait pas capable de bouger le bras par-dessus la tête. Ça faisait un mal de chien !

— Alors tu aimes m'entendre parler de tout et de rien ?

Blink attendit patiemment et fut récompensé par le menton

de la femme s'abaissant d'une fraction. Il eut un sourire. Un énorme. Qui faisait mal à sa lèvre fendue.

— Très bien. Alors de quoi d'autre veux-tu que je parle ? De ma fascinante routine matinale ? Du fait que je n'utilise que de l'eau froide pour laver mes vêtements, car mon père m'a averti une fois sur le fait que laver à l'eau chaude rétrécirait mes tee-shirts et que depuis, je suis terrifié que tous mes vêtements ressortent en format bambin ?

Blink pouvait jurer avoir vu les lèvres de la femme se tordre, mais il faisait suffisamment sombre pour ne pas en être certain. Il se sourit de nouveau à lui-même toutefois et tourna la tête afin de se remettre à fixer le plafond.

— Une année, mon père a voulu nous emmener Tate et moi en vacances. Il n'avait pas de destination en tête, il a simplement préparé des vêtements et quelques casse-croûtes avant de nous mettre dans la voiture et nous étions partis. Ces deux semaines font partie des plus beaux souvenirs de ma vie.

Blink parla jusqu'à ce que sa voix s'enroue. Sa gorge lui faisait mal, il ferait tout simplement n'importe quoi pour avoir un peu d'eau, mais il ne s'arrêta pas. Parler de sa famille, de trucs qui étaient aussi éloignés que possible de cette cellule pourrie, l'aidait à continuer de compartimenter, de faire taire ses maux et ses douleurs.

Quand il eut terminé de partager ses souvenirs sur la première fille qu'il avait embrassée, en CM1, Blink se tourna pour regarder la femme. Elle avait les yeux fermés et semblait endormie.

Certains hommes seraient contrariés que la femme qu'ils tentaient de divertir se soit endormie. Mais entendre ses souffles profonds dans les calmes cellules était comme une victoire pour Blink. Intellectuellement, il savait qu'elle devait parfois dormir. Aucun humain ne pouvait rester éveillé pour toujours. Et savoir que sa voix était la dernière chose qu'elle avait entendue avant de s'assoupir et non pas le silence oppressant de leurs cellules ou les cris colériques de leurs ravisseurs lui faisait du bien.

C'était un piètre mot pour décrire son sentiment de satisfaction, mais sa tête lui faisait mal comme la majeure partie de son corps et il ne pouvait penser à un meilleur terme pour le moment.

Fermant ses propres yeux, Blink entendit distinctement une goutte d'eau venant de quelque part, le bas murmure des hommes de l'autre côté de la porte en bas du petit couloir menant à leurs cellules et les longues et lentes profondes inspirations de la femme incarcérée à côté de lui.

CHAPITRE 3

— Bonjour ! s'écria une voix rauque masculine.

Josie se réveilla en sursaut, mais ne changea pas sa position au sol. Elle ouvrit les yeux et

vit l'homme, Nate, dans la cellule à côté de la sienne, être hissé sur ses pieds par trois autres hommes. C'était le troisième jour qu'il se trouvait là et chaque jour, il était emmené pour revenir des heures plus tard, en sang, passé à tabac.

Mais cette fois était différente : il y avait un homme qui parlait anglais. Et au lieu de traîner Nate hors d'ici pour le torturer, quelqu'un avait apporté une chaise et l'avait installé dessus au milieu de sa cellule. Ils forcèrent Nate à s'asseoir et se mirent ensuite à le frapper sur place.

Josie voulait fermer les yeux. Elle ne voulait pas regarder, mais curieusement, elle ne pouvait détourner le regard de ce qu'il se passait. L'homme commença par questionner Nate en anglais, voulant savoir exactement ce que savait le gouvernement américain de son organisation. Quels autres groupes étaient ciblés par l'Amérique ?

Mais Nate ne parlait pas, encaissait simplement tout ce que l'homme et ses laquais lui balançaient.

L'homme parlant anglais – clairement un genre de meneur – devint de plus en plus frustré. Il finit par lever un pied et frapper Nate sur le côté qui s'effondra sur le sol comme un sac de patates. Il faisait face à Josie et en voyant le sang couler de son nez et de nombreuses écorchures sur son corps, un grognement plaintif s'échappa du plus profond de ses tripes.

Elle voulait crier. Supplier les hommes d'arrêter, de laisser Nate tranquille.

Mais tout ce qu'elle parvint à faire fut ce grognement profond, haineux.

Le terroriste ne se tourna même pas vers elle. Il surplombait Nate et avait les yeux baissés vers lui avec un regard si terrifiant, si empli d'attente qu'il filait la chair de poule à Josie. Ce n'était pas un homme qu'on mettait en colère et Nate l'avait fait en demeurant tout bonnement silencieux.

— C'est tout ce que tu as ? marmonna-t-il depuis sa vulnérable position au sol.

— Tu te prends pour un dur ? demanda le chef. Un gros dur de soldat américain ? On verra comment tu seras demain quand nous amplifierons nos méthodes pour te faire parler.

— Le supplice de l'eau ? Oh, bien. *J'ai* un peu soif, le nargua Nate. Vos gens semblent avoir oublié de m'apporter de quoi me sustenter. J'étais venu profiter de l'eau du Damavand. Elle est produite juste ici en Iran, non ? Délicieuse.

Josie pouvait voir les lèvres du meneur se tordre vers le bas en une grimace furieuse. Elle voulait dire à Nate de ne pas contrarier cet homme. Pour quelqu'un qui avait déclaré ne pas beaucoup parler, il ne semblait pas pouvoir garder la bouche close en ce moment !

Tu veux être noyé ? Nous pouvons nous adapter, dit-il avant de placer sa jambe en arrière et de viser la tête de Nate avec sa botte.

Cette fois, Josie pesta. Elle ne put s'en empêcher. Mais heureusement, Nate balança sa tête vers l'arrière à la dernière seconde et la botte de l'homme ne lui érafla que la tempe.

Le meneur dit un truc dans sa langue aux autres hommes et ils sortirent l'un après l'autre de la cellule, emportant la chaise avec eux et laissant Nate étendu au milieu du sol. Ses mains étaient encore entravées et attachées à ses chevilles et il paraissait... brisé.

Pour la première fois depuis des semaines, depuis ses premiers jours de captivité, des larmes coulèrent sur les joues de Josie.

Au dernier moment, avant qu'il ne quitte la pièce, le chef se tourna et regarda directement vers elle. Josie se pétrifia. Avoir quelqu'un qui la remarquait était une chose qu'elle aspirait, mais qu'elle craignait à la fois.

Il demanda un truc à l'un des autres hommes tout en la désignant du pouce. L'autre homme répondit en haussant les épaules. Le chef aboya ce qui ressemblait à un ordre puis elle se retrouva de nouveau seule avec Nate.

Frissonnante – Josie n'avait pas aimé le regard dans les yeux du chef quand il s'en était allé –, elle se servit de ses doigts pour s'essuyer les joues des larmes qui restaient. Elle étalait sans doute sur son visage la terre qu'elle avait sur ses mains, mais quelle importance ? Elle était si sale qu'elle se moquait désormais à quoi elle ressemblait.

Jetant un coup d'œil vers Nate, elle vit qu'il n'avait pas bougé. Il était toujours étendu sur le côté, chacun des souffles qu'il parvenait à faire semblait laborieux et douloureux.

Elle ouvrit la bouche pour dire son nom, pour demander s'il allait bien, mais rien ne sortit. C'était stupide de toute manière ; *évidemment* qu'il n'allait pas bien ! Josie ne savait pas du tout quoi faire. Mais la vérité, c'était qu'elle ne pouvait rien faire pour l'aider. Ils étaient tous les deux dans le même pétrin, elle en avait conscience jusqu'à la moelle de ses os.

Mais alors il lui vint à l'esprit une chose qu'elle *pouvait* faire pour aider Nate.

Se tournant, elle regarda la tasse d'eau dans le coin de sa cellule. Nate devait être horriblement déshydraté. Assoiffé. Il l'avait dit au chef. Personne ne lui avait apporté d'eau ou de nourriture depuis son arrivée. Et il avait été battu tous les jours.

La bouche de Josie était aussi sèche que du coton, ses lèvres étaient gercées et saignaient du manque d'humidité. Mais Nate vivait une situation pire.

Se mouvant prudemment, Josie souleva sa précieuse tasse et se glissa lentement sur le sol de sa cellule. C'était la première fois depuis l'arrivée de Nate qu'elle quittait le mur qu'elle avait estimé comme une zone sûre. Mais il était blessé. Il en avait plus besoin qu'elle.

Nate avait dû l'entendre bouger, car ses yeux s'ouvrirent et il l'observa se glisser vers lui.

— Je vais bien, marmonna-t-il. Du gâteau. Ces enfoirés frappent comme des filles.

Attends, c'était grossier, je connais des femmes qui frappent dur. Je ne vais pas me casser, si tu t'en inquiétais.

Josie maintenait son regard sur lui tout en s'approchant. Il était allongé à environ un mètre des barreaux qui séparaient leurs cellules. Elle plaça prudemment la tasse presque pleine d'eau sur le sol et la poussa vers lui.

Nate fronça les sourcils.

— C'est quoi ça, Spirit ?

Il avait commencé à l'appeler ainsi le jour précédent, car bien qu'elle eut de toute évidence vécu l'enfer, il pouvait voir son esprit briller derrière ses yeux, refusant d'abandonner. En tout cas, c'est ce qu'il prétendait. Il avait dit avoir besoin de l'appeler par *un nom quelconque* et puisqu'il ignorait le sien, cela ferait l'affaire avant qu'elle se sente suffisamment en sécurité pour lui confier son vrai nom.

Mais il n'était pas question de se sentir en sécurité ou pas. C'était qu'elle ne pouvait littéralement pas parler. Pour une raison quelconque, chaque fois qu'elle ouvrait la bouche, aucun son n'en sortait. Un psychologue vivrait probablement sa meilleure journée en l'analysant et trouverait toutes les raisons expliquant qu'elle ne pouvait pas parler, mais pour le moment, ça n'avait pas d'importance. Rien n'en avait excepté de s'assurer que cet homme vivait. Et il avait besoin d'eau pour cela. Et c'était quelque chose qu'elle pouvait lui fournir.

Elle désigna la tasse d'un signe de tête, mais Nate ne la regarda même pas, le regard rivé sur elle.

Il se remit à parler, mais cette fois, ses mots étaient à peine un murmure.

— Ils vont venir, Spirit. Ça ne sera plus très long, nous devons juste tenir jusqu'à ce qu'ils arrivent ici.

Josie hoqueta devant lui, tout aussi surprise par ses paroles... et la rapide colère qu'elles causèrent en elle. Comment osait-il essayer de susciter ses espoirs ! Insister sur le fait qu'une mystérieuse équipe de sauvetage fondrait sur elle et les emmènerait d'ici !

Fronçant les sourcils, elle désigna avec impatience la tasse d'eau. Mais le regard de Nate ne la quittait pas.

— Je fais partie du SEAL, lui dit-il. Je peux supporter tout ce qu'ils me font subir. Ce n'est qu'une question de temps.

Elle ne voulait plus écouter ce qu'il disait. Elle se pencha en avant, passa une main à travers les barreaux et poussa davantage la tasse. Comme il ne détournait *toujours pas* les yeux d'elle, elle poussa un grognement puis s'allongea au sol pour pousser la tasse aussi proche de lui que possible.

Ce ne fut pas avant qu'elle soit pratiquement sous son nez que Nate finit par baisser les yeux. L'un de ses sourcils se haussa.

— De l'eau ? demanda-t-il, comme s'il ne croyait pas ce qu'il voyait.

Josie hocha la tête, mais le regard de Nate était rivé à la tasse. Il se lécha les lèvres, inconsciemment sans doute. Puis il finit par arracher son regard de l'eau pour la regarder de nouveau.

— Où as-tu eu ça ? murmura-t-il, presque ébahi.

Elle désigna le coin de la pièce. Il ne pouvait probablement pas voir l'eau couler là-bas, mais il hocha tout de même la tête. Puis il dit :

— Je ne peux la prendre. Tu en as besoin.

Josie expulsa un souffle exaspéré.

— Je peux entendre ton exaspération envers moi, même avec ce petit bruit. Je ne peux

toujours pas prendre ton eau pour autant, lui dit-il.

Mais elle en avait assez de le voir agir en martyre. Elle voulait lui dire qu'elle avait pris sa tasse pleine habituelle deux jours avant. Qu'elle pouvait faire une ou deux autres journées sans. Mais pas *lui*. Il avait besoin de boire pour rester fort.

Au lieu de ça, tout ce qui sortit d'elle fut un petit sifflement.

Nate lui sourit, d'une façon exaspérante.

— Tu es comme un petit chaton, qui feule quand il est irrité.

Josie plissa le nez.

— Désolé, ce n'est probablement pas la meilleure façon de te décrire si je veux garder tes faveurs. En es-tu absolument sûre ? demanda-t-il, ne cherchant toujours pas à prendre la tasse.

Josie lui fit un petit hochement de tête.

— Merci, répondit-il simplement, faisant de son mieux pour s'asseoir avant de saisir la tasse de ses deux mains. Il ne pouvait pas beaucoup tendre les bras, menotté comme il l'était, mais il parvint à porter la tasse à ses lèvres. Josie l'observait fermer les yeux lorsque les premières gouttes d'eau frappèrent ses lèvres. Il n'engloutit pas le liquide comme elle s'y attendait, comme *elle* l'avait fait la première fois qu'elle avait eu de quoi boire suffisamment. Au lieu de ça, il savoura, chaque gorgée était traitée comme s'il ingérait de l'or pur.

Lorsque la tasse fut vide, il la replaça au sol et la glissa vers elle. Son intense regard bleu rencontra le sien.

— Je ne l'oublierai jamais, dit-il solennellement. Il ne m'a pas échappé qu'on ne t'avait également rien donné à manger ou à boire depuis que je suis ici. Que tu me donnes l'eau dont tu as désespérément besoin..., dit-il avant que sa voix ne meure et qu'il prenne une grande inspiration. Aïe, plaisanta-t-il. Je dois me souvenir de ne jamais refaire ça. Partager ton eau avec moi, continua-t-il de ce ton bas et sérieux, je n'ai jamais vu personne agir de façon aussi altruiste avec moi avant.

Josie voulait lui dire qu'il ne fallait pas en faire toute une histoire, mais au fond d'elle, elle savait que si. Elle souffrirait de son acte de bonté. Mais cet homme souffrait plus qu'elle. Au moins, elle n'était pas la destinataire du courroux de leurs ravisseurs.

Tendant le bras et attrapant la tasse à travers les barreaux, elle se glissa rapidement jusqu'à son petit coin contre le mur. Elle replaça avec précaution la tasse sous l'égouttement et le premier tout petit bruit de l'eau venant heurter le fond l'apaisa. Pour elle, c'était le son de la vie. Littéralement.

Tout en grommelant, Nate se rallongea au sol et sur le dos.

— Putain, marmonna-t-il.

Josie ne put faire autrement que sourire. C'était le premier mot qu'elle l'avait entendu prononcer et elle se sentait déjà nostalgique. Ce qui était stupide, mais là encore, ce n'était pas une situation normale.

Nate se remit à parler et Josie voulait lui dire de se taire, de garder ses forces, mais elle ne pouvait nier que sa voix l'apaisait. L'aidait à ne pas se sentir si seule. Lui apportait plus que cet espoir redouté. Même l'espoir était dangereux pour une femme dans sa situation. Une moins que rien. Oubliée, mise au rebut pour pourrir.

Avoir Nate ici, pour partager sa misérable existence même pour seulement quelques jours, était une bénédiction à laquelle elle ne s'était jamais attendue et qu'elle ne pensait pas mériter.

Si elle pouvait faire quoi que ce soit pour l'aider, elle le ferait. Sans réserve. Son corps abandonnait. Elle avait bien conscience qu'elle ne pourrait vivre indéfiniment sans nourriture. Avoir de l'eau la maintenait en vie, mais ses organes finiraient par lâcher. Un jour, les geôliers viendraient et trouveraient son corps en putréfaction. C'était une pensée morbide, mais plus rien ne l'effrayait maintenant.

Mais avant de mourir, si elle en avait l'occasion, elle ferait son possible pour aider Nate.

* * *

L'esprit de Blink tournoyait. Ce qu'il venait de vivre... rendait humble. Spirit était lentement en train de mourir de faim. Ce n'était pas difficile à voir. Et pourtant, elle avait quand même cédé la seule chose dont elle disposait pour s'alimenter. À *lui*.

Il avait tenté de lui dire que l'aide serait bientôt là, mais il avait pu constater que ses mots l'avaient simplement contrariée. Il continuait de croire au plus profond de son âme que l'aide *arrivait*. Suffisamment de temps était passé pour avoir mis en place un plan pour une mission de sauvetage. Il avait fait plus que sa part en tant que SEAL pour savoir comment ils opéraient.

Il avait encore soif, mais cette tasse d'eau lui avait donné une nouvelle vie. Il pouvait littéralement sentir ses cellules absorber le liquide. Il aurait pu tenir encore deux jours, mais le fait qu'elle lui ait donné une chose dont elle avait désespérément besoin le touchait d'une façon qu'il n'avait jamais connue.

Étendu là, contemplant la grandeur de son sacrifice, Blink entendit un son qui n'avait absolument pas sa place dans sa situation.

Se forçant à se mettre en position assise, il regarda fixement le mur d'où provenait le bruit.

Il hoqueta face à ce qu'il vit. Pour beaucoup de gens, cela ressemblerait à un tentacule d'alien ou à un truc tout aussi étranger, mais il savait exactement ce que c'était.

Il sourit d'un air satisfait et fit signe à l'objet comme un vrai blaireau.

Il disparut un instant, mais Blink ne s'en alarma pas.

En quelques secondes, une petite oreillette noire fut poussée par le trou, tombant sur le sol. Réprimant un grognement, Blink se mit sur les fesses, se rapprochant du mur. Il s'appuya dessus tout en plaçant l'écouteur dans son oreille.

— Hé, Blink ! Comment diable vas-tu ?

— Flash ? C'est toi ? demanda-t-il d'une voix si basse qu'elle était presque un murmure.

Mais il ne doutait pas que son coéquipier l'entendrait. La technologie du récepteur radio était suffisamment bonne.

— C'est moi, le rassura Flash. Tu en as terminé avec tes petites vacances ? Tu veux qu'on te ramène à la maison ?

— Putain, oui ! répondit Blink, le corps entier submergé par le soulagement.

Bien. On a vu les bijoux que tu portais et nous allons devoir les retirer d'abord. Mais nous allons faire un trou dans ta cellule, sortir tes fesses de là puis partir durant la nuit. Les natifs sont agités alors nous essaierons de faire ça calmement. On t'a trouvé un déguisement sympa à enfiler et avec de la chance, nous arriverons à la station de taxis sans attirer l'attention.

Blink fronça les sourcils et son regard se dirigea immédiatement vers la femme dans la cellule jouxtant la sienne.

— J'ai une amie, dit-il à Flash.

Il y eut le silence pendant un moment.

— Merde. OK. Où ?

— Trois mètres à ma droite.

Il ne fut pas étonné lorsque la caméra à fibre optique au bout du fibroscope revint par le petit trou et pointa l'autre cellule.

— Des infos ? demanda Flash.

— Pas beaucoup. Petite, moins d'un mètre cinquante. Pas de chaussures ni de vêtements appropriés. Je ne la laisse pas ici.

— Bien reçu. Ça change les plans. Tu peux tenir encore quelques heures ?

Blink tiendrait aussi longtemps que ça prendrait pour que Spirit soit secourue avec lui.

— Oui.

Il ne penserait pas aux tortures que ses ravisseurs avaient en magasin pour lui. Il prendrait tout ce qu'ils voudraient lui servir si ça signifiait de quitter ce trou à rats.

— Très bien, nous reviendrons. Sois prêt.

— Je le suis depuis la naissance, dit Blink à son partenaire.

Il y eut une pause puis Flash ricana.

— Tu es sûr d'être Blink ? Tu es affreusement bavard...

— Fais-nous simplement sortir d'ici, dit Blink à son ami. Nous serons prêts.

— Compris.

Puis la caméra disparut de nouveau par le trou et Blink savait que son ami était parti. Il regarda la femme.

Et exactement comme il le pensait, elle avait les yeux ouverts et le fixait de son spot le long du mur le plus éloigné. Remuant non sans douleur, Blink se glissa vers les barreaux séparant leurs cellules. Il parla d'une voix basse et monotone :

— C'était mon détachement. Ils reviendront demain pour nous faire sortir. Je ne connais pas encore le plan, mais tout ce que nous avons à faire, c'est de suivre le mouvement. Tu penses pouvoir marcher ?

Des yeux sérieux plongèrent dans les siens, mais elle ne répondit pas. Ne bougea pas. Il ne pensait même pas qu'elle respirait.

— Ce n'est rien si tu ne peux pas. Tu es petite. Je peux te porter facilement.

Elle finit par remuer, levant le pied pour le désigner.

Blink était très heureux qu'elle communique avec lui. C'était surprenant comme il était facile d'avoir une « conversation » avec elle, même sans qu'elle prononce un mot.

— Mon groupe tâchera de nous donner à tous les deux des chaussures et des vêtements.

Le regard de la femme alla de Blink à la porte de leur prison avant de revenir à lui.

— Ils échafaudent un nouveau plan, mais peu importe ce que c'est, il fonctionnera. Je leur confierais nos vies, Spirit.

Elle fronça les sourcils et regarda de nouveau vers la porte avant de revenir à lui. Elle forma un poing avec ses doigts qu'elle leva en l'air.

— Oh, eux ? Ça ira. Ils ne vont pas me tuer. J'ai trop de valeur.

La femme émit de nouveau un grognement sourd du plus profond de sa gorge. Comme si elle se disputait avec lui.

— Tu m'as entendu ? Parler à mon coéquipier ? demanda Blink.

Elle baissa le menton.

— J'aurais pu partir ce soir. Ils étaient prêts à exécuter leur plan. Mais je ne pars pas sans toi. Je peux supporter tout ce que cet enfoiré voudra faire avec moi, mais ce que je ne pourrais *pas* supporter, ce sera de savoir que tu es toujours ici alors que je suis libre. Ça n'arrivera pas, Spirit. Alors demain, j'affronterai ce qu'ils ont en réserve pour moi puis nous nous barrerons d'ici. D'accord ?

Les yeux de la femme étaient énormes sur son visage tandis qu'elle se contentait de le regarder.

Bien. J'ai besoin que tu prennes ça, dit Blink, approchant la main de son oreille pour en sortir le petit écouteur. Je ne peux pas l'avoir dans l'oreille quand ils reviendront me cogner un peu. Ils le trouveront et alors, nous serons *vraiment* plongés dans un monde de souffrance. Mets-le et si tu entends mon équipe parler, fais-le-moi savoir. Je réalise que tu ne peux pas leur répondre, mais si tu tapotes dessus, ils entendront et sauront que nous avons des oreilles même si nous ne pouvons pas répondre.

La femme ne bougea pas. Son regard se posa sur l'oreillette

dans la main de Blink, mais elle ne fit aucune tentative d'approche jusqu'à lui.

Poussant intérieurement un soupir, il aurait aimé toucher cette femme juste une fois. La rassurer quant au fait qu'ils *allaient* vraiment être secourus de cette prison. Mais il n'avait aucune idée de ce qu'elle avait traversé. Il était possible qu'être touchée fût la dernière chose qu'elle voulait de qui que ce soit.

De penser à cette minuscule femme à la merci de ces salopards qui l'avaient battue ces derniers jours provoqua comme un voile rouge qui enveloppait la vision de Blink. Mais il se força à rester calme. Elle avait besoin qu'il garde le contrôle, pas qu'il perde l'esprit sous la colère.

Il passa le bras entre les barreaux et plaça la petite oreillette ressemblant à un petit bouchon sur le sol. Elle ne pouvait savoir à quel point c'était difficile pour lui d'abandonner la connexion avec son équipe. Pour un SEAL, la communication c'était tout. Et être dans le noir concernant le plan le faisait frissonner, mais il n'y pouvait rien. Si ses ravisseurs découvraient le dispositif, il était déjà mort. Et ce serait nul d'être tué juste avant d'être secouru.

Blink s'éloigna des barreaux et se remit sur le dos. Cette position lui enlevait un peu de la pression de ses côtes douloureuses. Il ne savait pas de combien de temps il disposait avant que ces connards ne reviennent le torturer un peu plus. Mais il serait prêt. Il n'avait pas le choix.

CHAPITRE 4

Josie avait attentivement regardé le petit dispositif noir pendant ce qui lui avait semblé être des heures. Nate n'avait pas bougé depuis qu'il s'était allongé et elle finit par traverser la cellule et le ramasser avant de retourner à son endroit habituel contre le mur.

Jetant un œil à ce qui ressemblait à un AirPod, mais en plus petit, les souvenirs déferlaient, presque douloureux par leur intensité. Le fait qu'elle avait utilisé un truc de ce genre dans l'avion vers le Koweït. La musique qu'elle avait écoutée. Comme elle avait été naïve et insouciante, n'ayant aucune idée de l'enfer qui l'attendait.

Refermant bien la porte sur ses souvenirs, Josie mit le dispositif dans son oreille. Elle n'entendait rien. Pas de parasites. Personne qui parlait. Rien.

Regardant Nate, elle se mordit la lèvre et pensait à ce qu'il avait fait. Les siens étaient là pour le secourir. Il aurait pu partir des heures de cela. Mais il ne l'avait pas fait. Il était resté. À cause *d'elle*. Penser à ce qu'il avait fait lui faisait mal dans la poitrine. Même en sachant qu'il allait probablement subir le supplice de la noyade, il avait pourtant dit à son ami, son coéquipier ou peu importait, de revenir plus tard, quand ils auront un plan pour la faire sortir elle aussi.

C'était bouleversant. Incroyable.

Elle voulait croire pour de bon que ce sauvetage *était* vraiment en chemin. Mais vu la façon dont sa vie s'était déroulée dernièrement, elle peinait encore à réaliser à quel point les choses avaient changé entre l'ennui jour après jour et la terreur qu'elle avait vécue, qui savait pendant combien de temps.

Pour la première fois depuis des semaines, elle se permit de penser que peut-être, juste peut-être, elle sortirait d'ici. Il était probable qu'elle meurt dans sa tentative d'évasion, mais si elle devait mourir ici quand même, elle préférait en faisant son possible pour fuir les gens qui l'avaient emprisonnée au lieu de simplement abandonner et de s'évanouir dans l'obscurité, sans que personne ne sache jamais où elle s'en était allée.

De toute façon, ce n'était pas comme si elle avait beaucoup de gens qui s'embêteraient à remplir une déclaration de personne disparue. Peut-être que l'homme pour lequel elle bossait se demanderait pourquoi elle n'était jamais revenue faire son rapport à son retour de vacances. Mais il avait sans doute simplement supposé qu'elle avait décidé de partir. Et elle n'avait dit à personne où elle allait, car elle n'avait personne de suffisamment proche pour vraiment s'y intéresser.

Si une enquête était faite, ils verraient qu'elle avait utilisé son passeport et était entrée au Koweït, mais que pourrait bien faire un officier de police américain ? Rien. Quelqu'un devrait s'adresser à la police koweïtienne et ils ne se préoccupaient sans doute pas d'une femme américaine disparue.

Mais l'Armée *avait dû* remarquer l'absence d'Ayden. Ils avaient dû faire une enquête et peut-être bien qu'ils auraient su pour elle. Mais là encore, elle et Ayden n'avaient fréquenté aucun de ses camarades militaires après l'arrivée de Josie. C'était là un autre signal d'alarme qu'elle avait ignoré.

Essayant d'arrêter de s'autoflageller pour les décisions qu'elle avait prises par le passé qu'elle ne pouvait plus modifier maintenant, Josie se concentra sur le présent. Il n'y avait plus beaucoup d'eau dans la tasse après en avoir donné à Nate, mais elle la souleva et avala une bonne gorgée de ce qui s'était accumulé. Elle avait besoin de toute l'aide possible si elle devait s'attendre à courir au moment où elle sortirait de sa cellule.

Mais comment allaient-ils sortir ? Josie ignorait complètement comment ça allait se passer. Est-ce que les amis de Nate allaient s'habiller comme leurs ravisseurs et passer simplement par la porte ? Allaient-ils se frayer un chemin par les balles ? Comment allaient-ils déverrouiller leurs cellules ?

Elle avait tant de questions et aucune réponse, alors elle fit ce qu'elle avait fait ces dernières semaines pour essayer de rester saine d'esprit : elle ferma les yeux et trouva refuge au plus profond d'elle. C'était facile de s'anesthésier et ne penser à rien plutôt qu'à toutes les horribles choses qui s'étaient déjà passées et pourraient encore arriver à l'avenir.

Se réveillant en sursaut, Josie ignorait combien de temps s'était écoulé, mais une fois encore, il y avait des hommes dans la cellule de Nate. Cette fois-ci, ils n'avaient pas de chaise, mais un homme maintenait les pieds de Nate au sol, un autre un bras et un troisième, l'autre bras.

L'homme qui parlait anglais était là également.

— Tu veux de l'eau ? lui demanda-t-il avec un sourire diabolique. On va te la donner.

Un quatrième homme s'agenouilla à la tête de Nate et couvrit son visage avec une serviette sale, la serrant fermement, et le chef se mit à verser un seau d'eau sur le tissu.

Josie n'avait jamais vu quelqu'un subir cette torture de l'eau auparavant. Elle pouvait entendre Nate suffoquer sous la serviette humide, l'eau étant versée dessus encore et encore. Elle formait une mare sur le sol en béton sous lui, qui s'avançait doucement vers sa propre cellule également.

Intérieurement, Josie hurlait d'horreur. Nate se noyait juste devant elle et elle ne pouvait absolument rien y faire ! Elle pouvait attirer l'attention sur elle d'une manière ou d'une autre, mais qu'est-ce que ça apporterait de bénéfique ? Instinctivement, elle savait que ça ne changerait rien. Ces hommes s'amusaient trop pour laisser quoi que ce soit les en empêcher.

Et ils ne posaient même pas de questions à Nate. Ils le torturaient simplement pour le torturer, parce qu'ils le pouvaient. Et le fait qu'il se soit mis volontairement dans cette situation était ce qui faisait le plus de mal à Josie. Il aurait pu être parti d'ici depuis longtemps. Et pourtant, il était resté, sachant que sa torture finirait par arriver.

C'était plus qu'elle ne pouvait le supporter. Fermant les yeux, se sentant lâche, elle fit de son mieux pour bloquer la vue et le bruit de la souffrance de Nate.

Finalement, *finalement*, les hommes semblèrent se lasser de jouer avec leur détenu. Celui qui parlait anglais enleva rapidement la serviette du visage de Nate et ricana au-dessus de lui.

— T'en as eu assez ?

— Assez, répondit Nate d'une voix très rauque.

Sa réponse sembla faire extrêmement plaisir au chef.

— Peut-être que dans quelques heures, tu répondras à nos questions. Sinon ? dit-il, haussant les épaules. On peut s'amuser encore plus. Combien de temps tiendras-tu, je me le demande ?

Nate demeura silencieux, ce qui était un soulagement pour Josie. Elle avait l'intuition qu'il voulait insulter l'homme. Lui dire de continuer. Mais il ne dit pas un mot, regardant simplement son bourreau d'un air mauvais.

L'homme visiblement responsable se mit à rire puis fit signe à ses hommes de le suivre hors de la cellule.

À la dernière minute, avant que la porte ne se referme, Nate dit :

— Merci pour l'eau. J'en avais besoin.

Le chef eut l'air furieux lorsqu'il se retourna. Il marcha vivement jusqu'à Nate et se mit à le cogner. Encore et encore, son pied entrait en contact avec le corps de Nate. Il se mit en position fœtale pour essayer de se protéger la tête, mais il était incapable d'empêcher les coups de pleuvoir ailleurs.Le sang se mélangea à l'eau au sol, prenant une affreuse couleur rose.

— Saletés d'Américains ! dit l'homme avant de cracher sur Nate et de se tourner pour claquer la porte de la cellule, mais avant de quitter la pièce, il dit à Nate : Je pense que la prochaine fois, nous commencerons par *elle*. On verra combien de temps tu résisteras quand elle criera.

Josie frissonna quand elle comprit les paroles de l'homme et que la porte de leur prison se referma en claquant.

— Ne l'écoute pas, marmonna Nate. Il ne te touchera pas. Je te donne ma parole.

Elle n'en était pas si sûre... Si le chef revenait, il ne pourrait rien faire de son côté de la cellule. Mais ses paroles l'aidèrent tout de même à se sentir mieux.

— Des nouvelles de mon équipe ? demanda Nate, en désignant son oreille.

Josie fut confuse un moment puis réalisa qu'il voulait savoir si elle avait entendu quelque chose dans l'oreillette qu'elle portait. Elle secoua la tête.

— OK. Accorde-moi un petit moment pour retrouver mes repères et je reprendrai cette oreillette. Ça ne sera plus très long maintenant, tu m'entends, Spirit ? Nous serons sortis d'ici, en train de boire un cocktail avec un petit parasol dedans avant même que tu ne t'en rendes compte.

Josie ne sourit pas. Elle ne pouvait pas. Nate prenait peut-être à la légère ce qui venait d'arriver, mais elle l'avait entendu lutter pour respirer. Avait vu la panique dans ses yeux quand la serviette avait été ôtée de son visage. Il avait traversé l'enfer... pour *elle*.

Se mettant en mouvement avant même de savoir qu'elle le faisait, Josie se glissa jusqu'aux barreaux qui séparaient leurs cellules. Elle tendit la paume ouverte vers lui, peu certaine de ce qu'elle faisait ou lui demandait.

Chose étonnante, Nate manœuvra lentement sur le sol, traversant la flaque d'eau, vers elle. Ce qui la choqua, c'était que lorsqu'il fut suffisamment prêt, il posa sa joue sur sa main tendue. Sa barbe était incroyablement douce contre sa paume.

Il poussa un soupir. Un son long qui semblait atteindre Josie et saisir son cœur pour le presser fermement.

Il souffrait, c'était évident. Et quelque part, le toucher de Josie semblait le soulager d'un peu de cette douleur. Ils restèrent ainsi quelques instants. La joue de Nate posée contre sa main, ils se connectaient comme des êtres humains dans une situation qui avait essayé d'aspirer chaque once de leur humanité.

Puis Nate leva la tête et la transperça d'un regard féroce.

— Nous allons sortir d'ici, Spirit. Je ne les laisserai jamais poser un doigt sur toi. Je ferai tout ce qu'il faut pour être sûr que ça n'arrive pas, mais je n'aurai rien à faire, car Flash, Smiley, Kevlar et les autres arrivent. Bientôt. Je vais rester allongé ici et réessayer de reprendre un peu de force, mais je serai prêt quand ils arriveront. Quoiqu'il arrive, nous sortirons d'ici. Ensemble.

Il ne pouvait savoir l'effet qu'avaient ses mots sur elle. Ses propos rassurants. Son côté protecteur. Sa certitude absolue qu'ils allaient s'échapper. Sa vulnérabilité en admettant sa faiblesse actuelle.

Cet homme avait bouleversé la vie de Josie et ce n'était pas rien puisqu'elle était déjà pas mal fichue.

D'accord.

Ses lèvres avaient remué, mais aucun son n'était sorti de sa gorge.

— D'accord, répondit-il comme si elle avait parlé à voix haute.

Puis il tendit ses mains liées vers elle. Les laissant posées sur le sol en béton, à quelques centimètres des barreaux. Il ferma les yeux, tâchant de se remettre de la torture qu'il venait d'endurer, suffisamment afin d'être prêt pour ce que ses amis allaient faire pour les sortir de là.

Josie regardait ses doigts. Deux étaient bizarrement courbés, formant un angle étrange et ses ongles étaient tout aussi sales que les siens désormais. C'était ça, plus que le reste, qui lui donna le courage de s'avancer de nouveau entre les barreaux. Elle plaça une main sur l'une des siennes. Sa peau était chaude alors que la sienne était froide. Ses doigts remuèrent, mais ne la saisirent pas. Il ne bougeait pas du tout. Sauf ses lèvres. Elles formèrent un petit sourire tandis qu'il restait allongé sur le sol de sa cellule de prison.

Maintenant qu'elle avait rassemblé son courage pour le toucher, Josie ne voulait pas le laisser partir. Elle s'abaissa au sol et laissa sa main là où elle était. Recouvrant la sienne, pour lui faire savoir sans parler à quel point sa présence ici comptait pour elle.

CHAPITRE 5

Blink avait mal. Partout. Mais c'était la sensation de se noyer qui l'avait empêché de dormir. Le supplice de l'eau, ça craignait. Aucun moyen de le contourner. Mentalement, il savait qu'il ne se noyait pas, mais la serviette complètement trempée sur son visage avait suffi à lui donner l'impression d'être incapable de respirer, d'être sous l'eau. Il avait subi un entraînement intensif aux techniques de torture, mais ça ne voulait pas dire que ce n'était pas nul pour autant.

Là, il était allongé dans une position extrêmement inconfortable, mais c'était les petits doigts froids enveloppant sa main qui le maintenaient aussi immobile que possible sur le sol. Il ne bougerait pas à moins d'avoir à le faire. Le toucher était un *énorme* pas pour cette femme et ils le savaient tous les deux.

Et c'était toute la preuve dont il avait besoin pour se dire qu'il avait pris la bonne décision la veille.

Flash et le reste de l'équipe aurait probablement déboulé avec un nouveau plan décidé à la volée, mais les chances de réussite auraient été drastiquement réduites. C'était mieux qu'ils se regroupent et reviennent prêts pour deux prisonniers au lieu d'un seul. Il supporterait dix supplices de l'eau supplémentaires si cela les libérait tous les deux.

À l'idée qu'elle fasse l'expérience deux secondes de ce pour quoi il avait été entraîné à supporter donnait envie à Blink de tuer le salopard qui l'avait menacée à mains nues. Il ferait tout ce qui serait nécessaire pour la garder en sécurité.

Soudain, elle retira vivement sa main de la sienne, se cognant suffisamment fort aux barreaux pour faire grimacer Blink. Elle le regarda de ses grands yeux, tendant la main vers son oreille.

— Ah, ils sont là ? demanda-t-il.

Elle acquiesça, un hochement de tête bien plus vif qu'il avait obtenu d'elle avant. Au lieu d'ouvrir la paume pour reprendre l'oreillette, Blink se rapprocha des barreaux et inclina la tête en direction de la femme.

— Tu peux la mettre dans mon oreille ? Cet enfoiré m'a bousillé le bras en me cognant.

Ce n'était pas vraiment un mensonge... Quelque chose n'allait *pas* avec son bras, mais Blink voulait la sentir de nouveau le toucher, étendre ce petit bout de confiance qu'elle lui avait montrée.

Elle hésita puis tendit le bras vers lui.

Ses doigts effleurèrent le lobe de son oreille et une chair de poule apparut sur la nuque de Blink. Elle n'hésita pas, ne traîna pas, plaçant juste doucement l'écouteur dans son oreille avant de reculer.

— ... dix minutes. Tu me reçois, Blink ?

— Désolé, non. Répète, dit-il à Preacher.

— Le plan est de retirer calmement et avec précautions quelques parpaings de ta demeure actuelle. Nous te ferons sortir de cette façon avant de les remettre en place, comme ça, cela donnera l'impression que tu t'es évaporé. Nous arriverons vers toi dans dix minutes.

— Et mon amie ?

— Nous ferons de même, en même temps, répondit Preacher.

— Vous n'aurez besoin que de retirer la moitié des briques pour elle.

— On sait ça. Nous l'avons tous vue. On a des burqas pour vous deux également. Ce n'est pas l'idéal, je sais bien, mais aucun de vous deux ne peut se balader dans le coin avec ce que vous portez sans attirer la mauvaise attention. C'est très tendu ici, dehors. Personne n'est ravi de ce qui est arrivé.

Pour Blink, c'était un euphémisme. Lui et l'équipe du SEAL dont il avait fait partie avaient éliminé deux hommes très haut placés dans le coin. Des hommes qui étaient des chefs terroristes depuis longtemps. Mais il ne pouvait pas y penser maintenant.

— Chaussures ?

— Des sandales. On a dû deviner sa pointure.

Blink hocha la tête. Il sentait le regard de la femme posé sur lui, alors il leva les yeux.

— Nous serons prêts, dit-il à Preacher.

— Compris. Terminé.

Blink inspira puis dit rapidement :

— Il est temps. Mon groupe va retirer quelques blocs de ciment de nos cellules. Nous sortirons par là. Ils ont des burqas à nous faire enfiler. Puis nous nous en irons, tout simplement.

Il la vit avaler sa salive puis acquiescer. Cette femme détenait plus de courage dans son petit doigt que bien des hommes avec qui ils avaient collaboré durant sa carrière au SEAL.

— On peut le faire, lui dit-il.

Une fois de plus, elle fit oui de la tête.

Ce n'était pas la première fois que Blink souhaitait qu'elle lui parle. Qu'elle pose toutes les questions qu'ils voyaient tournoyer dans son regard. Mais pour le moment, cela lui suffisait qu'elle ne panique pas.

Le bruit de raclement paraissait bruyant dans le calme de la pièce et Blink grimaçait, priant pour que les hommes de l'autre côté de la porte n'entendent pas.

La femme de la cellule se leva lentement. Elle marcha jusqu'à l'endroit où était posée la tasse sur le sol, sous le goutte-à-goutte de l'eau qui l'avait littéralement maintenue en vie. Elle la ramassa, regarda dedans puis recula vers Blink.

Elle la tendit, comme pour lui demander s'il voulait de l'eau qui s'était accumulée.

Sa poitrine se serra et non pas parce qu'il avait été frappé encore et encore. Blink fit non de la tête.

— Toi, bois-la, Spirit. Les choses vont devenir assez intenses. Alors, reste calme, fais ce que mon équipe te dit de faire dès qu'elle te le demande. D'accord ?

Elle ne hocha pas la tête, renversa seulement la tasse entre ses lèvres. Puis elle l'abaissa sur le côté et la tint d'une poigne visiblement très ferme. Il pouvait voir ses doigts blanchir, et s'y agripper. Ce serait plus malin de la laisser, mais puisqu'elle l'avait vraiment maintenue en vie, il comprenait son besoin de l'emporter avec elle.

Environ deux minutes passèrent, son détachement s'acharnant à déplacer suffisamment de blocs de ciment pour qu'ils puissent ramper hors de leurs cellules. Celle de Spirit fut terminée avant la sienne, ce qui n'était pas surprenant puisque le trou n'avait pas besoin d'être aussi large.

— Dis-lui de sortir, dit Kevlar dans l'oreille de Blink.

— Vas-y, encouragea-t-il alors la femme.

Mais elle ne bougeait pas. Elle restait là où elle était, ne regardant ni le trou dans sa cellule, le chemin vers la liberté, ni lui... mais la progression de son équipe quant au trou de son côté à lui. C'était difficile à croire qu'elle ne se rue pas vers la toute première occasion !

Au lieu de ça, elle l'attendait.

La détermination submergea de nouveau Blink.

Personne n'allait plus jamais refaire de mal à cette femme. Foutrement hors de question.

— Je pense que c'est suffisamment grand. Amène tes fesses poilues par ici, dit Safe via le récepteur radio.

— Prête ? demanda Blink à la femme. Ensemble.

Elle fit un signe de tête puis s'avança vers le trou de son côté. Du coin de l'œil, il la vit s'allonger puis être tirée par son équipe sans aucune difficulté. Ce ne serait pas aussi facile pour lui... Blink se mit sur le dos puisque ses mains étaient menottées devant lui. Il gigota la tête hors du trou puis dut se tourner alors que Kevlar et MacGyver galéraient à le faire sortir par les épaules.

Blink voulait hurler de douleur, les briques râpeuses égratignaient les nombreuses blessures déjà présentes sur son corps, mais il ne grimaça même pas, finalement extirpé de ce taudis et remis sur ses pieds.

— Tu as l'air misérable.

— Ouah, quelqu'un s'est amusé à te refaire la tronche !

— Une bonne chose que cette barbe cache ta sale gueule.

Mais Blink n'écoutait pas les plaisanteries pour lesquelles sa bande était réputée, surtout lors de situations stressantes. Il n'avait d'yeux que pour la femme qui avait été son roc. Elle l'avait incité à rester calme, lui avait donné un but en attendant d'être secouru.

Elle se trouvait dans la ruelle à côté du bâtiment où ils avaient été détenus. Complètement crade, portant un putain de bikini sous un paréo marron qui était sans doute autrefois d'une jolie couleur pastel, tenant cette fichue tasse comme si sa vie en dépendait. Ses orteils paraissaient petits et fragiles au milieu de la terre et des saletés qui les enrobaient.

Tenez, enfilez ça. Tu peux faire la mère, elle sera l'enfant et Kevlar le père. Gardez votre tête baissée et tenez-vous prêts à tout, dit Safe en filant une pile de tissus à Blink, alors que Smiley tâchait de retirer les menottes de ses poignets et chevilles.

Il comprit comment enfiler la burqa et vit MacGyver aider

la femme à se recouvrir. Le voile grillagé en travers de son visage compliquerait sa visibilité, mais son groupe serait ses yeux.

— Gardez l'œil ouvert tout le monde, dit Kevlar sur la radio. On n'est pas encore sortis de là. Le taxi attend, foutons le camp d'ici.

Sans réfléchir, Blink s'avança vers la femme. Il ne pouvait plus voir ses yeux, ce qui le tracassait pour une raison inconnue.

— Reste un pas derrière moi, Blink, lui dit Kevlar. Et tiens la fille. On dirait qu'elle va s'envoler à la première rafale.

Kevlar n'avait pas tort... Blink tendit la main et à sa surprise, elle s'y accrocha avec une force étonnante.

— Si tu as du mal à marcher, dis-le-moi. Je te porterai. On va y arriver, Spirit.

À sa stupéfaction, Blink sentit ses doigts serrer les siens, comme pour confirmer ses dires. Là encore, le fait qu'elle soit si forte le frappa. Elle ne pleurait pas. Ne râlait pas à propos des sandales à ses pieds qui étaient –, il le voyait – carrément trop grandes. Elle faisait ce qu'elle devait faire afin de survivre.

Mais il n'avait pas le temps de penser, ils bougeaient vite. Et à sa déception, Blink était *celui* qui galérait à marcher. Il se sentait balancer d'avant en arrière comme s'il était saoul. Les coups qu'il avait reçus le rattrapaient.

Il sentit la femme se faufiler à côté de lui. Elle lui serra plus fort la main, comme si elle pouvait l'aider à tenir le coup par la simple force de la volonté. Cela fonctionnait. L'avoir marchant si près aidait Blink à stabiliser ses pas.

Ils n'avaient passé que quelques blocs lorsqu'ils entendirent de gros cris dans le pâté de maisons voisin.

— Merde ! Fichons le camp d'ici ! s'exclama Safe par les radios.

Et d'un coup, l'adrénaline coula dans les veines de Blink. Il ne sentait plus ses blessures.

Il ne sentait plus sa faiblesse.

— Nous irons vers le nord encore sur cinq quartiers puis à l'ouest, vers l'eau. Trois bateaux attendent, lui dit Kevlar, redressant son arme, prêt à l'utiliser à la moindre provocation.

Blink n'avait pas besoin d'expliquer à Spirit que quelque chose n'allait pas. Elle avait le corps tendu et pouvait entendre les cris aussi bien que lui.

— Tout doux, murmura-t-il.

Sachant que s'ils couraient, ils détonneraient encore plus, Blink les faisait marcher derrière Kevlar, allant aussi vite qu'ils l'osaient vers le lieu d'extraction. Sortir de la ville allait être très dangereux...

Dès qu'il eut cette pensée, il entendit un rapide coup de feu retentir dans les rues autour d'eux.

— *Putain*. Vous pouvez courir ? demanda Kevlar, s'adressant à Blink comme à la femme à ses côtés.

Spirit hocha la tête et c'était tout ce que Blink eut besoin de voir.

Il n'allait pas mourir ici et elle non plus. Chaque pas lui faisait un mal de chien. Les chaussures que son groupe lui avait apportées n'étaient pas faites pour la course et celles de Spirit étaient pires encore. Mais s'ils ne montaient pas sur l'un de ces bateaux, l'état de leurs pieds serait le dernier de leurs soucis. Et rien que le fait d'atteindre les bateaux ne garantissait pas qu'ils sortent du pays. Tant qu'ils n'étaient pas dans les eaux iraniennes, la possibilité d'être capturés était élevée.

Des cris résonnèrent derrière eux, dangereusement proches.

Ils n'allaient pas réussir à atteindre les bateaux...

La frustration et la colère envahissaient Blink. Il avait promis à Spirit de la sortir de là et il n'allait pas pouvoir exercer sa promesse !

Soudain, Spirit tira sur sa main. Très fort.

Manquant de tomber, il lui jeta un coup d'œil à travers le

voile de la burqa et la vit désigner une maison. Une femme se tenait à la porte, leur faisant vivement signe de se rapprocher.

— Kevlar ! Maison ! feula Blink, annonçant à son chef d'équipe ce que Spirit avait repéré.

Son instinct entier lui disait de continuer de bouger. D'aller jusqu'aux bateaux. Mais les bruits des hommes fouillant les rues étaient désormais plus forts. À tout moment, ils surgiraient dans un virage et les verraient.

Kevlar hocha la tête et ils coururent vers la maison.

La porte venait de se refermer derrière eux quand ils entendirent le martèlement des bottes passant par là. La femme qui les avait invités posa le doigt sur ses lèvres. Blink ignorait si elle savait qu'il était un homme, que Spirit n'était pas une petite fille, mais il n'allait pas griller leur couverture.

Il pouvait sentir Spirit trembler à côté de lui et sans réfléchir, il l'attira près de lui. Sa tête atteignait à peine son épaule et malgré le danger de la situation, Blink sentait quelque chose se mettre en place au fond de lui, quand elle s'appuya contre lui. C'était une sensation qu'il n'avait jamais ressentie auparavant...

Une impression de justesse. D'être chez soi.

Ils se trouvaient au milieu d'une mission de sauvetage complètement foireuse, vulnérable comme il ne l'avait jamais été et pourtant, tout semblait être à sa place dans son univers.

— Blink ?

Sursautant à la voix de Kevlar, il se tourna.

Son chef d'équipe avait l'air complètement à l'aise. Comme s'il ne fuyait pas pour sa vie avec deux personnes très faibles qui, à ce stade, étaient un frein à sa survie. Il désigna l'oreillette qu'ils utilisaient pour rester en contact avec les autres, celle qu'il avait complètement ignorée, car il était trop occupé à s'émerveiller de sa connexion avec Spirit.

— L'équipe a pris deux des bateaux. On doit monter dans le troisième. Notre contact est encore là-bas. Juste au cas où on serait séparés, c'est une vedette marron. Il a l'air pourri, mais il a suffisamment de puissance pour distancer quiconque pourrait suivre. Il attendra jusqu'au soir s'il le faut. Le plan, c'est d'atteindre le bateau et à la seconde où on quitte les eaux iraniennes, on sera récupérés par hélico.

Blink acquiesça, n'appréciant pas pour le moment leurs chances d'atteindre réellement le bateau. Et il n'allait même pas demander à Kevlar ce qu'il avait prévu de faire au cas où ils seraient *bel et bien* séparés, et que lui et Spirit prenaient le bateau qui les attendait.

Comme s'il avait bossé avec Blink pendant des années plutôt que la courte période durant laquelle ils avaient fait partie de la même équipe, Kevlar dit :

— Nous allons sortir de là, Blink. Nous devrons tout de même parler du fait que tu as filé en douce au milieu de la nuit sans nous.

Blink accepta. Il réalisa qu'il peinait à respirer et que l'adrénaline coulait toujours vivement dans son système sanguin. Ils étaient si proches de sortir de là, mais il restait encore la partie la plus dangereuse. Ils devaient atteindre les eaux et espérer que le pilote et le bateau étaient aussi bons que le prétendait Kevlar.

La femme qui les avait invités à entrer dans sa maison parla très rapidement perse puis tira sur la burqa de Spirit avant de désigner l'arrière de la maison.

Aucun d'eux n'avait idée de ce qu'elle avait dit, mais il était évident qu'elle voulait qu'ils la suivent. Ils traversèrent la petite maison jusqu'à une porte au bout. Elle l'entrouvrit et passa la tête dehors. Puis elle leur dit autre chose et hocha la tête, maintenant la porte ouverte pour eux.

Blink aurait préféré attendre un peu plus longtemps pour s'assurer que leurs poursuivants les croient partis, mais il semblait bien qu'ils s'en allaient maintenant. Il fit un signe de tête à la femme qui les avait aidés et se retrouva de nouveau dehors avec Spirit et Kevlar.

— Tu t'en sors bien, Spirit, lui dit-il calmement, dès qu'ils furent de retour dans la rue de la ville. Il faut juste continuer un peu.

Il avait mal aux pieds. Aux jambes. À ses doigts et son dos. Mais rien n'empêcherait Blink d'atteindre l'eau. Il pensa au reste de son groupe, qui avait bien voulu venir le chercher. À ses anciens coéquipiers, qui étaient morts ou s'étaient blessés en luttant contre le mal. Et il pensa à la femme qui avait tout bonnement risqué sa propre sécurité pour les cacher. Elle ne savait pas qu'ils étaient américains ; tout ce qu'elle avait probablement vu, c'était deux parents et un enfant, effrayés et sur le point d'être pris dans un truc dangereux. Blink ignorait si la femme pensait qu'ils étaient ceux que les autres pourchassaient ou s'ils s'étaient juste trouvés au mauvais endroit au mauvais moment. Mais sa gentillesse leur avait accordé une autre chance de rentrer chez eux. Il lui en serait toujours reconnaissant.

C'était le problème de la guerre... Des missions qu'il avait faites. Même s'ils se trouvaient peut-être dans un pays hostile, il y avait toujours des innocents. Des civils qui vivaient seulement leurs vies. Ce n'étaient pas des terroristes endurcis, ils ne voulaient pas tuer ou être tués. Ils essayaient simplement de survivre dans n'importe quelle situation que la vie leur imposait. Des femmes, des enfants et des hommes qui aimaient et voulaient être aimés. Qui avaient des objectifs et des aspirations. Qui n'étaient pas d'accord avec ceux qui étaient prêts à tuer pour le pouvoir. La femme qui leur avait permis d'entrer dans son foyer pour trouver momentanément refuge était l'une de ces civils.

Blink ne savait pas exactement où ils allaient, mais il faisait confiance à Kevlar et il pouvait sentir l'odeur de l'eau, son chef d'équipe les guidant vers elle. Ce ne fut pas long à atteindre et ça bougeait pas mal aux environs des quais. Des hommes criaient et pointaient le doigt vers le golfe.

Analysant les bateaux, Blink repéra ce qui devait être leur monture. Un homme était assis dans un bateau marron et

Kevlar avait raison, il donnait l'impression qu'il coulerait s'il allait quelque part. Au lieu de paraître inquiet quant à l'agitation autour de lui, le mec semblait calme. Il ne jouait pas avec du matériel de pêche. Il ne faisait rien d'autre qu'être assis à l'arrière de son bateau, une main posée sur le levier du moteur hors-bord.

Mais s'il n'était *pas* leur contact et leur moyen de sortir de là, et que Blink, Spirit et Kevlar sautaient sur ce bateau, ils étaient foutus.

Kevlar s'arrêta dos contre le mur d'un bâtiment non loin du quai et Blink fit de même, remarquant qu'il n'avait même pas besoin de donner l'ordre à Spirit de se mettre entre eux. Elle suivit son exemple sans poser de questions, sans hésiter.

— Vous voyez ce bateau ? leur demanda Kevlar, pointant celui-là même que Blink avait déjà repéré.

Spirit hocha la tête, au moment même où Blink dit laconiquement :

— Oui.

— C'est notre engin.

Spirit leva immédiatement les yeux vers Blink et secoua la tête.

Il aurait aimé pouvoir mieux voir ses yeux, mais tous les deux portant des burqas, il ne le pouvait pas.

— Tout va bien, lui dit-il.

Au lieu de capituler, elle secoua de nouveau la tête.

Il ne savait pas bien pourquoi elle hésitait. Il avait besoin qu'elle soit sur la même longueur d'onde. Il pouvait la porter, mais cela attirerait l'attention sur eux, une attention qu'ils ne désiraient pas, ni n'avaient besoin. Il lui pressa la main de manière à la rassurer, réalisant là encore à quel point elle était vraiment petite et fragile.

Il n'attendit pas que Kevlar leur explique pourquoi leur seule option à ce stade était de monter dans ce bateau. Spirit le regardait *lui* afin d'être rassurée.

— Les hélicoptères ne peuvent pas emprunter l'espace

aérien iranien sans déclencher un incident international majeur. Là-bas dans le désert, oui, ils peuvent parvenir à entrer en douce, déposer des forces spéciales puis s'en aller discrètement, mais venir en ville n'est tout simplement pas possible. Nous devons sortir du pays pour qu'ils puissent venir nous chercher. Kevlar m'assure que le bateau peut nous emmener là où nous devons aller afin qu'un hélico puisse nous cueillir. Je lui confierais ma vie. Mais plus important, je lui confierais la *tienne*. Nous pouvons y arriver, Spirit. Bon sang, c'est facile comparé à ce que nous avons déjà traversé !

Il ignorait totalement si ce qu'il avait dit était compris. Elle avait les yeux levés vers lui et elle ne donnait même pas l'impression de respirer.

Puis elle le prit totalement au dépourvu en s'écroulant contre lui, son front venant lui heurter le torse. Ses bras l'entourèrent et le serrèrent si fort qu'il fit la grimace sous la pression qu'elle générait sur ses côtes contusionnées.

Mais il n'hésita pas à mettre les bras autour d'elle en retour. Elle tremblait, de toute évidence, absolument terrifiée. Il ne savait pas bien pourquoi... mais il commençait à se dire que c'était à cause du bateau.

— C'est ce qui t'est arrivé ? C'est comme ça que tu as atterri ici ? Un bateau ? lui

demanda-t-il calmement.

Elle hocha la tête contre lui et le cœur de Blink se serra pour elle.

Même s'il adorait l'avoir appuyée contre lui – il était un protecteur après tout – il savait qu'ils ne pouvaient pas rester là indéfiniment. Quelqu'un les remarquerait.

Il se recula, mais ne la lâcha pas.

— Tu ne retourneras pas là-bas. Je te donne ma parole en tant que membre de la Navy

SEAL, en tant qu'homme. Nous allons tous sortir de là. Et quand nous arriverons au moyen de transport où le reste de mes coéquipiers patientent, je m'assurerai que tu auras le plus gros et le plus savoureux des hamburgers que je pourrais trouver. Avec toutes les garnitures. Oh, mais si tu es végétarienne – ce qui est bien, hein, il n'y a rien de mal à ça – je te préparerai la meilleure des salades à la place, avec chaque légume connu de l'homme.

Elle proféra un son et si Blink ne se méprenait pas, c'était un genre de rire.

Puis... elle finit par acquiescer. Ce n'était qu'un tout petit mouvement de la tête, mais il l'avait vu. Elle continuait de foutrement l'impressionner !

— Bien. Alors, prenons notre bateau. Ça va être cahoteux. Et rapide. Mais tout ce que nous aurons à faire, c'est de garder la tête basse et tout ira bien.

Blink racontait pas mal de conneries... Il avait le sentiment que ça allait être compliqué, *très compliqué*. Il ignorait si leurs poursuivants – il ne doutait pas qu'ils seraient pourchassés – cesseraient une fois qu'ils auraient franchi les eaux iraniennes, mais leur hélico serait là. *Ça*, il le savait sans le remettre en question.

Il sentit quelque chose contre son flanc et découvrit qu'elle tenait toujours la petite tasse en métal.

— J'ai des poches à mon pantalon. Si tu me fais confiance, je peux y mettre ta tasse. Tu auras les mains libres... juste au cas où ce serait nécessaire.

Blink ne savait même pas à quel point il crevait d'envie qu'elle lui fasse confiance avec la précieuse tasse jusqu'à ce qu'elle la lui tende. Elle était plus petite qu'elle en avait eu l'air dans leurs cellules. Mais cette chose lui avait sauvé la vie et probablement celle de Blink aussi. Se mettant rapidement en mouvement, il la fourra dans l'une de ses nombreuses poches de pantalon. Elles étaient généralement pleines de tout un tas de trucs, mais ses ravisseurs lui avaient tout pris avant de le rosser de coups la première fois et de le jeter dans sa cellule.

— Très bien. Allons-y, dit Kevlar.

Blink tendit la main et, une fois encore, le monde sembla chavirer quand Spirit plaça sa

petite main dans la sienne, plus grande. Leurs doigts étaient sales, les siens étaient tachés de sang et tordus après la torture qu'il avait subie, mais quelque part, voir leurs mains s'étreindre était comme un bon présage.

Ils étaient tous dans le même bateau.

CHAPITRE 6

Josie se sentait mal. Elle était terrifiée. Elle avait rêvé de sortir de cette cellule pendant des semaines, mais maintenant qu'elle y était, elle voulait y retourner. Retourner là où elle savait à quoi s'attendre, où elle n'avait pas à s'inquiéter qu'on lui tire dessus ou qu'on la chasse comme un animal.

Mais... elle n'était plus seule. Et c'était mieux que ce qu'elle avait enduré durant sa captivité. Nate était hors du commun, physiquement et métaphoriquement. Il se plaçait entre elle et le danger. Avait toujours veillé sur elle, l'avait rassurée. Il ne l'avait pas menacée comme si elle était un frein, ce que Josie savait être.

Elle avait perdu les sandales que les amis de Nate lui avaient données à la minute où ils avaient accéléré le pas et avoir dû se dépêcher dans les rues avait été extrêmement douloureux. C'était comme si elle avait fait la découverte de chaque galet et pierre tranchante pendant leur fuite. Mais si Nate pouvait endurer sans le montrer la douleur qu'il devait forcément subir, elle le pouvait également. Hors de question qu'elle le ralentisse.

Mais apprendre qu'ils s'échappaient par bateau ? Ça l'avait

presque anéantie. Les souvenirs assaillaient Josie... Revoyant Ayden tué, son corps jeté sans ménagement par-dessus bord. La panique et la terreur lorsque ces hommes l'avaient attrapée et traînée jusqu'à leur bateau.

Là-bas, sur l'eau, elle serait, avec Nate et Kevlar, des cibles faciles. Elle savait cela mieux que quiconque. Il n'y avait eu nulle part où se cacher quand les hommes s'étaient jetés sur elle et Ayden. Pas de fuite possible. Elle pouvait nager, mais au milieu du golfe, où aurait-elle pu aller ?

Et voilà qu'elle devait retourner sur un autre bateau... Un plus *petit*. Et ils seraient sûrement pourchassés. C'était son pire cauchemar qui recommençait.

Mais elle n'avait pas le choix. Aucun. Nate avait raison : ce n'était pas comme si un hélicoptère pouvait venir et les prendre sur les quais.

Elle se mettait à respirer trop rapidement, ses veines baignant dans la terreur. Mais quand Nate lui prit la main, et que lui et son camarade de la Navy SEAL quittèrent l'abri des bâtiments, elle n'eut d'autre choix que de les suivre. Ses oreilles sifflaient et elle avait l'impression de voir le monde à travers un long et sombre tunnel. Le voile sur son visage qui la privait d'une vision périphérique n'aidait pas. Quelqu'un pourrait les approcher furtivement et ils ne s'en rendraient même pas compte.

— Un pas à la fois, lui dit doucement Nate à côté d'elle.

Elle lui pressa la main en remerciement et sentir les doigts de Nate serrer les siens en retour l'aida à ne pas se sentir si seule. Pas si effrayée.

Ils montèrent sur le quai menant au bateau et c'est là que les ennuis arrivèrent.

Quelqu'un cria quelque chose derrière eux et sans que Nate ou Kevlar n'aient à le lui dire, Josie courut. Ils s'élancèrent vers le bateau marron et l'homme se tenant à côté du moteur se leva et leur fit vivement signe de se dépêcher.

Reconnaissante qu'il s'agisse du bon bateau et qu'ils

n'étaient pas sur le point de bondir sur le vaisseau d'un inconnu qui ne savait pas ce qu'il se passait, Josie se sentit presque hébétée de soulagement tout en courant plus vite. Nate la traînait pratiquement puisque ses jambes étaient plus longues que les siennes, mais jamais il ne lui lâchait la main. Jamais il ne lui disait qu'elle était trop lente.

Quand ils arrivèrent au bateau, l'homme avait déjà démarré le moteur. Josie n'hésita pas. Elle leva la jambe pour sauter, mais trébucha aussitôt sur le vaste tissu de la burqa. Heureusement, elle tomba pile là où elle avait voulu atterrir : dans le bateau. Elle sentit l'engin faire une embardée, Nate et Kevlar suivant derrière elle.

Avant de pouvoir s'asseoir, elle fut clouée au fond du bateau, leur chauffeur faisant ronfler le moteur.

— Tiens bon ! cria Nate par-dessus le bruit puissant de l'engin.

Josie ne pouvait rien voir ni respirer ; tout ce qu'elle pouvait faire, c'était s'accrocher comme Nate le lui avait dit. Elle rebondissait légèrement chaque fois que le bateau se prenait une vague. Elle n'entendait rien hormis le son aigu du moteur tandis qu'elle était allongée sur le ventre et tâchait de ne pas vomir.

Au bout de quelques minutes, Nate se leva et s'éloigna d'elle. Josie resta là où elle était. Son cœur tambourinait et elle avait l'impression de faire une crise cardiaque. Le bateau ne ralentissait pas. En fait, il semblait prendre de la vitesse.

À sa surprise, Nate la fit pivoter et entreprit d'essayer de lui retirer la burqa par la tête. À la seconde où elle fut retirée, même s'ils n'étaient pas du tout à l'abri, Josie eut la sensation de pouvoir respirer à nouveau.

— Nous y sommes ! dit-il, ses mots presque balayés par le vent. Nous sommes en train de les semer !

Regardant derrière eux, Josie vit trois bateaux à leurs trousses et, à son soulagement, elle n'avait pas l'impression qu'ils étaient en train de gagner.

— Tu t'en es bien tirée, Spirit, lui dit Nate.

Josie n'était pas certaine d'avoir apprécié ce surnom que Nate lui avait donné au début.

Mais elle commençait à le faire. Bien sûr, elle aurait aimé pouvoir lui dire son vrai nom, mais puisque sa voix ne semblait pas obéir, ce n'était pas vraiment possible pour le moment.

Kevlar porta la main à son oreille et sembla tripoter son récepteur avant de se mettre à crier à moitié pour être entendu au-delà du vent :

— Nous sommes en route avec les cibles sur nos talons. Compris, nous serons prêts. Ce sera bon de vous voir également. Terminé, dit-il avant de regarder Josie puis Nate. Tenez bon, vous deux, nous y sommes presque.

La gorge serrée, Josie déglutit et regarda autour d'eux. Tout ce qu'elle voyait, c'était la pleine mer, mais elle savait que quelque part là-dedans se trouvait la zone « sûre ». Ils devaient juste y arriver avant que les hommes qui les pourchassaient les attrapent.

Elle le vit avant de l'entendre : l'hélicoptère. Il paraissait minuscule au loin, mais tandis qu'ils se rapprochaient de plus en plus, il grossit en taille.

— Le voilà. Notre issue ! cria Nate.

Josie pensa alors à une chose. Mais comment allaient-ils donc monter *à bord* de l'hélicoptère ? Elle n'était pas sûre que, n'ayant personne dans les environs pour patrouiller les mers, les gens qui les pourchassaient s'embêtent avec une limite à ne pas dépasser. Elle observait avec appréhension tandis qu'ils se rapprochaient de plus en plus de l'hélico.

Bientôt, il fut au-dessus d'eux. L'énorme machine s'inclina vers la droite et fit le tour pour avancer à leur rythme, prenant la même direction que le bateau qui continuait de progresser à la même vitesse effrénée sans jamais avoir ralenti.

Une porte s'ouvrit sur le côté de l'hélicoptère et une corde en tomba.

Oh non, non !

Josie n'allait pas grimper une foutue corde tandis qu'ils voguaient à mille kilomètres à l'heure ! Elle n'était pas une artiste de cirque. Elle ne pourrait pas le faire !

Mais elle aurait dû se douter que Nate ne lui aurait jamais demandé une chose pareille.

— Tout ce que nous avons à faire, c'est de tenir bon, lui dit-il, la bouche proche de son oreille. Ils vont nous tirer vers le haut avec un treuil mécanique. Accroche-toi juste à moi et je te protègerai. Je t'en donne ma parole.

Pour une raison, elle le croyait. Il n'avait brisé aucune des promesses qu'il lui avait faites jusqu'à présent. Elle était terrifiée, morte de trouille, mais là encore, *tout* ce qui lui était arrivé récemment avait été effrayant et horrible. Pourquoi serait-ce différent cette fois ?

Et pourtant, ça l'était. Elle n'était plus seule. Ayden n'avait pas été capable de la protéger ; franchement, il n'avait même pas essayé. Il avait paniqué en réalisant ce qu'il avait fait, qu'il les avait par mégarde emmenés vers les eaux iraniennes. Il avait même tenté d'accuser *Josie* lorsque les hommes étaient montés à bord. Évidemment, ça n'avait rien rapporté de bon. Il avait été tué quelques secondes après avoir essayé, sans succès, de la jeter sous les roues d'un bus.

Mais cet homme-ci ? Il n'avait pas paniqué quand les choses avaient mal tourné après avoir été libérés de leurs cellules. Il était calme, restait cool, et avait tout fait pour la protéger pendant leur fuite.

Nate baissa les yeux sur elle, comme s'il attendait son accord pour ce qui allait arriver. C'était un autre truc qu'elle respectait chez cet homme ; il ne la forçait en rien. Lui donnait l'impression qu'elle avait son mot à dire dans le déroulement des choses. C'était faux, mais elle appréciait tout de même l'effort.

Elle finit par hocher la tête.

— Bien. Hamburger ou salade. Ils seront bientôt à toi, plaisanta-t-il avant de s'intéresser à la corde qui pendait.

Il se mit debout et Josie fit de son mieux pour lui tenir les jambes. Ce qui était ridicule... Ce n'était pas comme si elle avait la force de l'empêcher de tomber à cause des mouvements imprévisibles du bateau. Toutefois, ça l'aidait à ne pas se sentir si incapable, cette impression d'aider même d'une infime façon. Heureusement, Kevlar se trouvait de l'autre côté de Nate, le stabilisant un peu plus dans sa tentative d'atteindre la corde.

Au grand étonnement de Josie, Nate forma rapidement une boucle avec une partie de la longue corde et la fixa fermement autour de ses hanches. Puis il fit signe à Josie de se lever. Apparemment, ils monteraient les premiers. Joie !

Josie se leva et retomba immédiatement sur les fesses, le bateau s'étant pris une assez grosse vague.

Nate fronça les sourcils et tendit la main. Josie s'y agrippa et avec son aide, parvint à se relever contre lui. Avec Kevlar, ils attachèrent la corde autour de la taille de Josie puis la passèrent sous ses fesses.

— Grimpe ! cria-t-il.

Ce fut à cet instant qu'elle comprit que tous les trois monteraient en même temps. Pendant que Nate l'avait aidée à se placer, Kevlar s'était rapidement attaché à la longueur de corde restante que Josie avait considérée comme un simple « extra. » Il serait suspendu sous eux.

Josie prit le temps de prier pour que la corde soit suffisamment résistante pour lever trois corps en une fois. Pour qu'elle ne se rompe pas et les envoie tous plonger dans l'eau. Que l'engin mécanique qui les tirerait vers le haut soit en mesure de fonctionner avec leurs poids combinés.

Puis la terreur se concentra soudain sur autre chose... Derrière les épaules de Nate, Josie vit plusieurs hommes dans les bateaux qui les poursuivaient, visant le leur avec ce qui ressemblait à des fusils bourrés de stéroïdes.

Un cri aigu s'échappa de sa gorge. Elle voulait crier à Nate de faire attention. Attirer son attention sur le fait qu'ils allaient se faire tirer dessus, mais sa voix ne coopérait pas.

Elle siffla quand elle sentit la pression sur ses fesses et soudain, ils se mirent à s'élever à grande vitesse. À sa plus grande horreur, ils étaient à environ cinq mètres de hauteur quand elle vit l'homme qui les avait menés vers la liberté tomber au fond du bateau.

On lui avait tiré dessus !

Le chagrin l'envahit. Elle n'avait pas dit un mot à cet homme et il ne s'était adressé à aucun d'eux, mais il avait risqué sa vie pour les aider à s'échapper. Et voilà qu'il s'était pris une *balle* à cause d'eux.

Elle ferma les yeux, enfouit son visage dans le cou de Nate. Elle resserra ses jambes et ses bras autour de lui et pria pour qu'il ne la laisse pas tomber.

Ils tournèrent en cercle, l'hélico les soulevant haut dans le ciel et loin des bateaux, les balles volant autour d'eux. Josie était prise de vertiges et elle ouvrit les yeux pour tenter de retrouver son sens de l'équilibre. Elle le regretta de suite, leur position au-dessus des vagues étant bien plus haute qu'elle s'y était attendue.

— On y est presque ! cria Nate.

Josie leva les yeux et vit les patins de l'hélicoptère se rapprocher de plus en plus à une vitesse alarmante. Une fois de plus, elle ferma les yeux, ne souhaitant pas voir la collision sur le point de se produire. Sauf qu'elle n'eut pas lieu.

Elle sentit la corde osciller vers l'extérieur, ce qui lui fit ouvrir les yeux. Un homme à l'intérieur de l'hélicoptère manipulait la corde pour qu'ils évitent de se prendre les patins. Ça avait l'air si simple... mais elle supposa qu'il s'était beaucoup exercé à aider les gens à grimper dans un hélico survolant à mille kilomètres-heure un océan agité tout en se faisant tirer dessus.

Cette pensée la fit mentalement rouler des yeux. C'était étrange, les choses que le cerveau imaginait pour supporter les situations stressantes.

Puis des mains la touchèrent et elle sentit quelque chose de dur dans son dos. Ils furent tirés à l'intérieur et elle observa Kevlar se hisser dans l'hélico avec peu de cérémonie et une efficacité bâtie par l'expérience.

— Allez, allez, allez ! hurla quelqu'un.

Avant d'avoir l'occasion de ressentir le soulagement qu'ils soient entrés dans l'hélicoptère, celui-ci s'inclina vers la gauche, très à gauche... et fit tanguer Josie et Nate de l'autre côté. Le dos de Nate heurta le mur en métal de l'appareil, puis ils glissèrent vers l'avant.

— Putain ! jura Nate gardant les bras fermement autour de Josie, sans la lâcher, sans essayer de retirer le harnais auquel il les avait attachés.

Le bruit à l'intérieur de l'hélico était si assourdissant que Josie ne pouvait rien entendre d'autre que Nate.

— Tout doux, mec !

Le paréo que Josie portait depuis des semaines glissa alors qu'une fois de plus, l'hélicoptère pencha brutalement d'un côté. Elle sentit une brûlure à l'arrière de sa cuisse, mais avant même de pouvoir comprendre cette douleur, un énorme *boum* résonna dans l'hélico. Il vacilla et pendant une seconde, Josie crut que l'appareil s'était arrêté.

— Putain ! hurla Nate avant de la regarder. Nous avons été touchés !

Ces mots ne signifièrent rien, d'abord. Et quand ce fut *enfin* le cas, la terreur que Josie avait ressentie précédemment – sur tout... fuir de leur de prison, voir le bateau dans lequel ils devaient monter, être pourchassés en pleine mer, pendre à un truc qui ressemblait à un fil d'un hélicoptère – fut décuplée.

— Nous avons l'un des meilleurs pilotes de l'Armée aux commandes de ce truc. Tout ira bien.

Josie ignorait complètement par quel miracle tout irait bien alors qu'ils avaient tout bonnement été frappés par une sorte de missile. Elle pouvait désormais sentir la fumée, l'odeur caustique d'essence.

Nate parvint à s'asseoir droit. Tout en gardant les mains

autour de Josie, il se glissa vers l'avant, vers un unique siège juste derrière l'un des pilotes. Même avec l'hélico qui remuait d'un côté et de l'autre, essayant de toute évidence d'éviter d'autres tirs de feu des hommes sur le bateau, il s'installa sur le siège avec Josie toujours accrochée à lui. Kevlar s'était lui-même attaché sur le côté de l'appareil et était à genoux, visant avec son arme vers l'extérieur, à la porte toujours ouverte.

À la surprise de Josie, Nate fixa un harnais, une sorte de ceinture de sécurité, autour d'eux, les maintenant en place. Les bras de Nate encerclaient le dos de Josie et elle avait le visage pressé contre le côté de son cou. Elle chevauchait ses genoux, son entrejambe fermement appuyé contre celui de Nate, son paréo et son bikini ne représentant plus vraiment une barrière. La position aurait dû paraître étrange, mais tout ce que parvenait à penser Josie, c'était de se coller le plus près possible de Nate.

Elle allait mourir dans un accident d'hélicoptère en feu. Et si ça ne la tuait pas, l'eau remplissant l'intérieur tandis qu'ils s'enfonceraient dans l'océan le ferait certainement.

Elle ne voulait pas être seule au moment de mourir et tant qu'elle s'accrochait à Nate, au moins, ils mourront ensemble.

Ce voyage en hélicoptère était le plus long dans la vie de Josie. Il aurait pu avoir duré dix minutes comme une heure, elle n'en avait aucune idée. Mais miraculeusement, ils ne s'écrasèrent pas. Pas dans l'océan en tout cas. Elle entendit vaguement Nate parler, mais à cause de sa peur, ses paroles n'avaient aucun sens.

Puis ses bras se raffermirent si fort autour d'elle qu'il lui fut difficile de respirer. Elle y parvint lorsque le bruit de l'appareil disparut soudain.

— On y est ! Accrochez-vous ! cria l'un des pilotes.

Pressant fort les paupières, Josie obéit.

La dernière chose qu'elle entendit fut un craquement et Nate disant « *putain !* » avant que le monde ne chavire et que quelque chose vienne lui heurter la tête. Très fort.

* * *

Blink s'éveilla à l'odeur d'un truc en train de brûler. Tout lui revint en un éclair : la folle course en bateau, d'être hissé dans un hélico, de voir son frère, Tate, aux commandes, puis de l'hélico frappé par un lance-roquettes. Tate jurant alors que lui et son copilote luttaient pour rester dans les airs. De l'entendre dire un truc à propos d'atterrir en Irak avant que l'engin ne s'arrête et qu'ils ne s'écrasent.

Sentant une pression sur sa poitrine, Blink baissa les yeux et vit Spirit allongée mollement contre lui. Il avait réussi à les installer tous les deux sur l'un des sièges et les y attacher. Dieu merci ! S'il ne l'avait pas fait, ils seraient sans doute morts tous les deux maintenant. Mais là, il vit du sang couler sur le côté de la tête de Spirit.

— Tate ? Kevlar ? s'écria-t-il, inquiet pour son frère et l'autre pilote ainsi que pour son chef d'équipe.

— Je vais bien, répondit Kevlar.

— Vivant ! dit Tate. Et toi et la fille ?

— Pareil, dit Blink.

Il sentait des petits souffles dans son cou alors il savait que Spirit respirait.

— Merde, mec, c'était intense ! dit le copilote.

Blink se concentra et vit qu'ils étaient tous assis dans le cockpit du BlackHawk UH-60.

Derrière lui, rien d'autre que l'air à ciel ouvert. À sa droite, la porte de l'hélico manquait à l'appel et au-dessus de lui, il vit le ciel.

— C'est bon de te voir, frangin, dit Tate, se tournant avec un petit sourire en coin. Mais bon, on aurait peut-être pu se retrouver pour une bière dans un bar ou un truc du genre à la place ?

Blink ne put réprimer le sourire qui s'élargissait sur ses lèvres.

— Je n'ai pas pu faire autrement que d'être au milieu d'un foutoir… Tu aurais pu, toi ? demanda-t-il à son jumeau.

— J'ai appris que tu avais besoin d'un chauffeur, qui suis-je pour refuser ?

— Si tu en as terminé avec ta réunion fraternelle, Casper, je pense que nous devons nous barrer d'ici. Nous avons laissé une trace que les ennemis des *deux* côtés de la frontière seront en mesure de suivre, dit le copilote. Il faut qu'on soit sortis de là avant qu'ils n'arrivent.

— Frérot, voici Pyro, mon copilote, dit Tate.

Blink fit un signe de tête à l'autre homme.

— Voici Kevlar, mon chef d'équipe, dit-il, présentant Kevlar aux pilotes. Où sommes-nous ?

— Dans les montagnes entre l'Irak et l'Iran. J'ai essayé de nous faire sortir du désert, mais le système de direction a été détruit par cette roquette. Je suis allé aussi loin que possible, expliqua son frère.

— Tout atterrissage qui nous éloigne est un endroit parfait où atterrir, lui dit Kevlar.

— Va dire ça à Laryn. Elle va être furieuse que j'aie détruit son bébé.

Blink le regarda.

— C'est une mécano du porte-avions qui bosse en tant que contractuelle spéciale pour

l'Armée des Night Stalkers qui se trouvait dans la zone au moment où nous avons entendu le message disant que tu avais besoin d'être ramené d'Iran, répondit Pyro. Vous avez eu de la chance qu'on soit dans le coin. La Navy a demandé qu'on les rejoigne à bord… pour une mission dont je ne peux pas parler, bien entendu. Laryn a toujours prévenu Casper que s'il ramenait cette beauté avec une seule égratignure, il devrait en répondre.

Blink hocha la tête puis reporta son attention sur Spirit, soucieux. Elle n'avait pas bougé contre lui. Il décrocha le harnais puis la libéra rapidement des cordes qu'il avait utilisées pour l'attacher à lui, lors de leur montée dans l'hélico. Il s'avança sur son siège. Le cockpit se trouvait dans un angle et il s'émerveilla à nouveau du fait qu'ils étaient tous encore en vie. Il avait toujours su que son frère était un sacré pilote, comme il était censé l'être pour être dans les Night Stalkers, l'un des meilleurs des meilleurs des pilotes de l'Armée, mais ça, ça le prouvait certainement.

Kevlar l'aida à bouger – ainsi il ne fut pas obligé d'abandonner Spirit – et chaque muscle de son corps hurlait tandis qu'il se hissait au bord de l'hélico. Il fit un pas dehors, Spirit toujours aussi molle dans ses bras. Il en fit quelques autres pour s'éloigner de l'hélico qui se consumait et se mit à genoux.

— Spirit ? l'appela-t-il, l'ayant allongée sur le dos sur le sol rocailleux.

— Qui est-elle ? demanda Tate, accroupi à ses côtés.

— Aucune idée, répondit Blink. Elle était dans la cellule à côté de la mienne, précisa-t-il

avant de regarder brièvement son jumeau. Regarde-la. Elle a été affamée. L'unique raison pour laquelle elle est toujours en vie, c'est parce qu'il y avait une putain de fuite dans le coin de sa cellule, où elle a pu recueillir de l'eau. Et elle me l'a donnée. Elle avait cette petite timbale qui se remplissait tous les deux jours. Et après une session de torture, elle m'a donné à *moi* cette eau précieuse. Elle n'a pas prononcé un seul mot. Je n'ai aucune idée de son nom, d'où elle vient, ni quoi que ce soit sur elle... mais elle est à *moi*.

Les mots de Blink étaient féroces et gutturaux. Ce qu'il disait n'avait aucun sens, mais il s'en fichait. Il était bouche bée devant cette femme. Elle avait fait tout ce qu'il lui avait demandé et bien plus. Elle n'avait aucune raison de lui faire confiance et pourtant elle l'avait quand même fait. Elle avait été jetée, oubliée et curieusement, elle avait survécu. Sa Spirit continuait de briller autant que ce putain de soleil.

— Tout doux, Blink, dit Kevlar en posant une main sur son épaule.

Blink prit une grande inspiration. S'émouvoir et s'énerver n'apporterait rien de bon à Spirit. Il devait rester calme. Faire ce qui devait être fait.

Tate acquiesça.

— Emmène ta nana là-bas pendant que Pyro et moi faisons ce que nous devons faire.

Nous prendrons les provisions de secours et puis nous nous mettrons en route.

— J'aiderai, dit Kevlar sans hésiter.

Blink aurait dû savoir que son frère ne lui aurait pas dit qu'il était ridicule. Ils étaient jumeaux ; Tate le connaissait mieux que personne d'autre au monde.

— Tate, dit-il, quand son frère entreprit de s'éloigner.

— Oui ?

— Merci.

Blink ne savait pas pourquoi il remerciait son frère d'être venu le chercher. D'avoir fait atterrir cet hélico hors d'usage. Ne pas lui avoir dit qu'il était ridicule pour réclamer une femme dont il ne connaissait même pas le nom comme étant la sienne.

Son frère n'avait pas besoin de clarification. Il hocha simplement la tête puis se retourna vers l'hélicoptère.

Blink se leva et souleva Spirit avec précaution, l'amenant à une trentaine de mètres de l'hélico hors service. Son frère, Pyro et Kevlar avaient du boulot. Ils devaient s'assurer que personne ne pourrait obtenir de secrets gouvernementaux en démontant l'hélicoptère. Ils détruiront ce qu'ils pourraient puis mettraient le feu au reste.

En cet instant, il s'inquiétait plus du fait que Spirit était toujours inconsciente. Il la mit au sol sur le dos et inspecta la blessure à sa tête. Ça saignait lentement, mais il écarta les cheveux de la blessure et fut soulagé de voir qu'elle n'aurait pas besoin d'être recousue.

Avec précaution, il inspecta ses bras et ses jambes, là où sa peau était irritée, et Blink regarda son visage... sursautant en découvrant qu'elle était éveillée et le regardait dans les yeux.

— Hé, dit-il d'un ton posé.

Comme attendu, elle ne répondit pas, continuant simplement à le regarder.

— Tu peux t'asseoir ?

Il patienta, mais comme elle ne fit ni oui ni non de la tête, il décida de l'encourager à bouger quand même. Il la mit en position assise et elle finit par détourner le regard de lui et vérifier les alentours. Ses yeux s'agrandirent lorsqu'elle aperçut l'hélicoptère.

— Oui, ce fut un atterrissage en catastrophe, dit Blink, sans intonation dans sa voix.

Elle émit un son étranglé qui, selon lui, aurait pu être un rire, alors il eut la sensation de mesurer trois mètres en se disant qu'il avait été capable de faire ça. La faire rire.

— Mon frère est visiblement un putain de magicien, reprit-il avant de soupirer. Bon, alors... la mauvaise nouvelle, c'est que nous nous sommes écrasés. Mais la bonne, c'est que nous ne sommes pas dans l'océan et que nous ne sommes plus en Iran.

Le regard de la femme revint à lui et elle haussa un sourcil. Ce fut maintenant au tour de Blink de rire.

— Oui, on est donc en Irak. Mais nous ne sommes plus activement en guerre. Alors tout ce que nous avons à faire, c'est une petite balade dans les montagnes et je suis sûr que Tex viendra nous récupérer en un rien de temps.

Spirit inclina la tête comme pour demander qui était cette fichue personne dont il parlait.

— Tex est un ancien membre de la Navy SEAL qui a pour mission dans la vie de veiller sur ceux d'entre nous qui sont assez fous pour faire ce boulot. J'ai un traqueur. Dans mes sous-vêtements. C'est comme ça que mon groupe a su exactement où me trouver et comment l'hélico nous a détectés au milieu de l'océan. Ça pourrait prendre deux jours, mais ils *viendront* nous chercher, lui dit Blink.

— On est presque paré à partir ! s'exclama Tate.

Blink regarda Spirit.

— C'est mon frère, le pilote haut de gamme d'hélicoptère. Nous sommes jumeaux.

Spirit regarda Tate puis de nouveau Blink et encore son frère. Elle plissa le nez puis secoua la tête.

— Quoi ? Nous le sommes.

Elle secoua de nouveau la tête.

Blink ne put s'empêcher de faire un grand sourire.

— Tu ne trouves pas qu'on se ressemble ? Franchement, personne ne peut nous différencier.

À sa surprise, Spirit se désigna.

— Toi tu peux ?

Elle acquiesça.

Pour une raison, il aimait ça. Non, il *kiffait* ça. Et même s'il voulait rester assis là et discuter avec cette femme avec leur façon bien unique de communiquer, ils devaient se mettre en mouvement.

— Bien. Bon. Eh bien... c'est mon frère. Son nom est Tate, mais il se fait appeler par son

indicatif, Casper. Voici son copilote, Pyro. Ils doivent détruire l'hélico avant qu'on parte, alors il y aura un gros boum et nous devrons être partis quand ça arrivera, pour que quiconque viendrait et enquêterait ne nous trouve pas là.

Il ne fut pas surpris que Spirit se contente de hocher la tête une fois de plus avant de tenter de se lever.

— Doucement ! s'exclama Blink quand elle chancela sur ses pieds.

Il se sentait lui-même peu stable, mais ce n'était pas comme si l'un ou l'autre avait le choix de rester là et de manger des bonbons.

Quand elle se tint fermement, il frappa aux yeux de Blink qu'elle était pratiquement nue. Oui, elle avait encore son bikini, mais le paréo était déchiré en plusieurs endroits. Et quand elle se détourna de lui, il vit une vilaine marque rouge à l'arrière de sa cuisse.

Elle était blessée. Et voir cette marque lui donna la nausée. C'était stupide de s'en inquiéter ; ils étaient *tous* complètement bousillés après le crash. Il devrait simplement se réjouir qu'ils soient en vie. Mais tout de même, voir cette marque sur sa jambe le fit réaliser à quel point elle était fragile, malgré sa volonté de fer. Elle avait été une dure à cuire jusqu'à maintenant et devrait continuer à l'être... et il détestait ça.

— Tate ! s'écria-t-il.

Son frère se retourna.

— On a besoin de vêtements ici.

Sans un mot, Tate courut à l'endroit où ils se tenaient et laissa tomber un gros sac à ses pieds.

— Je ne suis pas certain de ce qu'il y a là-dedans, lui dit-il.

— Ça devrait convenir. Merci. Combien de temps ?

— Cinq minutes.

— Compris.

Puis son jumeau retourna à l'hélicoptère pour aider Pyro et Kevlar à arracher des fils et installer des explosifs.

Blink ouvrit la fermeture du sac et se mit à fouiller dedans. Il sortit un maillot de corps marron que les soldats de l'Armée portaient sous leurs uniformes. Ce serait bien trop grand pour Spirit, mais selon lui, elle s'en ficherait.

— Il faut qu'on t'habille dans quelque chose de plus approprié. Tu peux retirer ce paréo ?

C'était une énorme demande et Blink le savait. Il se tint entre elle et les autres hommes. Ils ne les observaient pas et ce n'était pas comme s'ils ne savaient pas exactement à quoi elle ressemblait. Le paréo était absolument inutile, mais il savait qu'il tenait à ce stade plus de la protection psychologique qu'autre chose.

Elle croisa son regard puis retira lentement le morceau de tissu sale et déchiré de ses épaules avant de le laisser tomber au sol.

— Là, penche-toi, lui dit-il avec douceur. Je vais t'aider à enfiler le maillot de corps.

Elle se pencha en avant et il lui passa le vêtement par-dessus la tête. Il lui tombait à mi-cuisse. Blink n'avait pas manqué de remarquer que ses côtes ressortaient, à quel point son ventre était concave, que les os de son bassin saillaient de façon obscène de son corps. Elle ressemblait aux photos de prisonniers de guerre du Vietnam et de la Seconde Guerre mondiale qu'il avait vues. Ça le rendait malade de penser à ce qu'elle avait subi... et combien de jours il aurait pu lui rester s'ils ne s'étaient pas échappés. Mais le fait qu'elle était toujours debout à persévérer l'impressionnait.

Il s'en retourna au paquetage de son frère avant de commettre un truc stupide... comme tomber à genoux et faire le vœu de ne plus jamais la laisser mourir de faim. Le fait était que... elle n'était *pas* à lui. Pour autant qu'il sache, elle avait une famille qui attendait son retour aux États-Unis. Un mari. Des enfants peut-être. Il l'aidait à s'échapper, point barre.

Mais il n'avait pas *l'impression* que ce n'était que ça... Il sentait une connexion avec cette femme comme il n'avait jamais ressentie avant. Ils avaient établi un lien dans ces cellules et quand elle lui avait donné cette eau précieuse, la seule chose qui la maintenait en vie, c'était comme si elle lui avait cédé une petite partie d'elle.

Blink n'était pas le genre d'homme à forcer une femme à faire *quoi que ce soit*, encore moins rester avec lui. Il était fort probable qu'elle lui était reconnaissante de l'avoir aidée à s'échapper. Voudrait peut-être même rester en contact à cause de la situation qu'ils avaient vécue ensemble. Mais il n'était pas certain qu'elle apprécierait l'homme qu'il était dans la vraie vie... Un casanier. Un introverti. Plus du genre à rester en retrait et regarder la vie passer plutôt qu'à en prendre part.

Il sortit un pantalon de camouflage du sac en toile et en fut contrarié ; il allait être trop grand pour Spirit. Impossible d'être en mesure de le modifier suffisamment pour qu'elle le porte. Surtout pas avant qu'ils ne soient sortis de la zone.

— Merde, marmonna-t-il, avant de le remettre dans le sac et de sortir une paire de chaussettes.

Ça, elle pourrait les mettre. Blink revint à Spirit.

Elle le regardait.

— Elles seront grandes également, mais nous n'avons pas de chaussures que tu pourrais porter. Je pense que si nous les doublons, elles pourraient amortir suffisamment tes pieds pour que tu puisses marcher. Mais si ça commence à faire mal, dis-le-moi et je te porterai.

Elle fronça les sourcils à cette proposition.

— Je sais, je sais, tu ne veux pas être un fardeau. Et tu n'en es pas un, tu m'entends ? dit-il presque férocement. Tu es tout *sauf* un fardeau. Nous sommes partenaires. Coéquipiers. Et les coéquipiers s'aident les uns les autres.

Il la vit déglutir avec difficulté avant d'accepter.

— Bien. Oh, et même si la dernière chose dont j'ai envie c'est de te voir dans les sous-vêtements de mon frère, je pense que c'est préférable que de ne rien porter du tout. Ce sera comme un short, dit Blink, sortant un boxer de couleur vert olive.

Les yeux de Spirit s'agrandirent et elle s'empressa de saisir le vêtement. Même lui était trop grand pour elle, lui tombant presque des hanches.

— Attends, laisse-moi t'aider, proposa Blink, ayant trouvé un morceau de paracorde dans le paquetage et lui nouant rapidement à sa trop maigre taille en guise de ceinture. Il replia l'excédent du boxer par-dessus la corde afin qu'elle ne lui égratigne pas la peau.

— Voilà. C'est bon ? Tu peux marcher convenablement ?

Spirit fit quelques pas en petit cercle puis hocha la tête. Elle avait l'air à la fois pathétique et plutôt adorable dans sa nouvelle tenue. Le tee-shirt extralarge, le boxer dépassant sous l'ourlet, les chaussettes jusqu'aux mollets... Ça ne suffisait pas – pas assez – mais le fait qu'il l'avait un peu recouverte aida Blink à se sentir mieux quant à leur situation.

Les bottes dans le sac de Tate étaient comme un poids mort après les avoir enfilées. Il culpabilisait d'avoir des chaussures robustes et que Spirit soit en chaussettes. Mais il ne pouvait absolument rien y faire pour le moment. Il espérait vraiment que Tex avait déjà agi de son côté et que les secours viendraient à eux sans tarder.

— OK, nous sommes prêts. Couvrez-vous les oreilles ! s'exclama Pyro.

Au lieu de couvrir les siennes, Blink se rapprocha de Spirit et posa les mains sur les siennes.

Et alors elle le surprit complètement... en levant ses petites mains et en lui recouvrant les oreilles.

La grosse explosion résultant de ce que les autres avaient installé fut bien plus grande et bruyante que ce à quoi Blink s'était attendu.

— Il est temps de partir ! dit Tate, trottinant vers eux avec Pyro et Kevlar sur ses talons.

Ça va tomber pile dans le radar de chaque membre des talibans et autres à des kilomètres. Ils vont se pisser dessus en venant jusqu'ici pour voir ce qu'ils y trouveront. Elle va bien ?

— Elle va bien, confirma Blink. Et elle peut très bien t'entendre. Ne parle pas d'elle comme si elle ne se tenait pas devant toi.

— Désolé, s'excusa immédiatement Tate. Tu as un nom ? demanda-t-il à Spirit.

Elle le regarda en retour sans prononcer un mot.

— Elle ne parle pas, rappela Blink à son frère. Pas avec des mots.

Tate hocha simplement la tête à son égard.

— Compris. Comme je m'en doutais, nous devons aller vers le sud-ouest. S'assurer de ne pas débarquer accidentellement en Iran. Je suppose que vous en avez assez de leur hospitalité, tous les deux.

Blink rit du nez en réponse.

— Oui, c'est ce que je pensais. Ce ne sera pas facile, mais il devrait y avoir pas mal d'endroits où se terrer s'il le faut. Cette partie de l'Irak est habitée, mais nous pouvons éviter les avant-postes. Si vous avez besoin de faire une pause, ajouta Tate en regardant Spirit, dites-le-moi. Il n'est pas question de faire la course jusqu'à un point particulier. Nous devons juste continuer de bouger et surveiller nos arrières à cause des ennemis. Nous serons récupérés aussi vite que peut le permettre la diplomatie.

Blink hocha la tête. Il comprenait ce que disait son frère. Personne ne serait ravi des événements qui s'étaient produits. Un soldat américain fait prisonnier puis abattu pendant qu'il ne se trouvait pas dans l'espace aérien iranien et ensuite un hélico des Night Stalker qui s'écrasait en Irak... Et maintenant, le personnel de l'Armée comme de la Navy était en danger, alors tout serait mis en œuvre pour qu'ils rentrent chez eux en sécurité. Ce n'était qu'une question de temps avant que quelqu'un ne vienne les chercher.

Ils devaient juste rester en vie jusque-là.

Pyro les éloignait des lieux du crash. Jetant un regard en arrière, Blink secoua la tête, ébahi. S'il était un chat, il avait clairement utilisé quelques-unes de ses neuf vies, mais il avait la sensation d'avoir les esprits de ses anciens coéquipiers qui veillaient sur lui. Et il ne doutait pas que son groupe *actuel* était déjà en train de demander la permission d'aller le chercher une fois de plus.

Tant qu'ils ne tombaient pas sur des combattants talibans – qui tueraient avec joie quelques Américains suffisamment bêtes pour empiéter sur leur territoire –, tout irait bien pour eux.

CHAPITRE 7

Josie avait l'impression de mourir. Elle se sentait bien mieux en portant le tee-shirt, le boxer ainsi que les chaussettes que Nate lui avait donnés, mais elle se sentait encore trop dénudée. Et même si Nate lui avait filé toute une gourde d'eau pour elle seule – et elle avait bu jusqu'à ce que l'eau clapote dans son ventre vide – elle avait encore l'impression que chacun des muscles de son corps était sur le point d'abandonner.

Elle avait aussi grignoté de la viande séchée de bœuf ; c'était vraiment très salé et créait désormais une bosse inconfortable dans son ventre, mais elle était quand même contente de l'avoir eue. Rien que ce petit morceau représentait plus de nourriture qu'elle n'avait mise dans son estomac en plusieurs semaines.

Mais cela lui réclamait toute sa concentration pour mettre un pied devant l'autre. Le terrain qu'ils empruntaient était rocheux, vallonné et par-dessus tout : *chaud*. Très chaud. C'était comme si chaque goutte d'eau qu'elle buvait sortait par ses pores sous forme de transpiration.

Josie voulait s'asseoir et refuser d'avancer d'un autre mètre. Elle voulait une vraie paire de bottes de randonnée, ce hamburger que Nate lui avait promis et une douche d'une heure. Mais puisqu'aucune de ces choses n'allait se matérialiser de sitôt, elle continua simplement de marcher. Nate était derrière elle et elle gardait les yeux rivés sur les bottes de son frère devant elle. Elle posait les pieds là où il l'avait fait et faisait de son mieux pour taire sa misère devant les hommes, pour éviter d'être un fardeau.

Quand Nate lui avait dit que Tate était son jumeau, elle avait été surprise sur le coup. Selon elle, ils ne se ressemblaient pas du tout. Oh, elle pouvait voir la ressemblance, les similarités évidentes dans leur physionomie. Elle se dit qu'ils s'étaient sans doute amusés à faire des farces aux gens quand ils étaient plus jeunes, prétendant être l'autre. Peut-être était-ce parce qu'elle avait passé beaucoup de temps à mémoriser les traits de Nate, mais elle n'avait aucun problème à les différencier.

Les yeux de Nate avaient un peu plus de doré que ceux de Tate. Ses oreilles étaient un peu plus pointues, ses cheveux un peu plus longs, sa barbe carrément plus fournie. Josie supposa que s'ils étaient rasés tous les deux, ce pourrait être plus compliqué de les dissocier.

Mais cela allait au-delà des apparences. Avec Nate, elle se sentait comme si elle était... chez elle. C'était une pensée ridicule. Elle et cet homme étaient comme deux bateaux se croisant dans la nuit. Ils partageaient cette expérience intense et quand ils seront en sécurité une fois revenus aux États-Unis, ils retourneraient chacun à leur propre vie.

Le problème, c'était que Josie ne *voulait* pas retrouver sa vie. Après des semaines de captivité, elle n'était plus la personne qu'elle était autrefois. Seulement quelques jours auparavant, elle aurait dit qu'elle était plus effrayée. Moins sûre d'elle. Plus faible. Mais en compagnie de Nate, elle se sentait *plus* forte. Comme si elle n'était plus la simple coquille de la femme qu'elle était avant de suivre cette décision impulsive de prendre un vol jusqu'au Koweït.

Franchement, elle n'était plus certaine de *qui* elle était...

Et cela lui faisait *vraiment* peur.

Mais voir Nate s'en aller ? Cette pensée la terrifiait. Il avait été son roc. Son salut. Elle supposait avoir une sorte de connexion psychologique avec son sauveur et un thérapeute lui dirait que ça s'amenuiserait avec le temps. Mais Josie ne croyait pas ça... Elle était attirée par lui d'une façon qu'elle n'avait jamais ressentie auparavant. Et pas seulement parce qu'il l'aidait à rester en vie.

Quand Nate avait semblé surpris qu'elle ne trouve pas qu'il ressemble à son frère, Josie avait tellement souhaité pouvoir lui dire pourquoi ! Expliquer qu'un truc chez lui interpellait quelque chose profondément en *elle*. Qu'elle le reconnaîtrait dans une pièce emplie d'hommes aux cheveux roux, aux visages pleins de taches de rousseur même si elle avait les yeux bandés.

— Il va falloir que je m'arrête bientôt, dit Nate derrière elle.

Par-dessus son épaule, Josie jeta un coup d'œil à l'homme à qui elle ne pouvait cesser de penser. Il n'avait pas... l'air bien. L'air de ressentir la même chose qu'elle. Il était pâle, les taches de rousseur sur son visage ressortaient encore plus qu'avant et il boitait.

— Reçu. Pyro, trouve-nous un endroit où s'arrêter pour la nuit, dit Tate.

Josie se tourna et se plaça aux côtés de Nate, posant la main sur sa taille. Elle n'allait pas être d'une grande aide s'il flanchait soudain, mais elle voulait qu'il sache qu'elle était là pour lui tout comme il l'avait été pour elle.

— Blink ? l'appela Kevlar, arrivant de son autre côté.

Il avait fermé la marche, protégeant leurs arrières.

— Je vais bien, répondit doucement Nate. J'ai juste mal.

Josie serra les lèvres, frustrée. Elle voulait dire à Kevlar et les autres que Nate avait été torturé, qu'on avait versé de l'eau sur son visage et qu'il avait été frappé et battu à répétition. Mais ses stupides mots ne voulaient pas sortir.

— Qu'est-ce qu'ils t'ont fait ? demanda Kevlar, l'aidant avec Josie à se diriger sur le terrain rocheux, soulevant de la poussière à chaque pas.

— Que n'ont-ils *pas* fait ? répondit-il.

— Parle-moi, lui ordonna Kevlar de façon bourrue.

Josie sentit plus qu'elle n'entendit le soupir de Nate.

— Cigarettes, coups, supplice de l'eau... le truc habituel.

Tate avait évidemment écouté et s'arrêta de marcher pour se tourner et faire face à son frère.

— Tu plaisantes ?

Nate secoua la tête.

— Et tu n'as rien dit ?

— Cela aurait-il arrangé les choses ? répliqua Nate.

Ils connaissaient tous la réponse à cette question.

— Bien. Résume-moi ce qui te fait mal et où, exigea Kevlar, passant pour le chef d'équipe qu'il était.

Nate ricana. Josie le sentit jusque dans ses os.

— Qu'est-ce qui ne fait pas mal ? Les brûlures sur mes mollets, mes chevilles et le dessus de mes pieds. Les côtes probablement cassées. Des bleus partout. Quelques doigts pétés et je crois que j'ai de l'eau dans les poumons. Mais je suis en vie et debout, alors je vais bien.

— Putain. Et elle ? Pardon. Et toi, mademoiselle ? Tu vas bien ? demanda Tate.

Son inquiétude surprit Josie. Surtout après ce qu'il venait d'apprendre de son frère. Elle acquiesça, tentant d'indiquer qu'elle allait bien, qu'elle n'avait pas été torturée.

— Elle ne va pas bien, la contredit Nate. Mais elle est vivante et debout elle aussi. Nous avons juste besoin de nous reposer un moment. Manger autre chose que de la viande séchée. Nous restaurer.

— J'ai trouvé un endroit ! s'écria Pyro quelque part au-dessus d'eux.

Ils se remirent tous à marcher sans autre mot, Tate devant eux, regardant en arrière toutes les dix secondes comme pour s'assurer que son frère était encore sur ses pieds et que Kevlar et Josie continuaient de l'aider. Bientôt, ils arrivèrent à une petite caverne, où Pyro les attendait.

— Pas de traces de pas aux alentours ni à l'intérieur. Pas l'impression qu'on s'en est servie comme abri. Alors ça conviendra.

— Je suis d'accord. Bon, Pyro, vois si tu peux trouver du bois pour faire un petit feu.

J'aiderai mon frère et son amie à s'installer. Et nous avons un tas de nourriture pour nous tous, annonça Tate.

Je vais t'aider Pyro, se porta volontaire Kevlar et après s'être débarrassés de leurs sacs, les deux hommes s'éloignèrent de la grotte sans un mot.

Josie les suivit du regard avec inquiétude.

Ils reviendront. Pyro ne se perdra pas, il a un grand sens de l'orientation. C'est pourquoi il est un si bon pilote, lui dit Tate. Allez venez, tâchons de faire en sorte que vous vous reposiez.

En quelques minutes, Josie se retrouva assise sur une couverture de survie que Tate avait sortie du paquetage, Nate à ses côtés.

— Montre-moi, ordonna Tate à son frère.

— Je vais bien, insista Nate. Je ferais mieux de manger un truc.

— Pas avant de me montrer tes putains de blessures ! bougonna Tate.

Pendant une seconde, Josie crut que les deux hommes allaient vraiment se battre, mais Nate finit par céder et se pencher en avant pour retirer ses bottes, extraire ses jambes de son pantalon puis retirer son tee-shirt également. Tate poussa un grognement grave en commençant à nettoyer les pires blessures sur son frère. Il avait des hématomes sombres sur tout le corps, qui devaient être très douloureux. Josie s'en voyait à nouveau horrifiée.

— On peut manger maintenant, maman ? se plaignit Nate après avoir remis ses bottes et son tee-shirt.

Tate ne fit aucun commentaire, prit juste ses affaires et sortit un sachet qu'il lança vers Nate.

Il l'attrapa sans un mot et sourit en lisant le paquet. Il le tendit à Josie pour qu'elle le voie.

— Ration militaire. Celle-ci, c'est des boulettes de viande sauce marinara. Ce n'est pas trop éloigné d'un hamburger.

Josie n'avait pas vraiment faim. Elle était restée si long-temps sans manger qu'elle avait tout bonnement oublié ce que cela faisait de sentir son ventre autrement que vide. Mais quand elle entendit le mot « boulettes de viande », sa bouche se mit à saliver. Soudain, le besoin de manger la rendit presque malade.

— Tout doux, Spirit, je m'occupe de toi.

Elle observa Nate ouvrir le sachet en plastique, se disant que c'était ce à quoi devait ressembler un chien sauvage quand il lui était offert la possibilité d'avoir de la vraie nourriture. Elle voulait le lui arracher des mains et tout enfourner aussi vite que possible dans sa bouche. Ses mains tremblaient sous le besoin de calories dont elle avait été si longtemps privée.

— Commence par ça, dit Nate en lui tendant quelque chose.

Josie cligna des yeux. C'était jaune et d'aspect écœurant, mais elle l'aurait reconnu partout : du pain. Elle tendit les mains, se fichant qu'elles soient sales. Qu'elles tremblaient !

— Merde, attends.

Elle ne voulait pas attendre ! Mais Josie prit une profonde inspiration et obéit. Elle n'était pas un animal, même si elle s'était pas mal comportée comme tel dans sa cellule.

— Donne-moi la main, lui ordonna Nate.

Elle la tendit et l'observa utiliser un chiffon humide pour nettoyer lentement et méthodiquement autant de saleté sur ses doigts que possible.

L'air soucieux, il dit :

— Ce n'est pas suffisant, mais nous ne pouvons gâcher l'eau pour nous laver pour le moment. Je suis navré.

Il était *navré* ? Les yeux de Josie s'emplirent de larmes. Personne ne s'était si bien occupé d'elle de toute sa vie. Il devait avoir faim lui aussi et il souffrait ; elle avait vu le résultat des tortures qu'il avait endurées. Et le voilà, s'occupant de ses mains comme si elles étaient en verre. C'était trop.

Les émotions qu'elle avait repoussées dans un recoin de son esprit se précipitèrent vers la sortie. Chancelante, Josie ferma les yeux, essayant d'empêcher ses larmes de couler.

— Viens là, dit Nate, semblant comprendre qu'elle était à bout.

Forcément, qu'il comprenait ! C'était comme s'il pouvait lire dans son esprit. Qu'i savait à quoi elle pensait et ce qu'elle ressentait.

Elle se mit alors à pleurer. Pour la première fois depuis longtemps. Elle avait pleuré la première semaine de son enlèvement, mais après cela, ses larmes avaient paru s'assécher. Maintenant, elles revenaient pour se venger. Malgré ses pleurs, aucun son ne sortait d'elle. Elle avait la poitrine alourdie par les sanglots et pourtant, aucun cri ne franchit ses lèvres.

Quand elle eut terminé, Josie se sentait comme allégée de plusieurs centaines de kilos. Elle était si fatiguée qu'elle pouvait à peine redresser la tête.

À sa surprise, Nate lui sourit.

— Tu te sens mieux ?

Josie haussa les épaules. Elle ne savait pas trop comment elle se sentait.

— Bien. Alors... on réessaye ? Commence par le gressin pendant que je prépare les boulettes de viande.

Il tendit le pain et Josie le prit de ses doigts nettement plus propres, mais encore crasseux, et elle le fixa un moment avant d'ouvrir la bouche et d'en prendre une petite bouchée.

— Va lentement, l'avertit Nate. Ça remonte à un moment depuis que tu as reçu des glucides et il ne faudrait pas que tu vomisses.

Non, elle ne voulait pas faire ça.

Dans un tout autre contexte, le pain serait sûrement dégoûtant. C'était un peu dur et les conservateurs utilisés pour le rendre comestible lui donnaient un léger mauvais goût... mais c'était aussi le meilleur truc que Josie avait mangé de sa vie.

Elle ferma les yeux et se força à mâcher lentement et ne pas l'avaler tout entier. C'était comme si elle pouvait vraiment sentir le pain faire son chemin de sa gorge à son estomac. Elle ouvrit les yeux et regarda Nate. Il la fixait avec une expression qu'elle ne put interpréter.

Josie voulait fourrer le reste du pain dans sa bouche avant que quiconque ne le lui reprenne, mais au lieu de ça, elle le tendit à Nate.

— Ça ira pour moi. Tu peux le prendre.

Elle secoua la tête et le rapprocha de la bouche de Nate. À la surprise de Josie, il ne le prit pas ; il se pencha suffisamment près pour en prendre un morceau.

— Oh mon Dieu, c'est si bon ! dit-il la bouche pleine et petit sourire aux lèvres.

— Si vous trouvez que cette merde est bonne, vous *devez* être à moitié morts de faim, rétorqua Tate de l'autre côté de la grotte.

Josie avait oublié qu'il était là. Tout oublié excepté la nourriture et Nate.

— Tu n'as pas idée, dit Nate à son frère.

— Je me dis que vous auriez pu avaler les bâtonnets de bœuf, dit-il, amusé.

Nate pouffa.

— Personne n'est affamé à ce point, dit-il avant de regarder Josie. Les bâtonnets de bœuf ont le goût de la bouffe pour chien. Et avant que tu me demandes comment je sais quel goût elle a, Tate et moi, on s'était mis au défi d'essayer quand nous avions environ douze ans. Alors, fais-nous confiance, on sait.

Chose incroyable, Josie se surprit à sourire.

Nate la regarda attentivement un instant, un air proche de l'émerveillement sur le visage, avant de s'éclaircir la voix et de baisser les yeux sur la pochette en plastique devant lui.

— Les boulettes de viande sont presque prêtes.

L'odeur qui provenait du sachet était vraiment incroyable. Ça sentait si bon que Josie se sentit quelque peu nauséeuse en fait, ce qui n'avait aucun sens pour elle.

Nate ouvrit la pochette et de la vapeur s'éleva entre eux. Il prit une fourchette et la planta à l'intérieur. Quand il retira la fourchette, il s'y trouvait au bout une boulette de viande de bonne taille. Josie se maîtrisa pour ne pas lui attraper la main et l'enfourner entièrement dans sa bouche.

Il porta la fourchette à sa propre bouche et mordit dans la moitié de la boulette. Ça semblait incongru par rapport à toutes les autres choses qu'il avait faites pour elle, s'assurer qu'elle avait d'abord de l'eau, ne pas vouloir la priver du gressin...

Puis il ouvrit la bouche et inspira et expira rapidement, disant « Chaud, chaud, chaud ! » d'une voix sourde. Il avala et ramena la boulette à sa bouche, mais au lieu de manger le reste, il souffla dessus, tâchant de la refroidir. Puis il lui tendit.

— Ce truc était trop gros pour que tu le manges en entier, mais j'ai l'intuition que tu aurais essayé quand même. Je voulais aussi être sûr que ça ne te brûlerait pas la bouche.

Josie avait de nouveau envie de pleurer. Il ne s'était pas montré égoïste en prenant la première bouchée, il l'avait fait pour la prémunir, car, là encore, il pouvait lire ses pensées.

Elle leva la main, refermant ses doigts autour de la fourchette. Sans rompre leur échange de regards, elle se pencha en avant et ouvrit les lèvres pour accueillir la boulette de viande.

Les épices réveillèrent immédiatement ses papilles, lui faisant fermer les yeux et proférer un gémissement grave. Oh, mon Dieu, c'était si bon ! Josie n'avait jamais rien mangé d'aussi délicieux de toute sa vie. Elle pourrait mourir maintenant en femme heureuse.

Ouvrant les yeux, elle découvrit Nate qui la regardait comme un faucon.

— Ça va ? demanda-t-il.

Elle acquiesça sans attendre.

— Tant mieux.

Ils se relayèrent, lui grignotant la moitié de chaque boulette pour rendre le reste plus facile pour elle de manger en une bouchée. Josie était choquée de se sentir complètement repue après seulement quatre morceaux. Elle posa une main sur son ventre puis hoqueta avant de soulever rapidement son tee-shirt, encore plus stupéfaite de réaliser que son ventre était distendu, gonflé comme si elle était enceinte de plusieurs mois.

Les sourcils froncés sous la panique, elle regarda Nate.

— C'est normal, l'apaisa-t-il. Tu auras de nouveau faim dans une heure ou plus. Ça prendra du temps pour revenir à des repas de taille normale. En attendant, tu auras besoin de manger de petites quantités plusieurs fois par jour.

Elle ignorait comment il savait ça, mais elle lui faisait confiance.

Pyro et Kevlar revinrent à ce moment-là et Josie les observa, eux et Tate, ouvrir leurs propres pochettes de ration militaire et manger sans un bruit. Il faisait maintenant presque nuit et ses paupières étaient lourdes comme si elles étaient faites de plomb.

— Allonge-toi, Spirit. Dors. Nous ferons en sorte que tu sois en sécurité. Rien n'arrivera tant que nous serons là. Promis.

Les paroles de Nate imprégnèrent l'âme de Josie. Elle ne s'était même pas rendue compte qu'elle avait eu besoin de les entendre.

Mais avant d'aller dormir, il y avait quelque chose qu'elle devait faire.

Elle saisit le sachet d'accessoire qui accompagnait la ration militaire et en sortit le petit couteau en plastique. Elle se pencha en avant puis s'en servit pour écrire quelque chose sur le sol terreux de la grotte.

Nate posa les yeux dessus puis sur elle.

— Josie ? murmura-t-il.

Elle hocha la tête.

— C'est ton nom ? Josie ?

Elle réitéra son geste.

Un petit sourire apparut sur le visage de Nate.

— C'est joli.

Josie n'en était pas sûre... C'était juste un nom. Elle n'y avait jamais vraiment réfléchi.

Mais ne pas avoir de nom la rendait... amoindrie. Comme une non-personne.

— Tate, Pyro, Kevlar... je vous présente Josie.

Les autres hommes lui firent un signe de tête de l'autre côté de la grotte. Elle pouvait à peine les voir, mais elle leur fit quand même un petit signe.

— Bordel de merde, elle est tout comme toi. Combien de fois m'as-tu fait ce petit signe de la main ringard quand on se séparait ou qu'on se retrouvait ? commenta Tate en riant. Oh, pardon. Je ne voulais pas dire ça dans le mauvais sens, Josie.

— N'importe quoi..., dit Nate en faisant un autre sourire à la jeune femme. Josie, répéta-t-il calmement. Je suis ravi de faire ta connaissance.

Elle lui retourna son sourire, se sentant soudain très timide.

— Même si je continue de penser que Spirit te va bien. Vas-y, allonge-toi. Sers-toi de moi comme oreiller si tu veux.

Josie fronça les sourcils et secoua la tête, pointant le doigt sur quelques-unes des plaies de Nate. Il était blessé. Elle n'allait pas s'appuyer contre lui. Hors de question.

Mais Nate s'en amusa.

— Tu pèses, genre, un kilo. Avoir ta tête sur moi ne me fera pas mal. Pas du tout.

Elle ne prévoyait toujours pas de se servir de lui comme oreiller... mais ce qui se passa ensuite, c'était qu'ils étaient *tous les deux* allongés et Josie restait de son côté, tout contre Nate, sa tête posée sur son épaule et un bras sur son ventre.

— Parfait, dit Nate dans un profond soupir.

Josie pouvait réellement sentir les muscles de Nate se détendre. Ils étaient allongés dans la terre, dans une grotte des montagnes en Irak et pourtant, elle se sentait en sécurité pour la première fois depuis des semaines. Elle n'eut aucun souvenir de s'endormir, juste d'une sensation de justesse... puis plus rien.

CHAPITRE 8

— Essaie ça.

La voix de son frère réveilla Blink le matin suivant. Il se sentait raide et courbaturé, mais incroyablement mieux que la veille. Les petits soins de Tate quant à ses blessures avaient clairement été bénéfiques, tout comme l'antibiotique qu'il avait pris en dînant. Il avait dormi comme une masse. Sans doute grâce à la présence de son frère et de son chef, il s'était senti suffisamment en sécurité pour abaisser complètement sa garde pour la première fois depuis qu'il avait été capturé.

Tournant la tête, il vit Josie et Tate assis à ses pieds. Son frère l'encourageait à essayer ce qui ressemblait au clafoutis à la cerise et à la myrtille qui faisait partie des rations militaires que lui et Josie avaient partagées la nuit d'avant.

Voir Josie avec son jumeau... ça lui faisait plaisir. Elle était nerveuse, pour de bonnes raisons, mais clairement pas effrayée par les autres hommes.

Josie... Rien que de savoir son nom lui donnait l'impression qu'ils avaient avancé d'un pas. C'était un nom fort et mignon malgré tout. Tout comme elle. Elle portait toujours le tee-shirt marron et les chaussettes, était encore recouverte de terre et effroyablement maigre, mais ses yeux brillaient. Et le fait qu'elle ait gardé ce qu'elle avait mangé la nuit dernière et qu'elle était capable de s'alimenter ce matin, même si ce n'était pas beaucoup, était le signe qu'elle allait bien.

— C'est le meilleur moment des rations militaires, dit Blink en s'asseyant.

Le regard de Josie trouva immédiatement le sien et elle sourit. Blink ferait vraiment n'importe quoi pour voir ce sourire sur son visage chaque matin du reste de sa vie.

Elle lui tendit la friandise sucrée. Il fit non de la tête.

— Non. Toi, prends-la.

Josie secoua la tête, obstinée, et agita la fourchette vers lui.

Amusé, Blink changea de place et se glissa à côté d'elle. Il lui saisit le poignet, tout comme elle l'avait fait la nuit dernière pour tenir la fourchette avec la boulette de viande, et amena la sucrerie à ses lèvres.

Ils ne cessèrent de se regarder lorsqu'il prit une bouchée et mâcha. Les saveurs explosèrent sur sa langue. Un peu trop sucré aussi tôt le matin, mais il s'en fichait.

— C'est bon, dit-il avec un signe de tête.

Josie sourit de nouveau et lui retourna son geste de la tête.

— Rapport de la situation ? demanda-t-il à Tate, arrachant son regard à celui de Josie.

Même s'il voulait savourer ses rares sourires, il devait la mettre à l'abri.

— Pyro et Kevlar étudient la zone. Tout est tranquille.

Blink se détendit un chouïa.

Jusqu'à ce que Pyro revienne dans la grotte avec Kevlar sur ses talons et qu'il annonce :

— Il faut partir. Maintenant !

Tate était déjà en mouvement bien avant que Pyro eût terminé de parler. Il fourra les restes de la ration militaire dans son sac et Pyro roula la couverture de survie que Blink et Josie avaient utilisée, la mettant dans son propre sac à dos.

— Qu'as-tu vu ? demanda Tate à Kevlar qui s'activait effi-
cacement à

effacer tout signe de leur présence dans la grotte.

— Environ une douzaine d'hommes venant par ici. On ne
dirait pas qu'ils recherchent activement quelqu'un ou quelque
chose, mais je ne veux pas prendre le risque qu'ils trouvent un
indice sur l'endroit où nous sommes.

— Entendu, dit Tate, agitant les épaules pour enfiler son
sac à dos.

Blink s'était levé pendant que les hommes discutaient. Il se
tourna vers Josie et la découvrit debout, dos contre le mur de la
grotte, semblant absolument effrayée.

— Respire, Josie, lui dit-il gentiment. S'ils savaient que
nous étions là, ils arriveraient tout droit sur nous. Tout va bien.
Nous devons juste nous en aller rapidement et en silence.

Ses yeux étaient immenses sur son visage et elle donnait
l'impression d'être sur le point de vriller.

Blink marcha vers elle, la main tendue.

— Donne-moi la main, lui ordonna-t-il.

Elle eut l'air surprise de sa requête, mais lui présenta de
suite la main.

Il la prit, s'émerveillant du fait qu'elle paraissait si petite et
fine dans la sienne.

— Personne ne te retiendra plus prisonnière. Je le jure.

Elle ne hocha pas la tête. Ne fit rien d'autre que le regarder
avec d'intenses émotions tourbillonnant dans ses yeux.

— Il faut qu'on bouge activement et rapidement. J'aimerais te porter.

Josie refusa d'un air agressif.

— *Je t'en prie*. Écoute...

Ils n'avaient pas le temps pour ça, mais la dernière chose
qu'il voulait, c'était d'avoir à la jeter sur son épaule et la porter
sans sa permission. Il avait l'impression de seulement percer
ses épais boucliers. Il ne voulait rien faire qui ruine sa
progression.

— Tu n'as pas de chaussures. Et ton corps n'est pas prêt pour une autre dure journée de marche. Même si je ne pense pas que tu marcherais jusqu'à ce que tes pieds tombent et que tu ne puisses plus faire un pas. Tu ramperais sans doute s'il le fallait. Laisse-moi t'aider, Spirit. Bon sang, les sacs que portent mon frère, Kevlar et Pyro sont probablement plus lourds que toi. Tu peux te mettre sur mon dos et aider en guettant nos ennemis plutôt que d'avoir à regarder où tu peux poser les pieds. Je ne dis pas ça pour te vexer, mais on pourra bouger plus vite si je te porte.

Josie prit un air soucieux puis désigna son torse. Ainsi que ses jambes. Puis son visage.

— Mes blessures ?

Elle confirma d'un signe de tête.

— Elles vont bien.

Celui lui engendra un regard furieux.

— Elles vont bien, insista-t-il. J'ai des putains de courbatures, je ne peux nier que ces brûlures sur mes jambes lancinent et que mes côtes ne sont pas top à cent pour cent. Mais le jour où je laisserai quelques petites séances de torture avoir raison de moi sera le jour où je renoncerai à ma broche Budweiser.[1]

Josie ne réagit pas. Elle resta simplement debout là, à le fixer.

— S'il te plaît, Spirit. Laisse-moi t'aider. Tu n'es plus seule. Nous formons une équipe, nous cinq.

— Casper, l'avertit Pyro de l'entrée de la grotte.

Mais Blink ne bougeait pas. Il avait perçu l'inquiétude dans la voix du pilote, mais il resterait pour toujours dans cette grotte s'il le fallait et laisserait Josie décider ce que serait sa prochaine action. On lui avait suffisamment retiré ses choix toutes ces semaines où elle avait été prisonnière. Hors de question qu'il lui prenne son libre arbitre dès la seconde où elle était libre.

Si elle voulait marcher, ils feraient en sorte que cela fonctionne. Ce serait plus risqué, aucun doute là-dessus, puisqu'elle les ralentirait considérablement. Mais il ne la forcerait en rien à faire quoi que ce soit.

Au bout d'une seconde ou deux insoutenables, elle lui fit un petit hochement de tête.

Blink ne soupira pas de soulagement, ni ne lui dit qu'elle avait pris la bonne décision. Il lui tourna simplement le dos et s'accroupit.

— Grimpe. Sortons d'ici.

Il sentit ses mains sur ses épaules et il l'aida à monter sur son dos. Comme il l'avait pensé, elle était plus légère que la plupart des sacs qu'il avait supportés en missions. Blink passa ses propres bras sous les jambes de Josie pour l'aider à amortir son poids et elle mit les bras autour de son cou.

Il fit un signe de tête aux autres et les cinq personnes se mirent en route, laissant la grotte derrière elles. Blink sentait Kevlar dans son dos, prêt à intervenir et à porter Josie au besoin. Les protéger eux six. Ça faisait du bien. Ça faisait vraiment du bien.

Les montagnes étaient magnifiques à cette heure de la matinée, mais Blink les remarquait à peine. Toute son attention s'orientait vers la femme sur son dos. La chaleur de son corps se mélangeait à la sienne et plus ils marchaient, plus elle gagnait en aise.

Le poids de son corps finit même par s'équilibrer et elle reposait le haut de son corps contre son dos pendant qu'ils marchaient. Ils étaient dans les temps, avançaient probablement deux fois plus vite que la veille. Ils n'avaient aucune destination en tête pour autant qu'en savait Blink ; juste s'éloigner des hommes que Kevlar et Pyro avaient aperçus et mettre davantage de distance entre eux et l'hélico en panne.

Ils marchèrent environ une heure avant de s'arrêter pour s'orienter et faire une courte pause.

Blink abaissa lentement Josie vers le sol puis se tourna pour vérifier comment elle allait.

— Tu vas bien ?

Elle acquiesça. Son visage était vide de toute expression. Ça l'inquiétait.

— Tenez, dit Kevlar en leur tendant une bouteille d'eau.

Blink la prit et la proposa à Josie. Elle but quelques gorgées. Puis son frère lui tendit un paquet de biscuits salés provenant d'une ration qu'il avait entamée la nuit dernière.

Y jetant un coup d'œil, il sourit.

— Biscuits pizza au pepperoni, dit-il à Josie. Pas vraiment la même chose qu'une pizza chaude et gluante d'une épicerie, mais ils sont quand même assez bons.

Il lui en tendit un, mais elle ne le prit pas. Blink prit un risque et pénétra dans son espace personnel. Elle aurait pu reculer, secouer la tête et il lui aurait laissé son espace. Elle ne le fit pas. Elle leva simplement les yeux vers lui, désormais avec ce même air inquiet qu'elle avait eu trop souvent dernièrement.

— J'aimerais tellement que tu me dises ce que tu penses... Tout va bien pour nous. Mon frère et Pyro savent ce qu'ils font. Ce sont des pilotes, oui, mais ils ont aussi eu un entraînement SERE intensif, qui signifie Survie, Évasion, Résistance et Extraction. Ce ne sont pas des SEAL comme Kevlar et moi, mais ils s'en rapprochent vachement.

— Ça alors, merci pour ce compliment enthousiaste, grommela Tate.

Blink l'ignora.

— Tu peux leur faire confiance. Tu peux *me* faire confiance. Nous ne laisserons rien nous arriver.

La bouche de Josie s'ouvrit puis se referma comme si elle voulait dire quelque chose. Puis elle ferma les yeux et fit la tête, frustrée.

Blink l'enveloppa lentement de ses bras et l'attira contre lui. Le front de Josie reposa sur son torse, mais elle garda les bras tombant mollement à ses flancs. Il semblait que l'adrénaline qui l'avait aidée à tenir lors de la fuite avait finalement cessé son flot. Il avait vu ça des tas de fois. Les gens restaient forts jusqu'à ce qu'il ne leur reste plus aucun effort à fournir.

Il ne dit rien, ils restèrent juste ainsi, Blink la tenant appuyée contre lui. Après un trop court instant pour sa tranquillité d'esprit, elle se redressa. Elle le regarda puis hocha la tête avant de prendre les biscuits qu'il avait encore dans la main.

— Bordel, Spirit, tu m'impressionnes vachement, lâcha-t-il.

Une fois de plus, les lèvres de Josie remuèrent comme si elle allait dire quelque chose, mais aucun son n'en sortit.

Il la guida jusqu'à l'endroit où Tate et Pyro étaient assis et l'aida à s'asseoir par terre. Ils grignotèrent – Kevlar le faisait debout, tournant la tête, observant et écoutant tout ce qui pourrait sortir de l'ordinaire – tandis que les pilotes discutaient de la meilleure zone d'atterrissage pour ceux qui viendraient les extraire.

— Cette direction, selon moi, dit Pyro en pointant vers l'ouest. Pas qu'on ait envie d'être à découvert, mais les cimes paraissent plus éloignées. Un hélico pourrait facilement se glisser entre elles et nous faire remonter.

— Pas le nord ? demanda Tate en regardant dans cette direction.

— Non. La dernière chose qu'on souhaite, c'est d'être trop proches de la frontière iranienne. Une extraction ne fera pas plaisir à l'Irak, mais au moins, ça ne causera pas d'incident international.

— Je ne suis pas complètement certain de l'endroit où nous avons atterri, mais il vaut mieux rester loin des villages et des villes si c'est possible. Nous ne voulons en aucun cas voir notre séjour prolongé par les talibans.

Blink ricana. *Atterri*. Son frère avait de l'humour. Mais il supposait que chaque fois qu'un hélico tombait et qu'ils en sortaient relativement indemnes pouvait être considéré comme un atterrissage et non un accident.

— Bien. Comment vas-tu, Josie ? demanda Pyro. Tes jambes, ça va ? Ça peut être dur d'être porté sur de longues distances... les pieds et les jambes qui s'engourdissent, tout ça...

Blink la regarda, intéressé par sa réponse.

Elle fit un signe de tête à Pyro et leva un pied, le faisant tourner deux fois avant de hausser les épaules.

— Bien, dit-il. Tu devrais manger plus, ajouta-t-il en jetant un paquet vers Blink.

Il l'attrapa intuitivement, lisant le mince sachet avant de jeter un coup d'œil à Josie.

— Tu devrais te sentir spéciale, la compote de pommes avec purée de mangue et de pêche est l'un des meilleurs repas dans ces rations. Elles sont hautement recherchées.

Au lieu d'avoir l'air contente que Pyro lui ait clairement donné une denrée alimentaire si précieuse, elle fronça les sourcils et refusa d'un signe de tête.

— Nan. On ne reprend pas. C'est pour toi, lui dit-il.

Josie regarda Blink les yeux pleins d'espoir, comme si elle recherchait son soutien dans son besoin de refuser.

— Désolé Spirit, je suis d'accord avec Pyro. Essaie, au moins. Tu pourrais ne pas aimer.

Blink déchira le haut du tube compressible de compote et le lui tendit.

Quand elle le prit, il vit à quel point ses mains restaient sales, alors qu'il avait fait de son mieux avec les serviettes humides la nuit précédente. Il détestait ça pour elle. Il voulait être en mesure de lui offrir une longue douche chaude. Mais cela devra attendre qu'ils soient sortis de là.

Elle ne rompait pas l'échange de regard avec Blink et porta la compote à ses lèvres. Elle pressa un peu le tube dans sa bouche... et ses yeux s'agrandirent lorsque les saveurs réveillèrent ses papilles.

— C'est bon, hein ? dit-il en souriant.

Elle confirma d'un signe de tête.

— J'ai hâte que vous vous rencontriez, Remi et toi, dit

Kevlar, de façon inattendue. Elle a le même sens de... plaisir et de gratitude pour les petites choses de la vie.

— On devrait se remettre en route, dit Tate, n'accordant pas à Blink l'occasion de questionner Kevlar sur sa déclaration pleine d'audace.

Remi étant l'une de ses plus proches amies, il adorerait que Josie la rencontre. Mais il ne connaissait rien de sa vie aux États-Unis et ne pouvait émettre d'hypothèses... même s'il le voulait.

Elle tenta de rendre le sachet de compote à Blink, mais il refusa.

— Tu peux manger pendant qu'on marche, lui dit-il en se tournant pour lui permettre de grimper sur son dos.

Ils étaient désormais tous les deux habitués à ce qu'il la porte alors cette fois, ils quittèrent les lieux sans hésiter.

Ils faisaient d'assez gros efforts, se dirigeant vers les pics montagneux que Pyro avait montrés du doigt. Blink ne les aurait jamais choisis comme de bons points d'extraction, mais les deux pilotes savaient ce que pouvaient faire et ne pas faire leurs camarades des Night Stalkers, et s'ils estimaient que c'était le meilleur endroit pour être récupérés, il n'allait pas en débattre.

Après plusieurs heures de plus à marcher péniblement dans les montagnes, les jambes de Blink palpitaient et donnaient l'impression de peser une centaine de kilos, mais il ne proféra pas un mot pour se plaindre. Il avait appris par la manière forte que les choses pouvaient toujours être pires. Ils avaient marché toute la journée et même si Josie n'était pas un lourd fardeau, le corps de Blink avait récemment vécu un enfer et était finalement en train de protester contre ce qu'il lui demandait de faire.

C'était la fin d'après-midi quand Tate finit par s'arrêter, regarder autour de lui et dire :

— Ça fera l'affaire.

Blink n'hésita pas à faire descendre Josie au sol. Puis il se pencha en avant et posa les mains sur ses cuisses, fermant les yeux et faisant de son mieux pour supporter la douleur qui lui traversait le corps. Il était fort. Coriace. Mais il avait ses limites et apparemment, il les avait atteintes.

Sentant une main sur son bras, Blink ouvrit les yeux et vit Josie se tenant à ses côtés, l'air inquiète. Des deux mains, elle lui prit la sienne et tira. Il la suivit, soucieux de la voir claudiquer, s'assit à l'endroit qu'elle indiquait, soulagé de ne plus être debout.

— Pardonnez-moi de dire ça, mais vous deux, vous avez une sale gueule, dit Tate.

Il ne plaisantait pas et n'était pas méchant ; il énonçait juste un fait.

— C'est l'impression que j'ai, répondit Blink.

Et maintenant, Tate paraissait inquiet.

— Je vais bien, reprit Blink. Juste eu des jours difficiles.

Il tenta de se remettre debout, mais se pétrifia de stupeur lorsque Josie se mit à rouspéter.

Elle le regardait d'un air mauvais, front plissé. Elle désigna brutalement le sol du doigt une paire de fois avant de le pointer sur lui.

— Très bien, très bien. Je reste là.

Elle fit un signe de tête puis marcha jusqu'au paquetage que Kevlar venait de laisser au sol. Elle l'ouvrit et fouilla dedans un moment avant d'en sortir une ration militaire. Elle revint à l'endroit où Blink était assis et se joignit à lui par terre, où elle tenta d'ouvrir le sachet en plastique récalcitrant.

— Je suis assez effrayé à l'idée de lui donner mon couteau, murmura Tate en rigolant, le tendant à Blink. Si je la contrarie, elle pourrait l'utiliser contre moi.

Josie se tourna pour lancer un regard noir à Tate.

Blink rit.

— Attends, Spirit. Laisse-moi t'aider.

Elle le laissa couper le haut du paquet puis le repousser vers elle.

— Profite bien de ton dîner, dit Tate dans un autre rire avant de retourner là où Pyro et Kevlar étaient assis, en train d'ouvrir leurs propres rations.

Pendant ce temps, Josie avait retiré tous les sachets du paquet de rations et les avait disposés les uns à côté des autres.

— Raviolis au bœuf. L'un de mes préférés, lui confia Blink.

Il voulait aider, mais en même temps, ça faisait du bien qu'on prenne soin de lui pour une fois. Il ne dit pas un mot pendant que Josie réfléchit à comment utiliser l'eau pour réchauffer les raviolis. Elle lut les paquets, voyant ce qu'ils contenaient tous avant d'en ouvrir un à la fois, avec précaution. Avant qu'il ne le comprenne, se servant des sacs de rations vides comme plateau de fortune, elle avait préparé un genre de plateau de charcuterie comprenant divers aliments. La barre croustillante de guimauve et caramel au beurre salé avait été tordue en deux, les gressins étaient disposés de sorte à former un périmètre pour la nourriture, le cheddar se trouvait au milieu et elle avait saupoudré les M&Ms ici et là.

Quand elle arriva au jus de fruits électrolyte en poudre, elle hésita puis fit un geste vers la poche de Blink. Il parut confus un moment jusqu'à ce qu'il se souvienne : il sortit la petite tasse en métal et la lui tendit. Elle mit un peu de poudre dedans puis versa de l'eau.

Quand les raviolis eurent terminé de réchauffer, elle posa la pochette avec les autres aliments, puis leva les yeux vers lui et sourit.

Honnêtement, Blink n'avait jamais été aussi touché de sa vie. Ce n'était que des rations... Il en avait mangé des centaines. Mais il n'avait jamais vu quelqu'un qui s'appliquait autant à les faire ressembler à un repas gastronomique comme cette femme venait de le faire.

— Ça m'a l'air bon, lui dit-il.

Elle prit la tasse et la lui offrit. Pour la seconde fois, elle lui offrait l'eau dont elle avait désespérément besoin.

Cette fois, Blink n'hésita pas. Il lui prit et avala la moitié du contenu en une gorgée avant de la lui rendre. Elle la termina, léchant le restant sur ses lèvres avant de reporter les yeux sur la nourriture.

Elle ramassa un M&M et l'étudia, un petit sourire aux lèvres, avant de le mettre dans sa bouche. Elle mâcha la petite friandise au chocolat les yeux fermés, se délectant visiblement de cette sucrerie.

Blink adorait la voir savourer cette douceur, mais elle avait besoin de nutriments. Il prit la pochette de raviolis et en harponna un avec la fourchette avant de la tendre vers elle.

— Essaie ça.

Elle ouvrit les yeux et se pencha en avant, bouche ouverte.

C'était si intime, de la nourrir, et bien qu'il l'ait fait la soirée précédente avec les boulettes de viande, cette fois le satisfaisait tout autant jusqu'au plus profond de son âme.

Ils se relayèrent pour manger les raviolis et elle prit quelques bouchées des autres aliments. Tout comme précédemment, elle s'arrêta bien avant qu'il l'ait estimée repue. Mais là encore, son estomac avait probablement rétréci dû au manque de nourriture.

En sentant la colère jaillir en lui et le besoin de se venger des enfoirés qui avait retenu cette femme innocente prisonnière, il regarda son frère, à la recherche d'une distraction.

— Quoi de prévu ensuite ?

Tate haussa les épaules, apparemment peu inquiet qu'ils soient en train de camper au milieu des montagnes d'Irak et que n'importe qui pouvait leur tomber dessus à tout moment.

— Ça dépend.

Comme il ne développa pas, Blink demanda :

— De ?

— Toi et Kevlar. Jusqu'à quelle distance vous êtes suivis, selon vous ?

Avant que son chef ne puisse répondre, un ricanement sévère s'échappa des lèvres de Blink.

— Comme un parasite sous un microscope.

— Alors je dirais que demain, à cette heure-ci, nous serons de retour à bord d'un transport maritime en train d'apprécier une douche et un vrai repas.

Josie émit un bruit à côté de lui et Blink lui jeta un coup d'œil. Ses yeux étaient grand ouverts et elle avait l'air à la fois effrayée à mort et excitée.

— Nous avons facilité cela autant que possible pour nos camarades des Night Stalkers, ajouta Pyro. Cette zone d'extraction, c'est du gâteau. Ils peuvent s'abaisser entre ces deux pics et même atterrir au sol si nécessaire.

La zone terreuse que Pyro désignait n'était pas tout à fait horizontale. Elle était pleine de rochers et pas du tout plate, en réalité. Et les pics dont il parlait ne semblaient pas suffisamment larges pour accueillir les pales de rotor d'un hélico selon Blink, mais là encore, il n'était pas un expert des hélicos. Si Pyro disait que c'était le meilleur endroit pour une extraction, il le croyait.

Pour la première fois, il pensa à ce qui arriverait juste après qu'ils seront secourus, en particulier à Josie. Le gouvernement américain n'avait pas pour habitude de récupérer des gens dans le dos des lignes ennemies sans rien savoir d'eux. Et même s'il était sûr et certain que Josie n'était pas une menace, les officiers sur le cargo l'ignoraient. Bon sang, il ne savait même pas si elle était Américaine ou non ! Il pensait que oui, mais sans rien savoir d'elle autre que son prénom, il y aurait des questions. Beaucoup de questions.

Son ventre se tordit. La nourriture qu'il venait de manger menaçait de ressortir. Il voulait protéger Josie de ce qui arriverait, mais ne savait pas comment.

— Il faut qu'on parle, lâcha-t-il en se tournant vers Josie.

Elle inclina la tête d'un air interrogateur.

— Quand nous serons extraits d'ici, nous serons emmenés sur un navire de la Navy, dans le golfe. Il y aura des questions... pour nous deux. On m'emmènera quelque part pour expliquer ce qui m'est arrivé et tu seras...

Josie ne le laissa pas terminer. Elle secoua la tête avec violence presque, et tordit son tee-shirt avec son poing.

— Tout ira bien. Tu seras en sécurité et...

Elle secoua de nouveau la tête et émit un grognement. Pour Blink, elle avait l'air terrifiée.

— Regarde-moi, lui ordonna-t-il en levant les mains pour la faire arrêter d'agiter la tête.

Il les posa de chaque côté de son visage et la tint absolument immobile tout en la regardant dans les yeux.

— Tout ira bien. Personne sur ce navire ne te fera de mal.

Elle ne fuyait pas son étreinte, mais pointa un doigt sur lui, puis sur elle. Et elle recommença. Et encore.

— Tu veux rester avec moi ?

Elle opina du mieux que possible entre ses mains.

— Je ne suis pas sûr que ce sera possible.

Dès que ces mots furent prononcés, Josie ferma les yeux et se mit à trembler. Son corps entier s'ébranlait. S'il ne la connaissait pas mieux que ça, il aurait cru qu'elle avait une convulsion.

— Josie ! dit-il urgemment.

Mais elle garda obstinément les paupières fermées.

— Tu crois que je laisserai quoi que ce soit t'arriver ? Non, dit-il en répondant à sa propre question. Mais ils ne s'attendent pas à toi. Le reste de mon équipe a probablement déjà informé les supérieurs que tu étais une prisonnière retenue au même endroit que moi et que tu as été tirée de là en même temps, mais ils ne savent rien de toi. Tu pourrais être une taupe pour eux. Quelqu'un qui a été mis dans cette cellule pour récolter des infos sur nos navires. Nos effectifs.

Elle souffla du nez et ses yeux s'ouvrirent soudainement. Elle se dégagea de son étreinte et regarda frénétiquement autour d'elle, à la recherche d'un truc. Puis elle saisit le couteau en plastique qui se trouvait dans le kit des rations militaires et s'accroupit dans un coin où la terre n'avait pas été trop dérangée.

Pendant une seconde, Blink craignit qu'elle soit sur le point de se faire du mal, mais au lieu de ça, elle se mit à écrire dans la poussière.

England.

— Tu viens du Royaume-Uni ? demanda Blink.

Elle secoua la tête, frustrée, avant d'écrire autre chose.

Josie England.

— C'est ton nom ? demanda Tate, s'étant rapproché lorsqu'elle s'était mise à écrire.

Josie acquiesça. Puis continua d'écrire.

Las Vegas Vacances Koweït.

— Tu viens de Las Vegas et tu étais en vacances au Koweït ? Pas vraiment un haut lieu du tourisme, commenta Kevlar.

Son chef, Pyro et Tate s'étaient tous rassemblés désormais, lisant ses mots.

Mais l'attention de Blink portait sur la femme elle-même. Elle était à genoux dans la terre, la main déjà en train de gratter les mots pour en écrire encore plus. Elle avait le visage rouge et l'air presque désespérée de leur donner des informations sur elle. Elle était terrifiée à l'idée d'être interrogée lorsqu'ils arriveront sur le bateau, c'était clairement évident.

Ayden Hitson Armée R&R Tour Bateau

— C'est ton petit ami ? demanda Tate.

Le ventre de Blink se tordit à nouveau.

Rupture après.

— Tu es venue rendre visite à ton petit ami qui était en repos au Koweït et tu allais rompre avec lui ? Et vous avez fait un tour en bateau ? demanda Tate avec une certaine douceur. Que s'est-il passé ? Où est Hitson ?

Tué M'ont enlevée.

— Merde, dit Blink.

Il se leva brutalement et se mit à faire les cent pas. Il avait compris qu'un sale truc était arrivé par rapport à un bateau, étant donné la réaction que Josie avait eue avant d'en prendre un en Iran. Mais il ne s'était pas attendu à *ça*.

— Bien. Tu es une Américaine nommée Josie England, de Las Vegas, résuma Kevlar.

Tu étais au Koweït pour rendre visite au militaire que tu fréquentais. Vous avez pris un bateau, probablement atteint les eaux iraniennes et vos kidnappeurs vous ont rattrapés. Ayden Hitson a été tué et ils t'ont prise en otage. Pourquoi ?

Blink voulait connaître la réponse autant que les autres. Mais Josie n'eut pas l'intention d'écrire quoi que ce soit au sol. Elle montra qu'elle l'ignorait.

— Il doit y avoir une raison, insista Tate. Ils t'ont demandé quelque chose ? Des informations sur quoi que ce soit liées au militaire ? Ont-ils contacté quelqu'un pour une rançon ?

Josie les regardait fixement un moment puis une fois de plus, se servit de sa main pour effacer les derniers mots qu'elle avait écrits et reprit le couteau en plastique.

Battue Laissée seule Oubliée Sans nourriture Sans eau S'en fichaient.

Les mots paraissaient durs et affreux, grattés dans le sol. Il n'arrivait pas à intégrer ce qu'elle leur disait. Bien entendu, la condition dans laquelle elle se trouvait donnait foi à ce qu'elle disait, mais c'était tout de même dur à croire.

Elle effaça les mots avec colère puis se remit à écrire.

Femme déchet Pas Militaire Vaut pas la peine.

C'était trop pour Blink.

— Tu n'es pas un déchet, dit-il, presque furibond.

Eux pensent Pas moi.

Mais Blink n'était pas certain qu'elle croyait vraiment en ce qu'elle avait écrit. Il pouvait le voir dans la façon dont ses épaules s'affaissaient, sa tendance à se rouler en boule. Elle avait été jetée dans cette cellule et laissée à l'abandon, comme elle l'avait dit. Ou peut-être qu'elle n'avait pas été oubliée, mais clairement, personne n'avait pensé suffisamment à elle pour ne pas continuer de la torturer, ni la maintenir en vie. Elle avait été littéralement *rien* pour leurs ravisseurs. Tout comme elle l'avait dit. Et ça énervait sérieusement Blink.

— Tu as de la famille, Josie ? lui demanda gentiment Tate. Quelqu'un qu'on peut contacter pour lui dire que tu vas bien ? Quelqu'un a dû s'inquiéter pour toi.

Josie fixait le frère de Blink pendant un intense moment avant de secouer la tête et de hausser à nouveau les épaules. Elle laissa tomber le couteau et se leva, désignant les buissons où ils s'étaient rendus pour uriner, et elle disparut lentement derrière eux.

— Bah, merde, dit Pyro.

— Si quelqu'un s'était inquiété qu'elle ne revienne pas de vacances, il aurait sûrement contacté les autorités depuis. Leur aurait dit qu'elle était partie au Koweït et n'était pas rentrée. Cette information aurait fini par tomber sur une personne de notre cercle, déclara Kevlar.

Blink aimerait le penser, mais il n'en était pas sûr. Si elle n'avait vraiment personne pour remarquer qu'elle était partie... C'était incompréhensible.

Josie revint avant qu'ils ne puissent en discuter davantage. Elle se mit à nettoyer leur dîner, remettant soigneusement les aliments non consommés dans leurs pochettes pour qu'ils puissent les manger plus tard. Personne n'avait vraiment envie de parler après avoir appris la situation de Josie. Alors tout le monde se posa simplement pour attendre. Que la nuit tombe. Que les secours arrivent. Quelque chose.

Blink ne pourrait pas rester loin de Josie même si sa vie en dépendait. Sans un mot, il s'avança derrière elle et l'encouragea à s'allonger sur le côté pour se reposer avant de se blottir contre elle. Il posa le bras sur sa taille et il la tint contre lui, en sécurité dans le berceau de son corps. Il était gigantesque par rapport à elle. Mais il se sentait à sa place, comme s'il la protégeait du monde.

Elle était raide au début, mais se détendait progressivement.

Blink remua jusqu'à ce que son autre bras soit sous la tête de Josie, qu'elle puisse s'en servir comme oreiller.

Aucun d'eux ne dormit, mais c'était agréable d'être simplement allongés là. Avec elle.

[1] L'insigne « Special Warfare » aussi connue sous le nom de « Trident du SEAL », est également surnommée « Budweiser » par les membres de la NAVY.

CHAPITRE 9

Josie était gênée. Elle avait piqué une sorte de crise, après s'en être si bien tirée ces dernières semaines en ne ressentant rien. Mais en apprenant qu'elle serait probablement séparée de Nate et ne le reverrait sans doute jamais l'avait fait paniquer. Elle n'était personne. Nate faisait partie de la Navy SEAL. Il était important. Et en comprenant que les gens sur le navire pourraient penser qu'elle était une traîtresse ou une espionne lui avait désespérément donné envie de laisser ces hommes – des hommes qui semblaient vraiment l'apprécier un peu – savoir qui elle était.

C'était compliqué de communiquer sans parler. Mais elle avait pu leur dire les faits basiques. Peut-être était-ce suffisant pour que les gens aux commandes sur le navire ne l'enferment pas dans la soute – elle n'avait aucune idée si ça existait encore – et qu'ils trouvent un moyen de la ramener chez elle.

Mais l'idée de retourner à Las Vegas, dans son appartement vide, n'était pas attrayante. Elle doutait que quelqu'un ait seulement remarqué qu'elle n'était pas rentrée de vacances. Bon sang, on ne savait même sans doute pas qu'elle était partie. La factrice aurait pu le remarquer, mais seulement parce qu'elle ne serait pas revenue récupérer le courrier qui se serait accumulé.

Sa vie était plutôt pathétique et elle n'avait pas hâte d'y retourner. Mais où pourrait-elle aller ?

Dans un soupir, elle se rapprocha très légèrement de Nate. Être allongée avec lui était... agréable. Elle était soulagée qu'il n'ait pas eu une mauvaise opinion d'elle pour être venue au Koweït afin de voir un homme qu'elle allait quitter. C'était une idée qui avait été horrible, bien entendu, mais elle était reconnaissante que Nate ne semble pas le penser.

Ou bien peut-être que si et qu'il ne disait simplement rien.

Peut-être était-il trop désolé pour elle pour faire part de son opinion.

Mais elle n'y croyait pas. Elle n'était pas une experte des hommes, mais il ne se serait sûrement pas pelotonné contre elle s'il la trouvait stupide, si ?

Elle était trop fatiguée pour continuer d'y penser. Fatiguée, mais pas endormie. Ce qui n'avait pas de sens. Alors Josie resta simplement allongée dans les bras de Nate, faisant de son mieux pour ne plus penser à l'avenir. Elle ne pouvait prédire ce qui arriverait. Les choses avaient été dingues alors elle ne saurait imaginer ce qui l'attendrait ensuite.

Elle n'eut pas à attendre longtemps pour le découvrir. Elle sentit Nate lever la tête au moment même où elle entendit un faible bruit dans le ciel.

— Ils sont là, annonça soudain Pyro.

Nate fut debout et agit en un éclair. Il l'incita à s'asseoir et lui dit :

— C'est le moment, Josie. Nous rentrons chez nous.

Ça lui manquait un peu que Nate l'appelle Spirit. Elle avait d'abord été sceptique quant au surnom au début, mais elle s'y était fait assez rapidement. On ne lui avait jamais donné de surnom auparavant et la raison pour laquelle il l'avait appelée comme ça lui faisait beaucoup de bien.

Elle se mit debout et se tint avec les autres, les yeux levés vers le ciel. Le soleil était presque couché et il y avait suffisamment de lumière pour voir sans trébucher sur les cailloux. Mais Josie ignorait si une personne pilotant un hélicoptère pouvait voir suffisamment bien pour atterrir, surtout pas à l'endroit où ils se trouvaient actuellement. Peut-être devraient-ils à nouveau monter par ce truc avec la corde. Ce n'était pas une chose qu'elle avait hâte de refaire, mais si ça les faisait sortir de là, elle ferait tout ce qu'il faudrait.

— Les voilà, commenta inutilement Tate.

L'hélico apparut au-dessus d'un sommet de montagne comme un bel ange. Il resta en vol stationnaire, fouettant toute la poussière autour d'eux avant de descendre lentement et exactement où Pyro avait dit qu'il le ferait.

Au grand étonnement de Josie, l'hélicoptère parvint à se placer entre les deux pics de montagne, mais il n'atterrit pas tout à fait. L'un des patins était posé sur un rocher et l'appareil s'inclinait quelque peu vers le bas, comme s'il les invitait à monter à bord.

Personne ne parlait ; ce n'était pas comme s'ils pouvaient être entendus au-delà des pales de rotor. Josie ferma les yeux face à l'assaut de la terre et de la poussière voletant dans les airs.

Elle sentit Nate lui saisir le haut du bras et se mettre à marcher. Elle lui faisait confiance pour l'aider à garder son équilibre et le suivit. Quand le bruit de l'engin devint plus fort, elle plissa les yeux, voulant voir ce qui se passait.

Pyro et Tate étaient déjà à l'intérieur de l'hélicoptère et avant que Josie ne s'en rende compte, elle se trouvait dans leurs bras. Elle fut assise avant même de cligner des yeux. Nate bondit à l'intérieur comme s'il n'avait pas été torturé et battu quelques jours auparavant. Kevlar était sur ses talons et elle sentit l'hélico monter et quitter le sol.

Elle retint son souffle tandis qu'ils montaient toujours plus haut dans les airs. Il y avait des montagnes des deux côtés et elles semblaient suffisamment proches pour qu'ils les touchent en s'élevant. Dès qu'ils quittèrent les pics, les pilotes semblèrent démarrer le moteur puis ils survolèrent le même terrain qu'ils venaient d'emprunter à pied.

Nate eut soudain un casque et il le plaça sur les oreilles de Josie. Les moteurs furent instantanément étouffés et Josie libéra le souffle qu'elle retenait. Leur extraction avait été rapide et sans incident. Ça changeait de la dernière fois où elle s'était trouvée dans un hélicoptère...

Tate et Pyro placèrent les casques sur leurs oreilles, tout comme Nate et Kevlar. Elle pouvait tous les entendre se parler les uns les autres.

— Buck ! Obi-Wan ! C'est bon de vous voir ! s'exclama Pyro en riant.

— Quelqu'un devait venir et ramener vos fesses au boulot après que vous avez décidé de prendre des vacances dans les montagnes, dit l'un des pilotes en regardant par-dessus son épaule pour leur sourire malicieusement.

— Si tu le dis, Buck, rétorqua Pyro avec bonhomie.

— Vous allez tous bien ? demanda l'autre pilote, que Josie pensait être Obi-Wan.

— Oui, répondit Tate.

— Laryn va te tuer, dit Obi-Wan.

— Je sais. Elle a travaillé dur pour que cet hélico fonctionne parfaitement et quelqu'un a dû partir et faire un trou dedans, dit Tate d'un ton presque lugubre.

La conversation semblait tellement normale ! Comme des amis se retrouvant après une longue absence.

— Laryn est la cheffe mécano qui a bossé sur mon MH-60, expliqua Tate à Josie.

Elle se dit qu'il avait oublié de l'avoir mentionné plus tôt alors elle hocha simplement la tête.

— C'est une contractuelle et l'une des meilleures mécanos que j'ai connues. Je ne ferais confiance à personne d'autre pour mes bébés. Tu devrais être amenée à la rencontrer. Tout dépendra de ce qui arrivera quand on atterrira.

Et d'un coup, la nervosité frappa de nouveau Josie.

— Ça va, Blink ? demanda Buck. Ton groupe nous a dit ce qu'ils savaient quand nous les avons vus sur le navire. Paraît que tu as eu des moments difficiles ?

— Pas aussi difficiles que Josie, répondit Nate.

Elle sentit six paires d'yeux sur elle. Ne sachant pas quoi faire d'autre, elle fit aux deux pilotes un petit signe complètement nul.

Des rires résonnèrent dans ses oreilles.

— OK. Josie. Ravi de vous rencontrer. Au nom de l'Armée américaine, nous sommes heureux que vous alliez bien... et d'avoir été ceux qui ont pu vous sortir de là. Parce que nous savons tous que la Navy n'était pas à la hauteur de la mission.

Josie était sur le point de s'énerver par rapport à Nate et Kevlar avant de comprendre qu'Obi-Wan plaisantait. Plus ou moins. Ce devait être une taquinerie de longue date entre l'Armée et la Navy, car Kevlar se pencha en avant et embrassa l'arrière du casque du pilote.

— Hé, fais gaffe ! N'embête pas le pilote en plein vol, se plaignit Obi-Wan.

— Tu pourrais faire voler ce truc d'une main attachée dans ton dos, les yeux bandés ! dit Nate.

— C'est vrai. Je suis assez doué, répondit Obi-Wan.

— Oh purée, ça y est. Tu as flatté son égo. Il va être encore plus insupportable maintenant, gémit Buck.

Josie écoutait les badinages avec intérêt, mais intérieurement, elle flippait complètement sur ce qui arriverait quand ils seront sur le navire. Aurait-elle des ennuis ? Comment allait-elle répondre aux questions alors que sa stupide voix ne voulait pas se faire entendre ? Maintenant qu'elle était à l'abri, elle s'était plus ou moins attendue à être capable de reparler, comme par magie. Mais bien entendu, elle n'avait pas une telle chance.

Bientôt, ils laissèrent derrière eux les terres brunâtres des paysages désertiques et il n'y eut rien d'autre que de l'eau sous leurs pieds.

— C'est bon. Nous sommes en sécurité, dit Nate, voyant clairement son mal-être.

Josie hocha la tête, mais ne parvint tout de même pas à se détendre.

En tout cas pas avant que Nate lui prenne la main. Baissant les yeux, Josie aurait dû être mal à l'aise, tellement ses doigts avaient l'air dégoûtants. Il y avait du noir incrusté sous ses ongles qu'elle n'était pas sûre de réussir à faire partir. Mais Nate ne semblait pas s'en préoccuper.

— Le voilà. Tu peux le voir ? demanda Buck, se tournant vers Josie avant de désigner le hublot à l'avant.

S'asseyant aussi droite que possible, Josie ne pouvait uniquement voir qu'une tâche lointaine qui se rapprochait de plus en plus à mesure qu'ils volaient vers elle.

Ça ne prit pas longtemps avant qu'ils ne planent au-dessus du pont d'un énorme navire de guerre. Ce que Josie avait mangé menaçait de remonter lorsque l'hélico ballota en atterrissant.

Puis quelque chose la frappa et elle serra fermement la main de Nate.

— Quoi ? Que se passe-t-il ?

C'était stupide. Elle n'en avait plus besoin, mais à l'idée qu'elle ait pu être laissée derrière eux la faisait paniquer, la rendait malade. Elle tendit la main pour tapoter la poche de Nate, mais ne sentait rien à l'intérieur. Un son étranglé lui remonta dans la gorge.

— Ta tasse ? Je l'ai là. Dans mon autre poche, lui dit Nate via le casque. C'est bon, Spirit. Je l'ai.

Le soulagement la frappa si fort qu'elle en eut des vertiges. Ce n'était qu'une tasse ! Il y en avait probablement des centaines comme elle sur le navire. Elle n'en avait plus besoin. Et pourtant, elle se sentait encore attachée à ce fichu objet. Il l'avait maintenue en vie. Sans lui, elle ne serait rien d'autre qu'un tas de chair pourrie dans cette satanée cellule de prison.

Elle parvint à hocher la tête. Les autres enlevaient leurs casques alors Josie fit de même, écrasée par le bruit du monde extérieur. Des gens qui parlaient, hurlaient incessamment des ordres qu'elle ne comprenait pas, le grondement du moteur de l'hélico.

— Viens, sortons d'ici, dit Nate en la tirant gentiment par la main.

Regardant à l'extérieur de l'hélicoptère, Josie vit une vague humaine, tous les visages tournés dans leur direction.

Elle se sentit soudain submergée. Baissant rapidement les yeux sur elle, elle réalisa à quel point elle devait avoir l'air ridicule. En chaussettes, large tee-shirt et caleçon... Sans parler qu'elle était couverte de saleté et que ses cheveux étaient emmêlés et dégoûtants. Elle n'avait aucune raison d'être embarrassée ou honteuse après tout ce qu'elle avait vécu... mais elle l'était quand même.

Nate sembla comprendre ce qu'elle ressentait, car il se tourna et prit une couverture qui avait été pliée soigneusement dans une petite case dans l'hélicoptère. Sans lui lâcher la main, il drapa ses épaules, aidé par son frère. Elle la serra contre sa poitrine de sa main libre.

Avec Nate d'un côté et Tate de l'autre, ils se levèrent. Kevlar bondit dehors puis se tourna, tendant les mains pour aider le trio à garder l'équilibre en sortant de l'hélicoptère. Soudain, elle se trouva sur le pont du gigantesque navire.

Elle entendit une femme crier :

— Casper ! Qu'est-ce que tu as foutu avec mon hélicoptère ?!

Y portant son attention, Josie vit une femme à la mi-trentaine, d'environ un mètre soixante-cinq, des cheveux noirs relevés en un chignon soigné, des yeux sombres brillants tandis qu'elle marchait vers Tate avant de lui planter un doigt dans la poitrine. Elle portait une salopette avec ce qui semblait être de la graisse étalée sur le dessus de sa cuisse droite.

Tate sourit à Josie et Nate.

— C'était bon de te voir, frangin. Donne des nouvelles. On se retrouve aux States.

Nate acquiesça et Josie observa Tate s'éloigner avec la femme à ses côtés. Mais même si elle lui prenait la tête, Josie pouvait lire le soulagement dans ses yeux, car il était en vie et en un morceau. Et Tate ne paraissait pas du tout fâché par ce qu'elle lui disait. Il semblait en réalité content de la voir.

— Je suppose qu'il s'agissait de Laryn, dit Nate avec un petit rictus.

Avant qu'elle ne puisse hocher la tête en réponse, quelqu'un les approcha.

— Blink ! s'exclama l'homme, lui donnant une tape à l'épaule typiquement masculine avant qu'ils n'aient pu s'éloigner de deux pas de l'hélicoptère.

— C'est bon de te voir, MacGyver, répondit Nate.

Josie le reconnut après un court laps de temps qu'ils avaient passé avec l'homme après être sortis de leurs cellules.

— Viens, les gars t'attendent.

— Pour m'interroger, tu veux dire, dit Nate avec un petit rire.

— Nan, on garde le remontage de bretelles pour plus tard, s'immisça Kevlar et lui et MacGyver se mirent à rire.

— Pour le moment, nous sommes juste heureux de te voir sain et sauf, lui dit MacGyver.

— Désolé, mais l'amiral veut vous parler à tous les deux, les interrompit un officier se tenant non loin, désignant d'un signe de tête Nate et Kevlar.

— Un amiral ? siffla Nate.

— Oui. Si vous voulez bien me suivre, dit l'homme, désignant l'une des portes.

— Et Josie ? demanda Nate sans bouger d'un centimètre.

Sans réfléchir, Josie se rapprocha de lui. Elle voulait se

presser contre lui, le supplier de ne pas la laisser, mais elle ne pouvait pas parler.

— C'est son nom ? Un capitaine l'attend pour lui parler.

— Et ensuite quoi ? demanda Nate.

L'officier cilla. Il hésita un moment avant de dire :

— Je ne sais pas. Ça dépend de ce qui est dit, je suppose.

Nate secoua la tête.

— Elle vient avec nous.

— Je ne crois pas que...

Où elle va, je vais, répéta fermement Nate. Elle peut venir avec moi et Kevlar pour parler à l'amiral.

— Il ne voudra pas parler de ce qui est arrivé lors d'une mission top secrète ou de ce qu'il s'est passé ensuite si un civil est là, l'avertit l'officier.

— Sérieux. Elle en sait tout autant que moi sur ce qu'il s'est passé ensuite et peut-être plus. Elle a séjourné avec les terroristes bien plus longtemps que moi. Vous ne pensez pas que l'amiral voudra entendre ce qu'elle sait ?

Josie n'avait jamais vu cette facette de Nate ; il avait l'air furieux et plus autoritaire qu'il ne l'avait jamais été. Ça ne lui déplaisait pas. Pas du tout.

— C'est votre problème, dit l'officier d'un air indifférent avant de se tourner vers la porte. Si vous voulez bien me suivre.

— Impressionnant, marmonna Kevlar derrière eux.

Nate se tourna vers son ami.

— J'ai besoin que tu fasses attention à elle. S'ils l'emmènent loin de moi, ne la laisse pas seule une minute. Tu sais qu'elle ne parle pas alors ils vont devoir lui laisser du temps pour écrire tout ce qu'elle sait. Et elle a besoin de remanger. Et de boire. Et de se doucher. Elle...

— Tout doux, Blink, lui dit Kevlar en posant une main sur son épaule. Si tu crois que quiconque va te contredire, tu te trompes. Tu étais un prisonnier de guerre. On les prend avec des pincettes ici. Personne ne cherchera à t'énerver.

— Oui. Dis ça à l'amiral, marmonna Nate.

— Je suppose que c'est lui qui donne l'ordre, dit Kevlar, l'air détaché avant de sourire à Josie. Maintenant que nous sommes saufs et non pas suspendus à un hélico ou en train de prendre du plaisir en randonnant dans les montagnes... Je veux te remercier d'avoir pris soin de ce grand balourd. C'est un emmerdeur, mais c'est le *nôtre*. Même s'il s'est fait la malle en Iran sans nous le dire.

— Je n'ai pas eu le temps, lui dit Nate. Le commandant m'a donné trente minutes pour arriver à la base avant le décollage.

— Je sais. Je m'en fous seulement à moitié. Crois-moi, le commandant sait qu'aucun de nous n'est ravi avec la façon dont les choses se sont déroulées.

— Putain. Je n'avais même pas pensé à la mission jusqu'à maintenant. Est-ce que l'autre équipe va bien ? Ils sont partis de là ? demanda Nate.

Josie avait l'impression d'avoir la tête sur un pivot à regarder les deux hommes parler.

— Ils vont bien. Ta distraction a suffi à ce qu'ils réussissent à s'éclipser et atteindre le lieu d'évacuation.

— Tant mieux, répondit Nate, ému.

— Mais je dois dire que si tu nous refais ce genre de merde, tu ne seras pas ravi des conséquences.

— Noté. Mais je ne le regrette pas. Pas une seconde, dit Nate en jetant un coup d'œil à Josie.

Cette conversation était pour elle un mystère, ne sachant pas vraiment de quoi ils parlaient. Mais elle n'eut pas l'occasion d'indiquer sa confusion à Nate, car ils furent emmenés dans les entrailles de l'énorme navire.

Les pieds de Josie glissaient sur les sols en métal à cause des chaussettes qu'elle portait et elle serait tombée au moins deux fois si Nate ne la tenait pas d'une main de fer. Elle retenait la couverture autour d'elle comme un bouclier, peu ravie des regards qu'elle attirait chez les marins qu'ils croisaient.

Ils furent menés jusqu'à une porte où quelqu'un se tenait au garde-à-vous. L'homme salua l'officier qui les précédait puis ouvrit la porte. L'allure officielle de ses gestes rendait Josie nerveuse. Il y avait de toute évidence quelqu'un d'important dans la pièce. Quelqu'un qui la jugerait pour ses actes et pourrait juger qu'elle est... quoi ? Un boulet ? Une espionne ? Une idiote ? Elle ne savait plus trop quoi penser.

Nate ne lui lâcha pas la main, mais salua bel et bien l'homme assis à une table ronde, un ordinateur portable devant lui. Il portait un uniforme blanc qui semblait parfaitement propre... ce qui poussa Josie à se sentir d'autant plus sale.

— Asseyez-vous, ordonna l'homme, désignant les chaises devant lui.

Kevlar entra dans la pièce avec eux et prit une chaise à côté d'elle tandis que Nate s'installait sur l'autre.

Dès que Josie s'assit, elle se releva immédiatement pour vérifier la chaise. Elle était rembourrée d'un siège de couleur brun clair et la pensée de le contaminer de son être fétide lui était abjecte. Sans autre choix, elle ôta la couverture de ses épaules et la disposa soigneusement sur la chaise avant de se rasseoir.

Quand ce fut fait, elle se rendit compte que tout le monde avait le regard posé sur elle. Elle déglutit avec difficulté puis haussa maladroitement les épaules, faisant de son mieux pour ne pas hyperventiler.

— Bien, donc... Dites-moi ce qui est arrivé, Blink. Et n'omettez rien, lui ordonna l'amiral.

Sans hésiter, Nate se lança. Il évoqua des événements que Josie ne comprenait pas, mais ils étaient apparemment la raison pour laquelle il s'était trouvé en Iran. Son ton était presque impassible, expliquant comment il avait été capturé et torturé. Il raconta également comment il avait su que les secours arrivaient, grâce au traqueur qu'il portait, et que lorsque Kevlar et son équipe étaient arrivés, il avait retardé son sauvetage pour qu'ils puissent sauver Josie également.

Il rendait tout ce qu'ils avaient vécu si... désinvolte. Comme si avoir été maintenu pendant qu'on versait de l'eau sur son visage recouvert d'une serviette était normal et pas de quoi en faire un foin. Sa description du moment où on leur avait tiré dessus lorsqu'ils étaient hissés jusqu'à l'hélicoptère et celui de l'appareil frappé par ce missile avant de s'écraser dans les montagnes ressemblait à une occurrence de tous les jours. Elle commençait à se dire que pour lui, c'était probablement le cas.

— Et vous ? demanda l'amiral, portant son attention sur Josie.

Elle se redressa instinctivement sur son séant.

— Je veux savoir comment vous vous êtes retrouvée dans une cellule de prison en Iran. Et pourquoi ne savions-nous rien de votre présence là-bas ?

Josie ouvrit la bouche, mais bien évidemment, rien n'en sortit. Heureusement, Nate était là pour parler pour elle. Comme pour la sienne, il rendit l'histoire de Josie bien plus ordinaire qu'elle ne l'était. Même *elle* savait qu'il n'était pas normal pour un Américain de passer ses vacances au Koweït.

— Le spécialiste Ayden Hitson ? Son corps a été découvert le lendemain de sa disparition. Vous dites vous être retrouvée sur le bateau avec lui ?

Il y avait tant de suspicion dans sa voix que Josie en fut presque offensée. Pourquoi *n'aurait-elle pas dû* être avec lui ? Doutait-il de son histoire ? Pensait-il qu'*elle* avait tué Ayden ? Des visions d'elle assise dans une nouvelle cellule, cette fois quelque part bien au fond de ce navire, menaçaient de la submerger.

Sans réfléchir, elle désigna son ordinateur et claqua des doigts avec impatience.

— Quoi ? demanda l'amiral.

— Elle veut se servir de votre ordinateur, dit Nate d'une voix claire.

Il avait donné l'impression d'être amusé, mais Josie était au bord d'une crise de nerfs. Elle devait faire en sorte que cet homme la croie. Et elle avait besoin des mots pour ce faire.

L'amiral tapota sur quelques touches, fermant probablement des documents sensibles ou autres choses, avant de pousser l'ordinateur vers elle.

Josie était stupéfaite qu'il fasse ce qu'elle demandait, mais elle n'hésita pas. Elle posa les doigts sur le clavier, se sentant normale pour la première fois depuis des lustres, cliquant sur l'icône Word avant de se mettre à taper.

— Merde alors, dit Nate dans un petit rire tandis que les doigts de Josie volaient au-dessus des touches.

— Cette nana sait taper, commenta sarcastiquement Kevlar.

Josie les entendait à peine. Elle était trop occupée à taper avec exactitude comment elle avait fini dans cette cellule en Iran.

Chez elle, elle était sous-titreuse. Elle écrivait le texte qui apparaissait sur les écrans de télé durant les films et les émissions. Elle était réputée pour sa précision et sa capacité à sous-titrer les émissions en direct. Sa vitesse de frappe jouait en sa faveur maintenant. En dix minutes, elle avait écrit plus de quinze cents mots et toute son histoire.

Elle expliquait comment on l'avait convaincue d'aller au Koweït, qu'Ayden n'avait pas pris ses inquiétudes en considération quant à ce tour en bateau, sa prétention à accélérer et frimer. Puis la façon dont tout était arrivé très vite et le fait qu'on ne leur avait pas donné l'occasion d'expliquer comment ils étaient arrivés dans les eaux iraniennes. Elle racontait à l'amiral à quel point elle avait été effrayée lorsqu'Ayden avait été tué et jeté par-dessus bord, ainsi que le moment où elle avait été traînée jusqu'au bateau des Iraniens et mise sans ménagement dans une cellule de prison. Elle évoquait avoir été battue, le petit bout de pain qu'on lui donnait occasionnellement avant de ne plus rien recevoir à part l'eau qui gouttait dans sa cellule par la suite.

Elle lui racontait tout aussi succinctement que possible, espérant contre toute attente qu'il lui soit permis de rester avec Nate.

Kevlar comme Nate lisait par-dessus son épaule pendant qu'elle tapait alors quand elle finit et repoussa l'ordinateur vers l'amiral, ils savaient déjà ce qu'elle avait à dire.

— Putain, Josie..., dit Nate, venant poser son front contre sa tempe.

Elle ferma les yeux, attendant le jugement de l'amiral.

Il ne fut pas long.

— Je suis vraiment navré pour ce que vous avez vécu, madame England. Mon personnel devra examiner tout ça, vérifier votre histoire auprès de l'hôtel et des compagnies aériennes, mais je peux dire rien qu'en vous regardant que vous avez vécu un enfer et je n'ai aucune raison de douter de vous. Vous êtes une jeune femme très chanceuse. Peu de gens se sont retrouvés au même endroit que vous et ont survécu pour en parler. Je devine que vous ne désirez pas que la presse s'empare de votre histoire ?

Elle secoua la tête presque violemment.

— Entendu. Nous ferons de notre mieux. Vous pouvez tous disposer. Kevlar, je suis

certain que l'un des membres de votre groupe attend non loin. Vous pouvez tous les trois vous rendre aux dortoirs, où vos équipes ont pris leurs quartiers. Vous pouvez vous laver et manger. Nous avons un psychologue de disponible si vous voulez parler de ce qui est arrivé. Autrement, demain, un vol vous emmènera tous en Allemagne où vous pourrez prendre un transport qui vous ramènera aux États-Unis. Des objections ?

— Non, Chef, dirent en même temps Nate et Kevlar.

Josie se sentait presque abattue. C'était tout ? C'était tout ce qu'il dirait quant à sa présence sur ce navire ?

Apparemment oui, car Nate la prit par le coude et l'aida à se lever, mais pas avant de remettre la couverture sur ses épaules. Puis elle fut de nouveau conduite jusqu'à la porte. Elle fut ouverte comme par magie par l'homme qui se tenait à l'extérieur, puis ils reprirent leur marche dans le navire.

— Josie ? l'appela Kevlar, l'incitant à s'arrêter après avoir avancé de seulement dis mètre.

Ils se tenaient au milieu du passage, le bloquant entièrement, mais par chance, ils étaient seuls pour le moment.

Elle leva les yeux vers lui, se demandant ce qu'il allait dire. Peut-être qu'elle était une idiote d'être venue au Koweït ? La réprimander pour avoir fait une croisière de plaisance avec Ayden dans cette partie du monde très explosive ?

Mais au lieu de ça, il se pinça les lèvres brièvement avant de déballer :

— J'en ai déjà parlé avant, mais Remi voudra te rencontrer.

Hein ? Josie était confuse.

— Désolé. Remi est ma petite amie. Et toutes les deux, vous avez vécu un trauma assez intense. Et elle est vraiment formidable pour se lier d'amitié avec les gens. Je sais simplement que tu es une personne qu'elle voudrait prendre sous son aile. S'il te plaît, dis-moi que tu viendras à Riverton quand tu retourneras aux États-Unis.

— Kevlar..., dit Nate d'un ton que Josie ne put interpréter.

Toujours aussi confuse, elle le regarda brièvement. Il dardait des yeux noirs sur son ami.

— Je demande simplement parce que je n'ai aucune idée de ce qu'il se passe sous l'apparence stoïque de *ce* mec. Il y a une raison qui explique pourquoi il est appelé Blink. C'est parce qu'il ne cligne absolument pas des yeux quand il est sur le point de faire un autre trou du cul à quelqu'un.

Regardant de nouveau Nate, Josie ne doutait pas que ce que disait Kevlar était vrai.

Kevlar sourit d'un air satisfait avant de reprendre :

— C'est *toi* qui m'as dit de veiller sur elle.

Au lieu de répondre à son ami, Nate prit Josie par les épaules et la tourna doucement pour qu'elle lui fasse face.

— Kevlar s'emballe, mais oui... J'aimerais que tu viennes à Riverton avec nous. Tu ne peux pas retourner à Vegas, Josie. Putain, personne n'a signalé ta disparition. Et si la mère et la sœur d'Ayden savaient que tu partais, comme l'a indiqué ton compte-rendu à l'amiral, alors pourquoi n'ont-elles rien dit ? Surtout lorsque l'Armée les a mises au courant de la mort d'Ayden il y a des semaines.

Josie avait écrit dans son rapport que la famille d'Ayden l'avait aidée à se convaincre de partir, pour que l'amiral comprenne pourquoi elle avait choisi d'aller au Koweït. En fait, quand elle avait décidé de faire ce voyage, elle leur avait demandé si elles souhaitaient qu'elle ramène quelque chose à Ayden. Et elles avaient accepté. La moitié des trucs dans sa valise étaient des choses envoyées pour lui.

Elle s'était interrogée comme Nate. Mais elle ignorait également ce qui était arrivé quand elles avaient appris la mort d'Ayden. Il était très probable qu'elles aient supposé qu'elle avait été tuée aussi.

— Mais ça n'a pas d'importance. Crois-moi quand je te dis que cette merde qui t'est arrivée... peut te bouffer. Sortir quand tu t'y attends le moins. Passe quelques semaines à Riverton... Tu peux rester avec moi. Prendre tes marques. Reprendre tranquillement le cours de la vie.

Elle le voulait. Josie était surprise comme elle crevait d'envie d'accepter. Que lui restait-il à Vegas ? Rien. Personne. De plus, la pensée de pouvoir rester près de Nate était irrésistible.

Elle lui fit un petit signe de tête.

— Oui ? Tu reviendras en Californie avec nous ?

Elle opina de nouveau.

Le sourire qui s'élargit sur le visage de Nate provoqua une sensation chaleureuse qui traversa tout son corps.

— Bien ! Et oui, Remi va t'adorer. Wren aussi.

— N'oublie pas Caroline, Alabama et toute la troupe, ajouta Kevlar.

— Est-ce que tu peux ne pas effrayer Josie alors qu'elle vient de donner son accord pour rentrer avec nous ? se plaignit Nate, prenant la main de Josie et se remettant à marcher.

— Pardon... Mais sérieusement, c'est génial !

Cela faisait un peu bizarre à Josie de voir à quel point ces hommes étaient heureux qu'elle ait décidé d'aller en Californie. S'ils savaient comme elle était pathétique et qu'elle n'avait vraiment personne qui serait ravie de la revoir au Nevada, ils pourraient ne plus être si enthousiastes qu'elle rejoigne leur petit groupe.

Ils n'allèrent pas beaucoup plus loin avant que MacGyver ne se joigne à eux, ouvrant la voie. Ils traversèrent tellement de couloirs que Josie était complètement perdue au moment où ils atteignirent encore un autre couloir plein de portes et que MacGyver en ouvrit enfin une. Elle reconnut les hommes à l'intérieur ; c'étaient ceux qui les avaient fait sortir, elle et Nate, de leurs cellules. Elle était soulagée de voir qu'ils allaient tous bien, surtout après la terrifiante évasion sur l'océan qu'ils avaient tous endurée.

— Blink !

— Oh merde, mec, c'est bon de te voir !

— Tu es un con. J'arrive pas à *croire* que tu aies fui l'Iran sans nous !

Les commentaires fusaient bruyamment tandis que Nate s'éloignait d'elle, enlacé, recevant des tapes dans le dos et était accueilli chaudement par ses amis.

— Doucement, se plaignit Nate. J'ai déjà suffisamment de bleus, je n'ai pas besoin que vous en ajoutiez d'autres, bande de cons.

Il se tourna ensuite et présenta de nouveau tout le monde à Josie, ce qu'elle apprécia. Elle avait oublié qui était qui.

— Bordel, tu pues ! dit l'un des autres gars lorsque Nate eut terminé.

Celui-ci leva les yeux au ciel.

— Merci, Smiley. Tu crois que tu sens meilleur après avoir passé la majeure partie de la semaine en mission ?

Tout le monde rit, mais parler de sentir mauvais rendait

Josie consciente de son propre manque d'hygiène. Et elle en avait été privée pendant plus longtemps qu'une semaine.

— En parlant de ça... on a besoin de prendre une douche. Et Josie a besoin de vêtements. Et de nourriture et d'eau, annonça Nate.

— J'irai au magasin militaire et lui trouverai un truc. Pas sûr qu'ils ont quoi que ce soit de suffisamment petit, mais je verrai ce que je peux faire, dit Safe.

— Et je descendrai à la cantine et vous trouverai à tous les deux un truc à manger, proposa Preacher. Je rapporterai ça ici, que vous puissiez manger tranquille. Trop de gens savent ce qu'il s'est passé. En tout cas que vous étiez en Iran et avez dû être récupérés. Ce ne sera pas très commode de manger en public pendant un temps.

— Je préparerai un lit pour elle, annonça MacGyver.

— Pour ce qui est de la douche, pour les femmes, c'est juste au bout du couloir, l'informa Flash.

Nate opina du chef.

— C'est gentil à vous les gars.

— Normal.

— Quand tu veux.

— Je reviens bientôt.

Nate s'adressa à Josie.

— Bien, alors, même si j'aimerais te dire que les douches à bord sont luxueuses, elles ne le sont pas. Il devrait y avoir de l'eau chaude, mais ce n'est pas garanti. Et ce devra être rapide. Je suis navré. Quand tu arriveras en Californie, tu pourras en prendre aussi longtemps que tu voudras, mais ici...

La voix de Nate s'évanouit et Josie posa la main sur son bras et prononça sans parler : *C'est pas grave*.

— J'aimerais pouvoir t'offrir un tas de choses tout de suite, une longue douche chaude étant l'une d'entre elles. Mais je peux te donner du savon, un abri où te vider la tête, de la nourriture et avec de la chance, l'assurance que tout ira bien pour toi à partir de maintenant.

Elle hocha la tête, reconnaissante de chaque chose qu'il avait faite pour elle, maintenant, avant et à l'avenir.

— Mecs, vous auriez dû voir notre copine taper à l'ordi. Merde, je jure que ses doigts fumaient sur les touches de l'amiral. Oh ! Et la façon dont elle a claqué des doigts devant lui et qu'il a vraiment fait ce qu'elle voulait ? dit Kevlar en riant. Si je n'étais pas déjà amoureux de quelqu'un, ce serait arrivé à ce moment-là.

MacGyver ricana également derrière l'un des casiers où il prit des couvertures, probablement pour préparer le lit de Josie.

— Viens, je vais te montrer où tu peux te doucher. Je suis sûr que Safe sera de retour avec des vêtements pour toi avant que tu aies terminé. Quand il a un truc en tête, il fait ça vite, dit Nate.

Regardant l'une des couchettes avec envie – elle se sentait soudain sur le point de s'évanouir d'épuisement – Josie suivit Nate, passant la porte et descendant le couloir. Il s'arrêta devant une porte en métal qui annonçait FEMME, écrit en gras et en grand.

— Tout ira bien pour toi ?

Elle indiqua que oui.

— OK, je resterai là dehors jusqu'à ce que tu aies fini.

Josie fronça les sourcils et inclina la tête d'un air interrogateur.

— Je ne veux simplement pas que tu sois gênée ou embêtée par quiconque. Ils peuvent attendre jusqu'à ce que tu aies fini.

Josie voulait protester. Lui dire que ça ne l'embêterait pas si une autre femme entrait, mais avec le regard féroce sur son visage, il était évident qu'il avait l'intention de la laisser avoir un peu d'espace.

Elle n'était pas sûre de vouloir de l'espace, particulièrement avec lui, mais elle accepta quand même.

Sa supposition fut vérifiée, car à la seconde où la porte se referma sur elle, il fallut toute la force de Josie pour ne pas la rouvrir subitement. Être seule pour la première fois depuis que Nate avait été traîné jusqu'à cette cellule à côté de la sienne faisait remonter trop de mauvais souvenirs.

Elle inspira profondément. Et encore une fois. Elle devait trouver comment reprendre son mode de vie solitaire sans avoir à subir une crise de panique chaque fois qu'une porte se refermerait derrière elle.

Elle marcha lentement jusqu'au bord des douches séparées par des rideaux contre le mur. D'un coup, la pensée d'être propre surpassa toute autre émotion. Elle laissa tomber la couverture, retira les chaussettes, le tee-shirt, le boxer et ce fichu bikini, puis ferma le rideau de douche derrière elle avant de tourner le bouton. L'eau tombait en fines gouttelettes de la pomme de douche et elle était juste tiède, mais c'était absolument divin.

Quand elle coupa l'eau – après s'être rapidement entièrement savonnée plusieurs fois et frotté légèrement les cheveux –, Josie luttait pour garder les yeux ouverts. Ses cheveux étaient toujours emmêlés, mais elle était trop épuisée pour faire plus pour le moment. Que son corps soit propre lui suffisait. Elle n'avait pu se débarrasser de la sensation de s'être allongée dans la poussière et elle avait encore des traits noirs sous les ongles, mais l'odeur d'être enfin propre était géniale.

— Josie ?

Elle entendit la voix de Nate et passa la tête par le rideau de douche, s'assurant qu'elle était suffisamment dissimulée. Il avait quasiment tout vu d'elle de toute manière, y compris la façon dont ses os saillaient de sa peau, mais n'étant plus à présent en train de s'évader d'une cellule de prison, ça lui faisait plus bizarre de se retrouver nue près de lui.

— Safe a apporté des vêtements. Je te les pose là. Prends ton temps pour t'habiller.

Personne n'entrera avant que tu aies fini.

Puis il lui fit un signe de tête et la laissa de nouveau seule.

Josie n'aimait pas voir le dos de Nate tandis qu'il s'éloignait d'elle, mais elle devrait s'y faire. Se préparant, elle sortit de la douche et s'approcha de la pile qu'il avait laissée. Il y avait une serviette sur le dessus avec laquelle elle se drapa.

Safe lui avait trouvé un tee-shirt avec écrit NAVY sur le devant, un pantalon de jogging avec le mot NAVY écrit en bas d'une jambe, des sous-vêtements et une brassière de sport. Oh et des chaussettes aussi.

Rien que de voir les vêtements propres fit jaillir des larmes dans ses yeux. Elle se sécha rapidement et enfila le tout. Elle avait l'impression d'être une autre personne maintenant qu'elle portait de vrais vêtements. Des vêtements *propres*.

Elle ouvrit légèrement la porte et vit Nate se tenir dos tourné, bloquant l'entrée. Une femme se tenait sur le côté, les bras croisés et l'air irritée, mais à la seconde où elle vit Josie, son agacement s'envola.

— Oh, tu es si minuscule, laissa-t-elle échapper.

Josie aurait ri, comme elle avait souvent entendu ça, mais Nate prenait toute la place dans sa vision.

— Tu vas bien ? Tout te va ?

Elle confirma que oui, se sentant soudain timide. Cela la frappa à l'instant que Nate ne s'était toujours pas douché. Il était simplement resté dans le couloir pendant qu'elle avait bien pris son temps pour se laver. Elle fronça les sourcils puis désigna la porte d'en face dans le couloir qui disait HOMME.

Nate se tourna pour regarder ce qu'elle pointait.

— Oui, j'irai me laver une fois que tu seras retournée dans les dortoirs.

Puis il la dépassa pour entrer dans la salle de bain pour femme.

La femme marin qui attendait pour entrer leva les yeux au ciel, maintenant la porte ouverte pour Nate.

Josie l'observa se rendre là où elle avait retiré les vêtements qu'elle avait portés et les jeter à la poubelle. Puis il revint vers elle et la prit gentiment par le bras.

— Viens, les gars devraient être revenus avec de quoi

manger et boire pour nous. Je t'aiderai à t'installer puis j'irai me doucher et je serai de retour avant même que tu ne te sois rendue compte de mon départ.

Josie n'en était pas aussi convaincue, mais elle acquiesça quand même.

Il la ramena dans la pièce avec toutes les couchettes et il avait eu raison, ses collègues les attendaient. Et ils avaient préparé ce qui ressemblait à un festin. Quelqu'un avait sorti une malle de sous l'une des couchettes et l'avait transformée en table. Une tonne de nourriture était empilée, mais ce furent les fruits frais qui attirèrent l'attention de Josie.

Elle prit une fraise sans réfléchir avant de s'immobiliser brutalement, se sentant terriblement impolie.

— Vas-y Josie. Sers-toi. Je vais revenir.

Et à la surprise de Josie, il lui embrassa la tempe avant de prendre une pile de vêtements sur un lit et de quitter la pièce.

Pendant un court instant, elle paniqua avant de se forcer à prendre une grande inspiration.

— Tu t'en sors très bien, Josie, lui dit Kevlar. Les premiers jours de retour à la civilisation sont toujours difficiles.

Il avait les cheveux mouillés et il était évident qu'il avait pris une douche en même temps qu'elle.

— Si on peut appeler ça civilisation, commenta Smiley.

Ce n'est pas faux, répondit Kevlar avec un petit rictus. Viens. Je vais t'ennuyer avec mes histoires sur Remi et Safe pourra te régaler de ses récits sur sa Wren. Blink t'a parlé de Caroline et Wolf ? Non ? Eh bah, on en a des trucs à ta raconter ! Tu t'intègreras bien à tout le monde... même si ça craint que tu aies vécu ce que tu as vécu.

Ensuite, Josie se retrouva assise, les jambes croisées sur l'un des lits, une assiette remplie d'une tonne de nourriture sur les genoux, les gars lui parlant à tour de rôle de personnes qu'elle rencontrerait en Californie. Personne ne sembla trouver étrange qu'elle rentre avec eux à Riverton. En fait, ils paraissaient enthousiastes à l'idée de l'avoir avec eux.

Elle avait la tête qui tournait quand Nate finit par revenir. Il n'était pas parti plus de quinze minutes, mais c'était comme si cela avait duré des heures.

— Il reste quelque chose pour moi ?

Josie ne pouvait que le regarder avec intérêt. Il était le même homme qu'elle avait appris à connaître, mais il semblait différent désormais ; il avait nettoyé la crasse et s'était taillé la barbe. Les taches de rousseur sur son visage ressortaient encore plus maintenant qu'elles n'étaient plus dissimulées par toute cette saleté et ce sang. Il avait encore des hématomes sur le visage, mais il avait l'air...

Intouchable.

Mais que lui était-il passé par la tête pour accepter de rentrer en Californie avec cet homme ? Il était trop bien pour elle que cela n'était même pas drôle. Il était grand, musclé et beau et elle, elle était... Qu'était-elle ? Petite, quelconque et maigre comme un bâton.

Son appétit disparut en un instant.

Mais Nate ne sembla pas le remarquer. Il s'assit à côté d'elle après avoir rempli son assiette de nourriture. Puis il lui prit la main, mangeant avec l'autre, tout en plaisantant avec ses amis. Personne ne semblait s'intéresser au fait qu'il lui tenait la main. Ils n'y accordèrent pas d'importance, continuaient simplement leurs conversations.

La tête de Josie lui faisait mal. Elle était confuse, fatiguée et submergée par tout ce qui était arrivé en un si court laps de temps.

— On est en train de la perdre, dit calmement quelqu'un.

L'assiette sur ses genoux fut retirée, puis Nate la pressa de s'allonger.

— Tu es fatiguée, Spirit et ce n'est pas étonnant. Ferme les yeux. Dors.

Une seconde avant, Josie avait estimé que cet homme n'était pas pour elle. Mais maintenant, à la pensée qu'il s'éloigne d'elle, elle paniqua. Elle le saisit par le poignet quand il entreprit de se lever.

À la décharge de Nate, il ne se dégagea pas ni ne demanda ce qu'elle faisait. Il se rassit simplement puis s'installa pour s'allonger à côté d'elle.

— Viens là, la pressa-t-il en l'attirant contre lui.

Ce qu'il se passa ensuite pour Josie, c'est que sa tête fut sur l'épaule de Nate et son bras sur son ventre. Il avait le bras sur ses épaules, la tenant contre lui.

— Dors, Josie. Demain sera un autre grand jour puisque nous volerons jusqu'en Allemagne puis retournerons aux États-Unis.

Elle hocha la tête, mais voulait rester éveillée pour entendre plus de détails sur ce qui arriverait ensuite. Mais elle n'arrivait pas à garder les yeux ouverts. Avec le battement tranquille du cœur de Nate sous sa joue, elle plongea dans un sommeil profond et réparateur avec le sentiment de sécurité en sachant que cet homme ne lui laisserait rien arriver pendant qu'elle se reposerait.

CHAPITRE 10

Blink dormit d'un sommeil de plomb. Il en avait eu besoin. Il n'avait pas passé une bonne nuit de sommeil depuis la fois où il avait été réveillé en plein milieu de la nuit et qu'on lui avait dit de se rendre à la base pour partir en mission pour l'Iran dans l'heure.

Et avoir Josie à ses côtés avait rendu son sommeil d'autant plus réparateur.

Baissant les yeux sur la femme toujours profondément endormie sur sa poitrine, lui provoqua un soupir soulagé. Elle sentait comme lui. Comme son savon. Ses cheveux étaient encore en pagaille, il leur faudrait plus qu'une douche médiocre sur un navire militaire pour y remédier. Mais voir sa peau toute récurée, le rouge sur ses joues lorsqu'hier, elle avait mangé et bu sans modération... Le chemin avait été long depuis que ce qu'il avait vécu lui fasse penser que c'était du pipi de chat.

Il n'arrivait toujours pas à croire que cette femme était en train de pourrir dans une cellule d'Iran sans que personne ne le sache. S'il n'avait pas été capturé, elle y serait toujours. C'était incroyable. Inacceptable.

Il avait bien remarqué la façon dont elle s'était tendue après l'avoir vu fraîchement douché. Et il pensait savoir pourquoi... Elle s'était habituée à le voir en mode soldat, avec une barbe négligée et recouvert d'une crasse de plusieurs jours. Mais si elle croyait reculer maintenant, elle se trompait.

Elle était la femme que Blink avait attendue toute sa vie et il ferait tout ce qu'il faudrait pour le lui prouver. Les insécurités qu'elle pourrait avoir vis-à-vis d'eux ensemble étaient des conneries. Il pouvait dire par les soudaines réticences à croiser son regard et la façon dont ses lèvres étaient abaissées la nuit dernière qu'elle était soudain mal à l'aise en sa compagnie.

Et ça lui faisait très mal. Mais il arriverait à la mettre de nouveau à l'aise avec lui. D'une manière ou d'une autre. Il était le même homme qu'elle avait appris à connaître lorsqu'ils luttaient pour leurs vies.

Il n'avait pas menti, aujourd'hui ce serait une journée longue et difficile. On poserait encore plus de questions, des médecins les examineraient et ensuite, le long vol retour jusqu'en Californie. Mais il serait aux côtés de Josie. Tout ce qu'elle voudrait, il s'assurerait qu'elle l'obtienne et qu'elle ait toute l'attention dont elle aurait besoin.

Elle s'étira dans les bras de Blink et il vit le moment où elle devint consciente de son environnement et qu'elle se tendit contre lui.

— Chuuut, murmura-t-il calmement contre ses cheveux. Tout va bien. Nous avons encore quelques minutes avant de devoir nous lever. Je suis sûr que l'alarme de Kevlar va retentir d'un moment à l'autre. Puis, nous devrons faire face aux mauvaises humeurs de Flash et Smiley parce qu'ils détestent que leur précieux sommeil soit interrompu. MacGyver sera paré en quelques secondes, ce qui est tout bonnement agaçant et Safe sera un zombie jusqu'à ce qu'il ait du café même si ce n'est pas ce produit sophistiqué qu'il aime. Preacher sera habillé, le sac prêt, et nous embêtera pour qu'on se grouille et Kevlar sera le dernier à partir, vérifiant tout pour être sûr qu'on ne laisse rien derrière, comme quelqu'un le fait toujours.

Il sentit Josie sourire contre son torse. Puis elle leva la tête et l'étudia, le regard interrogateur.

— Moi ? demanda-t-il.

Elle confirma d'un signe de tête.

Blink haussa les épaules.

— Je suis le mouvement. Je n'attire pas l'attention, ne me mets pas sur le chemin.

Je surveille les autres, les observe. C'est mon frère, le sociable. Je suis le genre de gars qui reste en retrait et qui tâte le terrain avant d'agir. J'ai beaucoup appris en observant.

Josie posa le menton sur sa propre main, continuant de le regarder dans les yeux.

— Tu veux savoir ce que j'ai appris en t'observant ?

Elle fronça les sourcils et secoua la tête.

Blink rit doucement. Il savourait ce moment. Son intimité. Même s'ils étaient dans une chambre avec tous ses coéquipiers, c'était comme s'ils étaient dans leur propre bulle.

— Je vais te le dire de toute manière. Tu es comme moi, Spirit. Tu observes les autres.

Tu découvres qui ils sont avant d'interagir avec eux. C'est ce que tu as fait avec moi. Tu n'étais pas sûre de pouvoir me faire confiance. Tu ne savais pas ce que je pourrais faire en te découvrant dans cette cellule. Et quand tu as compris que j'étais de ton côté, que je ne te ferais pas de mal, tu es passée à l'action.

Josie bougea et sa joue reposait de nouveau sur son torse, brisant leur regard.

— Tu m'as donné cette eau... ça m'a changé la vie, Josie, admit Blink dans un murmure.

Je sais l'importance de cette eau, c'était ta corde de sécurité. En toute logique, tu aurais dû être morte. Je ne sais pas combien de temps tu es restée sans nourriture, mais n'importe quel idiot aurait vu que ça faisait *très* longtemps. Il fallait un jour et demi pour que cette tasse se remplisse d'eau. Et tu me l'as *donnée*. Pas la moitié, la tasse entière. Mes coéquipiers donneraient leur vie pour moi et je ferais de même pour eux, mais en dehors de ces hommes... personne n'avait jamais fait preuve d'autant de courage et d'altruisme que toi envers ma personne. Je ferai tout ce qui est en mon pouvoir pour te retourner cette gentillesse. Pas parce que je dois le faire. Pas parce que je me sens obligé quelque part. Mais parce que si je ne trouve pas un moyen de t'avoir dans ma vie, je ne suis même pas sûr de pouvoir continuer ce que je fais. J'ai vu tellement de haine, tellement de morts. J'ai besoin de toi dans ma vie pour l'équilibrer. Pas de quelqu'un *comme* toi, mais toi.

Dès que les mots eurent quitté ses lèvres, Blink aurait souhaité pouvoir les reprendre aussitôt. À en juger par l'expression sur le visage de Josie, il savait qu'il avait fait trop de rentre-dedans. Bien trop ! Cette femme venait de connaître l'enfer. Elle avait une vie à retrouver aux États-Unis. Et il débarquait, lui disant simplement qu'il n'allait pas la laisser partir ! Merde, comme un harceleur ou un truc du genre. Cette pensée lui donna envie de se botter lui-même les fesses.

Josie releva de nouveau la tête et le regarda dans ses prunelles. Elle avait les larmes aux yeux et Blink se mit à paniquer, ses propres yeux s'agrandissant à cette vue. Il n'avait pas voulu la mettre dans cet état ! Ni la faire pleurer.

— Putain, jura-t-il.

À sa grande sur surprise, elle lui fit un petit sourire.

— Tu dis beaucoup putain.

Blink hoqueta, sous le choc. Sa voix était grave, un murmure rauque, comme si ses cordes vocales étaient rouillées de ne pas avoir servi depuis si longtemps. Et elle paraissait tout aussi surprise de l'avoir entendue que lui.

Il voulait se lever d'un bond et pousser un cri de triomphe. Elle avait parlé ! À *lui* ! C'était comme une énorme victoire.

Il se força à rester calme.

— Oui. C'est vrai. Je devrais m'excuser ?

Elle répondit en secouant un peu la tête.

— C'est juste que ce mot résume parfaitement comment je me sens quand je le prononce. Si j'ai mal, que je suis surpris, inquiet, excité... Je peux transmettre tous ces sentiments. C'est un mot polyvalent qui sied toujours parfaitement à l'occasion.

Blink approcha sa main du visage de Josie et du pouce, essuya les larmes sur ses joues.

— Ne pleure pas, Josie. Je ne supporte pas de te voir pleurer.

Elle lui fit un autre sourire tremblant.

Puis, l'alarme de Kevlar se mit à sonner dans la paisible chambre.

Les hommes autour d'eux poussèrent des gémissements et des grognements.

— C'est l'heure de se lever, les gars ! aboya Kevlar. On rentre à la maison !

— La seule raison pour laquelle tu es tout content, c'est que tu vas voir Remi, rouspéta Smiley.

— Ouep ! Et un jour, tu auras ta nana auprès de qui rentrer, et là, tu seras le premier à te lever. À tous nous énerver en essayant de nous dépêcher.

— Peu probable, grommela-t-il.

— Je te l'avais dit, dit Blink tout bas à Josie. Prête pour aujourd'hui ?

Elle haussa les épaules.

— Eh bien, peu importe ce qui arrive, je serai là. Alors tu n'as pas à t'en faire, OK ?

« OK », prononça-t-elle sans le dire.

Blink ne s'était pas attendu à ce qu'elle se mette à papoter sans arrêt, maintenant qu'elle avait enfin parlé, mais il espérait qu'elle gagnerait en confiance et serait plus en mesure de se servir de mots plutôt que pas du tout. Cette pensée le fit sourire.

Josie planta son doigt dans son torse et inclina la tête, l'air interrogateur.

— Je pensais juste au fait d'être le loquace dans cette relation, admit-il, honnête. Ce qui

est hilarant, car je suis tout sauf bavard... avec toute autre personne que toi.

— Il ne ment pas, dit Flash sur le lit à côté du leur. Blink est *vraiment* un mec calme. On sait qu'il pense à quatre-vingt mille à l'heure sous ce regard vide, mais jamais il n'ouvre la bouche à moins d'avoir quelque chose à dire.

Josie fit un petit sourire à Blink. Un sourire qui alla direct à son cœur.

— Debout, les paresseux ! leur dit Kevlar. On doit prendre le petit-déjeuner et voir l'amiral et après, je suis certain que vous voudrez dire au revoir à votre frère avant notre départ.

— C'est parti, dit Blink à Josie.

— C'est parti, lui répondit-elle dans un murmure.

— Attendez... Est-ce qu'elle vient de parler ? demanda Preacher.

Safe lui tapa l'arrière du crâne, mais Blink ne détourna pas les yeux de ceux de Josie.

Chaque mot sortant de sa bouche était une énorme victoire même si honnêtement, il se fichait qu'elle soit muette ou non. Il avait l'air de la comprendre parfaitement bien. Ils étaient connectés par la force des choses. Ils avaient vécu l'enfer ensemble et en étaient sortis.

* * *

Josie se tenait sur le pont du porte-avions et observait Nate faire un câlin d'adieu à son frère. Il était là avec cinq autres pilotes des Night Stalkers. On l'avait présentée à ceux qu'elle n'avait pas encore rencontrés, Chaos et Edge, et ne pouvait s'empêcher de sourire un peu à leurs noms de code. Obi-Wan, Buck, Pyro, Casper... elle aurait voulu leur demander comment ils avaient eu ces surnoms. Ce qu'ils signifiaient tous. Mais elle n'allait pas en avoir l'occasion. Ils devaient monter dans l'avion qui attendait de les emmener en Allemagne.

Lors de la réunion avec l'amiral ce matin, il lui avait dit qu'un passeport de remplacement l'attendait en Allemagne. Qu'un homme dénommé Tex s'était arrangé pour ça. Josie ne savait pas qui était Tex, mais elle lui était reconnaissante de son aide. À la pensée de devoir attendre sur le navire ou en Allemagne pendant que Nate et les autres s'en allaient tous chez eux l'effrayait complètement. Pas qu'on avait été impoli ou méchant envers elle, elle se sentait juste plus à l'aise avec les hommes qu'elle connaissait déjà.

De qui se moquait-elle ? C'était avec Nate qu'elle se sentait le plus à l'aise. Il était passé outre la créature traumatisée, sale, malodorante, ce sac d'os qu'il avait d'abord rencontré pour voir la femme qui se cachait en dessous. Elle avait l'impression d'émerger après avoir vécu dans le noir et les égouts froids et humides pendant des années. Couverte de saleté, oubliée. Et dans un sens, elle l'était.

Techniquement, elle était toujours Josie England, la même femme oubliable et inintéressante qu'elle était avant. Mais Nate l'aidait à se considérer... plus que ça.

Ses propos ce matin résonnaient dans sa tête.

J'ai besoin de toi dans ma vie... Pas quelqu'un comme *toi, mais toi.*

C'était des mots qui bouleversaient une vie.

Ayden lui avait dit tout au début de leur relation à quel point il l'aimait. Comme elle était belle. Intelligente. Mais à la fin, ça n'avait été rien d'autre que de jolies paroles pour la mettre dans son lit. Elle le comprenait aujourd'hui et il avait montré son visage bien assez vite. Il ne s'intéressait pas à *elle*, seulement à ce qu'il pouvait obtenir d'elle.

Mais Nate ? Il avait vu clairement dans son âme et cela n'avait pas semblé le refroidir. Elle n'avait certainement pas été à son top depuis leur rencontre. Physiquement comme mentalement. Mais peu importait. Cette tasse d'eau qu'elle lui avait donnée ? Il pensait peut-être que cela avait été une décision difficile à prendre pour elle... D'abandonner la seule chose qui la maintenait en vie. Et avec une autre personne, ça l'aurait été. Mais le fait que Nate n'avait pas demandé qu'elle partage, n'avait rien attendu d'elle, comme Ayden l'aurait fait, ne lui avait rendu que plus facile de lui proposer.

En vérité, elle regrettait de ne pas lui avoir donné l'eau plus tôt. Elle n'aurait pas dû attendre aussi longtemps. Mais heureusement, ils avaient été secourus et pour finir, ça n'avait plus d'importance.

— C'est un homme bon, lui dit Kevlar, tandis qu'ils regardaient Nate et Tate se faire leurs adieux. Je lui dois tout. Il a sauvé ma Remi. Il a fait ce qu'il fait de mieux, regarder et observer puis agir quand il le fallait.

Josie regarda Kevlar. Elle se souvint de Nate lui racontant ce qui était arrivé avec Remi, qu'elle avait été kidnappée et avait failli être enterrée vivante. Il avait minimisé son rôle dans ce fiasco, de toute évidence.

Kevlar se tourna vers elle.

— Il a vécu l'enfer. Et je ne parle pas de ce récent merdier. Il a perdu son ancien groupe du SEAL. Certains sont morts. D'autres ont été si gravement blessés qu'ils ont dû prendre leur retraite pour raison médicale. Pendant des semaines, il n'a rien fait d'autre que s'asseoir au bar du coin où il aime aller et regarder dans le vide. Mais c'est vraiment l'un des hommes les plus forts que je connaisse. Nous avons de la chance de l'avoir et quand nous avons su ce qui était arrivé, qu'il avait été renvoyé en Iran où il avait perdu son équipe et qu'il avait été capturé pour que les hommes avec qui il se trouvait puissent s'enfuir, il était hors de question de ne pas être ceux qui allaient le chercher. Toi et lui... vous vous ressemblez tellement que ce n'est même pas amusant. Vous avez tous les deux une souffrance que vous enfouissez profondément en vous, mais vous ne la laissez pas vous empêcher de survivre. Je trouve que vous êtes parfaits l'un pour l'autre.

Et je comprends que les gens seront sceptiques. Merde, tu l'es sûrement, *toi*. Mais j'ai su au moment où j'ai vu Remi qu'elle était faite pour moi. Je ne me le suis pas avoué, mais je le savais malgré tout. Il peut te guérir si tu le laisses faire tout comme tu peux faire la même chose pour lui. Juste, ne lui fais pas de mal, Josie. Je ne suis pas certain qu'il pourrait le supporter. Pas après tout le reste.

Le cœur de Josie se brisa pour l'homme qui était rapidement devenu tout pour elle. Elle voulait dire à Kevlar qu'elle n'allait pas faire de mal à Nate. Mais les mots ne voulaient pas sortir. Tout ce qu'elle pouvait faire, c'était opiner.

— Bien. Content d'avoir eu cette conversation, dit Kevlar en ricanant. Je t'ai déjà dit que Remi allait vouloir te rencontrer et je ne mentais pas. Elle trépignera d'impatience de rencontrer la nana de Blink. Ils ont un lien spécial. Un lien dont je ne suis absolument pas jaloux. Sans lui, je n'aurais pas Remi. Elle peut se montrer un peu protectrice envers lui alors je te demande de lui accorder la grâce. Vous en avez vu de toutes les couleurs tous les deux, mais tout comme elle et Blink.

Josie hocha de nouveau la tête.

— Merci. Je te jure que Remi sera une amie loyale comme jamais. Elle est dessinatrice.

Attends de lire des dessins de Pecky, le Taco Voyageur ! Ils sont hilarants.

— Purée, encore à parler de Pecky ? dit Flash derrière eux.

Josie se tourna et vit le membre du SEAL leur sourire.

— Ouep ! répondit Kevlar sans se retourner. Si j'arrivais à faire en sorte que tous ceux que je croise lisent ses trucs, je pourrais prendre ma retraite de la Navy et être homme au foyer !

— Tu peux déjà le faire, dit MacGyver. On sait tous qu'elle se fait une tonne de fric avec ce satané taco.

— Si tu le dis, marmonna Kevlar.

Josie ne put faire autrement que glousser devant eux.

— Une mélodie si douce, commenta Safe en la regardant avec surprise de l'autre côté de Kevlar.

Pour une raison, Josie se sentit rougir. Nate les rejoignant après avoir dit au revoir à son jumeau et aux autres Night Stakers, elle réalisa avec quel groupe d'hommes elle s'était retrouvée. Ils étaient loyaux, amicaux et assez stylés. Non, pas assez, très stylés ! Elle n'avait pas oublié comment ils les avaient faits évader de leurs cellules de prison ni comment ils avaient tous été... soldatesques en se faufilant en ville avant que l'enfer ne se déchaîne et qu'ils soient obligés de se séparer.

— Désolé, ça a pris plus de temps que je l'avais prévu. Tate et sa troupe se rendent aux States. Ils retournent à Norfolk, en Virginie, où ils vivent. Puisqu'il a perdu l'hélico, un autre devra lui être attribué sur lequel il devra ensuite bosser les mécaniques pour l'équiper et le faire fonctionner comme il le veut.

— Perdu ? Ils ont opté pour ça ? demanda Preacher avec un rire moqueur.

Nate sourit.

— Eh, ouais.

Il avait l'air d'un jeunot quand il souriait. Josie aimait tous ses côtés... Sérieux, intense, mortel, plaisantin, endormi, inquiet pour elle... mais surtout ce dernier. Le taquin.

— Barrons-nous de ce tas de ferraille. Je suis prêt pour voir Wren, dit Safe.

Tout le monde se pencha pour ramasser ses sacs de marin et cela faisait drôle à Josie de ne rien avoir d'autre que les vêtements sur son dos... et sa petite tasse en métal que Nate avait insisté pour garder dans sa poche. Il avait déclaré qu'elle portait chance et avait promis de ne rien laisser lui arriver.

Puisque Josie avait confiance en lui, elle n'avait pas protesté. Ce n'était pas comme si elle avait un sac dans lequel la mettre. Ni des poches dans son pantalon de jogging qu'elle portait toujours.

Ils traversèrent le pont vers un avion qui les attendait. Elle n'était pas ravie par la procédure consistant à les soulever du navire en mouvement, mais elle n'allait pas se plaindre. L'idée de revenir sur la terre ferme des États-Unis suffisait à la motiver à faire tout ce qu'on lui demandait.

* * *

Vingt-quatre heures plus tard, Josie en avait assez. Assez de voyager. D'être polie. D'être patiente. D'être sociable. Ça n'avait aucun sens alors qu'il n'y avait pas si longtemps, elle aurait fait n'importe quoi pour être en compagnie d'autres personnes. Mais après ce voyage stressant jusqu'en Allemagne, après avoir été touchée, palpée et avoir entendu à l'hôpital militaire un médecin dire qu'elle était mal nourrie et anémique – sans blague – et qui avait tendance à parler d'elle comme si elle n'était pas là, pourtant dans la même pièce que lui, simplement parce qu'elle ne parlait pas et ensuite le long vol retour en Californie avec un avion rempli d'autres marins et soldats qui rentraient *également* chez eux, Josie avait hâte d'avoir un peu de temps pour elle.

Elle se sentait aussi... éteinte. Elle n'avait plus fait partie de la société depuis si longtemps que rien que d'être dans la voiture de Nate qui les conduisait chez lui était éprouvant. Il faisait sombre, elle ignorait complètement quelle heure il était, mais même les quelques voitures sur la route avec eux la faisaient flipper.

— Respire, Josie. Nous serons chez moi dans quelques minutes. Ensuite, tu pourras te détendre.

Elle n'était pas surprise que Nate soit à ce point au diapason avec elle. Il était resté à ses côtés dans tous leurs déplacements. Il lui avait cédé le siège côté hublot dans l'avion pour l'Allemagne, s'installant au milieu même s'il était courbaturé dans le petit siège. Il avait laissé sa main dans le bas de son dos quand ils avaient marché d'un avion à l'autre ainsi que dans l'hôpital militaire allemand. Il n'avait pas été autorisé à rester dans la pièce avec elle pendant qu'elle était examinée et rien que d'avoir été éloignée de lui pour une courte période, Josie avait failli craquer.

Elle était fatiguée, grincheuse et presque malade d'inquiétude quant à ce qui arrivera ensuite. Avait-elle pris la bonne décision de venir en Californie ? Peut-être aurait-elle dû retourner à son appartement à Vegas. Même si elle n'était pas certaine d'avoir encore un endroit où vivre. Elle était partie suffisamment longtemps pour que son propriétaire pense qu'elle l'avait planté et qui savait ce qui était arrivé à ses affaires...

La panique s'installait. Et si toutes ses affaires n'étaient plus là ? Vendues ? Jetées ? Ce n'était pas comme si elle avait quoi que ce soit de valeur, mais les photos, les trucs sentimentaux, les vêtements qu'elle avait passé des heures à chercher pour qu'ils finissent par lui aller parfaitement après quelques modifications. Elle ne voulait pas recommencer. Ne savait même pas *comment* recommencer. Et elle devait contacter son patron, s'assurer qu'elle avait toujours un travail.

— Josie, qu'est-ce que je viens de dire ? *Respire*, lui conseilla fermement Nate.

Elle le regarda, mais ne pouvait que deviner son visage dans la lueur des voitures croisées et la lumière des réverbères sous lesquels ils passaient.

— Je sais qu'aujourd'hui a été éprouvant, mais nous sommes presque à la maison.

Josie voulait se moquer. Éprouvant. C'est ça. Ce n'était pas le mot qu'elle aurait choisi.

Mais... elle ne devrait vraiment pas se plaindre. Personne ne lui avait demandé de faire péter la carte de crédit avant de monter dans l'un de ces avions. Elle détenait un passeport, elle était en vie et libre.

— Je vis dans un appartement. Rien de luxueux. J'aimerais

acheter une maison un jour, mais avec mon boulot, ça ne semblait pas être une chose intelligente à faire pour le moment. Remi vivait dans le même immeuble, mais elle a emménagé avec Kevlar. Quand nous y serons, tu n'auras rien à faire. Tu peux juste t'installer et t'acclimater. Crois-moi quand je dis que je comprends ce que tu ressens. C'est bruyant ici, n'est-ce pas ? Des voitures qui klaxonnent, des moteurs, des radios agressives. Même si c'était nul d'être dans cette cellule, se retrouver avec tous ces gens était comme... chaotique.

Josie fit comme demandé et prit une profonde inspiration. Il avait raison. C'était comme si sa vie entière était devenue incontrôlable et elle était fière de *toujours* garder le contrôle. Elle n'avait pas été capable de contrôler quoi que ce soit dans ce qui lui était arrivé pendant des semaines et même une fois libre, elle avait encore eu l'impression que les gens autour d'elle la commandaient. Elle n'avait eu aucun choix... sauf celui de venir en Californie avec Nate. Ce qui lui semblait juste.

Alors d'un coup, elle se détendit légèrement.

— Et nous y voilà ! annonça-t-il en arrivant sur un parking.

Bien que les appartements semblaient vieux, ils n'étaient pas délabrés. Et le parking était bien éclairé. Même si ça n'avait pas d'importance...

Josie n'avait pas peur du noir. Son temps passé en captivité s'était déroulé dans le noir presque complet alors ses démons ne résultaient pas d'un manque de lumière. Se trouver sur l'eau, oui. Ne pas avoir accès à quelque chose à manger ou à boire, oui. Le noir, non.

Nate se gara sur une place et coupa le moteur du véhicule.

— Je vais faire le tour, lui dit-il en ouvrant sa portière.

Elle attendit que Nate fasse le tour du pick-up sans se plaindre. Il ouvrit la portière et un petit rire s'échappa de ses lèvres.

— Je vais devoir me procurer un marchepied pour que tu ne te brises pas le cou pour monter et sortir, murmura-t-il.

En baissant le regard, Josie vit qu'elle était assez haut par rapport au sol. Être petite avait ses inconvénients et celui-ci en était un.

À la seconde où elle eut cette pensée, elle la retira lorsque Nate referma les bras sur elle et la souleva du siège pour qu'elle puisse poser les pieds au sol. Se retrouver dans ses bras n'était pas désagréable.

Nate saisit son sac en toile sur le plateau du pick-up et tendit la main.

Josie n'hésita pas à la prendre et il la mena vers l'une des portes du rez-de-chaussée de l'immeuble. Il sortit des clés de sa poche, déverrouilla la porte puis l'ouvrit pour elle.

— Après toi, dit-il.

Josie pénétra à l'intérieur puis dans le grand salon, Nate alluma quelques éclairages. Regardant autour d'elle, elle ne vit rien qui ne soit pas à sa place. Les livres dans la bibliothèque contre le mur étaient parfaitement alignés. Les quelques photos sur les murs étaient équitablement espacées et n'étaient pas du tout de travers. Il y avait une couverture sur le dos du canapé qui était parfaitement pliée. Les oreillers étaient placés pile dans les deux coins. La table basse était propre, sans magazines ni bibelots jonchant sa surface.

Jetant un coup d'œil dans la cuisine, elle ne vit aucune vaisselle sale dans l'évier, les comptoirs étaient impeccables et les quelques appareils posés dessus avaient été repoussés contre le mur et formaient une ligne précise.

— Je suis un peu maniaque de la propreté, dit Nate dans son dos. Ça nous a été inculqué au camp d'entraînement.

Josie se tourna vers lui et savait qu'elle souriait comme une idiote, mais elle ne put s'en empêcher. Son chez elle à Vegas y ressemblait. Ordonné, aucun désordre.

En voyant son expression, l'air inquiet disparut du visage de Nate.

— J'en déduis que tu ne vas pas t'enfuir par la porte en te plaignant que je suis un fou psychorigide ?

Une allusion chargée en sexualité apparut immédiatement dans l'esprit de Josie, mais elle secoua simplement la tête.

— Tant mieux. Que veux-tu faire ? Prendre une douche ? Regarder la télé ? T'asseoir et regarder dans le vide ? Dormir ?

L'estomac de Josie choisit ce moment pour gargouiller, noyant Josie d'embarras. Nate s'était assuré qu'elle ait des tas de choses à manger durant leur voyage. Il avait constamment sorti des barres de céréales et des fruits secs de l'une de ses nombreuses poches. Sans parler du fait qu'il avait fait en sorte qu'elle ait accès à autant d'eau que souhaité.

— Alors ce sera manger, dit simplement Blink, délaissant son sac et se rendant dans la cuisine. Elle était petite, mais contenait toutes les choses dont une cuisine avait besoin pour être fonctionnelle. Il se rendit vers un placard et regarda à l'intérieur un long moment avant de saisir quelque chose.

— Je n'ai rien de frais, je dois me rendre au magasin, mais j'ai du gratin de pommes de terre en boîte que je peux préparer. Et des haricots verts en conserve aussi. Oh et du thon ! Je peux faire une salade de thon. C'est vraiment bon avec de la mayo et des jalapenos marinés. En général, je fais un sandwich à part ça, mais je n'ai pas de pain. *Mais* j'ai des crackers... On peut les écraser et les mettre dedans ou les grignoter avec une sauce.

Il prenait plus de trucs tout en parlant, se tournant alors vers eux les bras remplis... et sans raison, Josie eut de nouveau envie de pleurer. Ils venaient de rentrer, il était tard, il devait être aussi fatigué qu'elle et il avait ses propres soucis médicaux et probablement psychologiques à gérer à cause de son temps passé comme prisonnier et pourtant, il était là, se mettant en quatre pour la nourrir.

— Non, ne pleure *pas*, lui dit-il fermement, apparemment conscient de son désarroi. On peut commander une pizza si tu veux, mais juste, ne pleure pas.

Josie ne put faire autrement que de rire malgré ses larmes. Elle était quasi certaine qu'il savait qu'elle n'était pas bouleversée par ce qu'il avait choisi de manger, mais qu'il tentait de la faire rire. Il avait réussi.

— Je peux aider ? demanda-t-elle, une fois de plus surprise par sa voix éraillée.

Ça sonnait bizarre à ses oreilles et les mots étaient sortis sans qu'elle y pense vraiment.

D'autres fois, quand elle avait vraiment voulu dire quelque chose, ses cordes vocales n'avaient pas voulu coopérer. Mais il semblait qu'en compagnie de Nate au moins, quand elle se sentait la plus à l'aise, ils sortaient sans trop d'effort.

— Bien sûr, dit-il. Si tu veux bien prendre deux bols dans ce meuble et ouvrir les boîtes, ce serait un bon début.

Elle était contente qu'il ne fasse pas tout un plat parce qu'elle avait parlé. Cela aurait été bizarre et l'aurait embarrassée.

Ensemble, ils préparèrent le repas et il fut prêt en un rien de temps. Pendant que les pommes de terre finissaient de mijoter sur la cuisinière, ils mangèrent le thon et les haricots verts. Et même si Josie ne mangeait toujours pas autant qu'habituellement, elle ne fut pas rassasiée aussi vite que la veille.

— Ce soir et demain, on se repose. On récupère. Le jour d'après arrivera bien assez vite pour qu'on revienne au monde réel. Je sais que tu as certainement des gens que tu dois contacter et moi je devrai me rendre à la base, mais nous bénéficierons d'au moins un jour pour ne rien faire. Pour se réadapter. D'accord ? dit-il au bout d'un moment.

Josie acquiesça. Ne rien faire était vraiment une bonne idée. Même si elle avait passé ces dernières semaines à faire exactement ça, c'était tout à fait différent maintenant qu'elle ne craignait plus rien, que son estomac était plein et qu'elle n'était plus à fleur de peau, à attendre qu'un sale truc arrive.

Ils s'attaquèrent ensuite aux pommes de terre et pour Josie, c'était le meilleur aliment qu'elle avait mangé. Plein de fromage, crémeux et tellement bon qu'elle crut se remettre à pleurer. Mais elle n'en eut pas le temps ; il y eut de la vaisselle à faire et à ranger, des comptoirs et une table à nettoyer et puis le temps fut venu d'aller se coucher.

Nate la conduisit à sa chambre d'amis. Il était évident qu'il ne recevait pas beaucoup d'invités puisqu'il y avait des cartons, des haltères et des meubles entassés dans le petit espace. C'était la pièce la plus encombrée qu'elle avait vue de l'appartement. Des lits jumeaux étaient contre un mur et soudain, tout ce dont parvint à penser Josie était de se rouler en boule et dormir pendant des heures.

— Il y a une salle de bain dans le couloir. Je sortirai une brosse à dents que tu pourras utiliser. Demain, nous ferons quelque chose pour tes cheveux. N'y touche pas ce soir, tu m'entends ?

Josie le regarda avec surprise.

— Je veux dire, je sais que ça doit t'embêter. Je ne veux simplement pas que tu prennes une paire de ciseaux ou que tu fasses un truc drastique avant de me donner l'occasion de t'aider. Je n'ai aucune expérience pour ce qui est des cheveux emmêlés et des nœuds, mais je suis prêt à essayer si tu l'es.

Elle hocha timidement la tête, se demandant comment il avait bien pu savoir qu'elle pensait à tout couper pour recommencer. Elle avait toujours trouvé que ses cheveux blonds étaient l'une de ses meilleures particularités et elle détestait les couper. Toute aide qu'il voudrait lui donner, elle l'accepterait volontiers.

— Bien. Je suis à la porte juste à côté. Si tu as besoin de quoi que ce soit, n'hésite pas à venir me chercher. Je t'apporterai de l'eau que tu pourras laisser à côté du lit... Et oh ! Ta tasse.

Il la sortit de sa poche et la lui tendit.

Ici, dans le monde réel, au sein de l'atmosphère ordonnée de son appartement, cet objet semblait pathétique. Il avait probablement également avec lui des microbes et des parasites. Mais Nate ne semblait pas dégoûté ni perturbé de la voir. Elle ne pouvait interpréter l'expression de son visage, mais ce n'était pas du dégoût.

— Je la laisse juste là, dit-il calmement en plaçant la petite tasse sur la table à côté du lit.

Puis il s'approcha d'elle et son doigt vint légèrement effleurer sa joue.

— Merci de te battre. De ne pas abandonner. D'être ici. D'être toi, Josie.

Puis il se pencha et lui embrassa le front avant de partir sans autre mot.

Si Josie était quelqu'un d'autre, elle l'aurait rappelé. Lui aurait dit à quel point elle lui était reconnaissante pour son hospitalité. L'aurait remercié d'avoir été avec elle en Allemagne une fois l'examen terminé avec ce stupide docteur passant en revue tout ce qui n'allait pas chez elle. Pour s'être assis à côté d'elle dans les avions et l'avoir aidée à garder son calme. Pour l'avoir nourrie ce soir, l'avoir aidée à se sentir normale même si elle savait qu'elle ne pourrait jamais redevenir la femme qu'elle était avant de prendre cette décision fatidique d'aller au Koweït... en plus d'être montée sur ce bateau avec Ayden.

Mais elle ne le fit pas. Elle se contenta de le regarder s'éloigner.

Au lieu d'aller dans la salle de bain se brosser les dents – elle les avait récurés pendant quinze minutes non-stop quand elle était arrivée en Allemagne – elle pivota simplement et se mit sous les couvertures du petit lit. Elle ne prit pas la peine de retirer le jogging ni le tee-shirt qu'elle portait. Elle se sentait soudain trop épuisée pour faire autre chose que s'allonger.

Quelques secondes après avoir fermé les paupières, elle était endormie.

CHAPITRE 11

Blink ne savait pas ce qui l'avait réveillé. Il était allongé immobile dans son lit king size et fixait le plafond, essayant de s'orienter. Il n'y avait pas si longtemps, il était allongé sur le dos, les yeux rivés au plafond en béton de sa cellule de prison en Iran. Maintenant, il était chez lui, en sécurité, confortable... et soudain, sur les nerfs.

Quelque chose l'avait suffisamment dérangé pour l'extirper d'un sommeil profond. Puis il se souvint que Josie était avec lui. Dans l'autre chambre. Faisait-elle des cauchemars ? Elle n'en avait eu aucun à sa connaissance depuis leur sauvetage, ni même lorsqu'ils se trouvaient dans les cellules l'une à côté de l'autre, mais de nombreuses fois, ils ne se manifestaient pas avant que la personne soit d'abord sortie d'une situation ayant engendré un stress psychologique. Il en avait lui-même fait l'expérience.

Regardant l'heure, il réalisa qu'il avait dormi quelques heures. Il commençait seulement à faire jour dehors, mais il était encore très tôt le matin.

Blink s'assit, écarta les couvertures sur le côté et se leva. Il se dirigea vers la porte pour aller jeter un coup d'œil sur Josie quand quelque chose le fit pivoter et regarder derrière lui.

Là, sur le sol, au pied de son lit... se trouvait Josie. Roulée en une petite boule avec la couverture de la chambre d'amis enveloppée autour d'elle.

— Eh merde, marmonna-t-il.

Se souvenant des premiers mots que Josie avait prononcés, concernant le fait qu'il disait beaucoup ce mot, il soupira et alla à côté d'elle. Il s'accroupit à côté, écarta de sa joue une mèche de cheveux emmêlés.

— Josie ? dit-il en douceur, ne voulant pas la faire sursauter.

Ses paupières s'ouvrirent brutalement et elle leva les yeux vers lui.

— C'est moi, Blink. Tu vas bien ?

— Réveillée. Pouvais pas dormir, répondit-elle à moitié endormie.

— Tu as fait un mauvais rêve ?

Elle fit non de la tête.

— Je ne t'ai pas vu. J'ai dû m'habituer à dormir en ta présence.

Son cœur manqua un battement à ses paroles. Cette femme... Elle le tuait.

Il s'approcha d'elle et la souleva du sol sans le moindre effort. Cela lui fit de nouveau comprendre le chemin qu'elle avait encore à parcourir pour être en bonne santé. Mais il y veillerait. Ils se rendraient à l'épicerie et il lui prendrait tout ce qu'elle aimait manger, il s'assurerait de suivre les ordres du médecin quant à manger beaucoup de protéines et de la nourriture saine pour reforger ses muscles.

Il fit le tour du lit et la posa sur le matelas.

— Pousse-toi.

Elle fit ce qu'il lui demandait et bientôt, il se retrouva au lit avec elle, remontant les couvertures. Il mit un bras autour d'elle, que sa tête repose une fois de plus sur son torse, de la même manière qu'ils avaient dormi sur le navire de la Navy.

— C'est mieux, dit-il, satisfait.

Josie acquiesça contre lui. Cela ne lui avait pas échappé qu'elle lui avait parlé lorsqu'elle était à moitié endormie, comme si elle n'avait pas été consciente de le faire. Sa voix était là. Elle devait juste se réhabituer à s'en servir. À se sentir suffisamment bien pour le faire.

Peu après, il sentit Josie et son souffle régulier contre lui. Elle avait posé un bras sur le ventre de Blink et l'une de ses jambes remontait jusqu'à sa cuisse. Il se sentait coincé sous elle, même si elle pesait moins de cinquante kilos. Elle n'avait sans doute aucune idée de détenir tout le pouvoir dans leur relation... Blink était impuissant face à elle. Et il ne pouvait être plus heureux.

Quand il se réveilla des heures plus tard, il était seul dans le lit. La panique l'envahit et il rejeta les couvertures, déjà à l'autre bout de la chambre avant de penser à ce qu'il était en train de faire. Il courut jusqu'au salon et fut stoppé dans son élan.

Josie était assise sur son canapé, recroquevillée à l'une des extrémités avec une bouteille d'eau sur la table à côté d'elle et un livre dans une main, un paquet de crackers dans l'autre. Elle leva ses grands yeux vers lui.

— Tu vas bien ? aboya Blink.

Elle opina rapidement.

Et alors, les muscles de Blink se détendirent.

— Je me suis réveillé et tu n'étais pas là. J'ai cru... bon sang, je ne sais pas *ce* que j'ai cru.

Josie posa ce qu'elle avait dans les mains et se leva du canapé pour marcher vers lui. Elle portait toujours le même jogging et le même tee-shirt qu'elle avait eus sur le navire. Blink se dit qu'il fallait lui trouver d'autres vêtements en priorité.

Elle pénétra son espace personnel jusqu'à ce que sa joue repose sur son torse. Il la prit dans ses bras et se sentit immédiatement mieux.

Josie l'étreignit fort. Puis elle leva la tête et l'inclina vers l'arrière pour le regarder.

— J'ai eu faim.

— Je vois. Évidemment que tu as eu faim. Et si tu me laissais te préparer quelque chose d'un peu mieux que de vieux crackers dégueu ?

Elle sourit.

— Tu vas t'habiller d'abord ?

Le fait qu'elle lui parlait était si agréable même s'il n'y était pour rien.

— Oh, oui. Je devrais sans doute faire ça, hein ? dit-il, baissant les yeux sur lui-même.

Il portait un boxer... et rien de plus. D'habitude, il dormait nu, mais il avait fait une exception la nuit dernière puisque Josie était là.

À la surprise de Blink, elle reposa la tête sur son torse et referma ses bras autour de lui.

Blink serait resté là pour toujours si elle l'avait voulu, mais elle finit par baisser les bras et reculer d'un pas.

— Oui. Y aller. Je reviens tout de suite, dit-il, s'éloignant d'elle lentement à reculons.

Ce faisant, il aurait pu jurer voir du désir dans ses yeux. Mais il projetait certainement ce qu'il avait voulu y voir plutôt que ce qu'il y avait vraiment.

Il se doucha, se brossa les dents, s'habilla en un temps record et il fut de retour dans le salon en moins de dix minutes. Josie était repartie sur le canapé et lui sourit quand il revint.

— J'ai mis un tee-shirt propre pour toi dans la salle de bain. Et un autre jogging. Ils seront trop grands, mais après avoir mangé, je tâcherai de te trouver d'autres vêtements plus appropriés.

Au moment où ce dernier mot fut prononcé, il y eut un coup sur la porte.

Sourcils froncés, Blink alla y répondre.

Remi et Wren se tenaient dehors, avec de grands sourires

aux lèvres. Kevlar et Safe étaient à côté de leurs voitures dans le parking, tout sourire également. Ces enfoirés savaient que Blink allait les maudire de les déranger lui et Josie, mais qu'il ne dirait pas un mot aux filles.

— Salut ! dit Remi. Nous avons appris pour Josie et sommes allées au magasin ce matin pour lui apporter des choses. Parce que *forcément*, tu n'as pas les choses dont elle a sans doute besoin.

— Bo a dit que tu ne voulais sûrement pas être dérangé, mais nous ne pouvions absolument pas rester en dehors de ça, lui dit Wren. J'ai déjà appelé Julie, tu sais, de My Sister's Closet ? Elle a été tellement géniale pour me trouver des trucs chouettes et quand elle sera là, elle verra ce dont elle dispose dans la taille de Josie. Bo dit qu'elle est minuscule alors Julie n'est pas sûre de ce qu'elle a, mais elle te dira quand elle aura vérifié son inventaire.

— Elle est debout ? On peut la rencontrer ? demanda Remi.

— On ne restera pas longtemps, ajouta Wren.

Blink regarda de nouveau ses amis. Ils levèrent tous les deux le menton à son intention et ne semblaient pas enclins à rejoindre leurs femmes.

Dans un soupir, Blink ouvrit la porte et Remi et Wren passèrent devant lui, chacune portant plusieurs sacs. Elles les posèrent dans l'entrée et entrèrent dans son salon. Blink laissa la porte ouverte derrière lui et les suivit.

Josie était désormais debout, semblant incertaine. Il détestait qu'elle soit aussi clairement mal à l'aise.

— Salut ! Je suis Remi. Et voici Wren. Tu as sans doute entendu, mais nous t'avons apporté des trucs. Après avoir tout appris sur toi par les garçons la nuit dernière, nous ne les avons pas lâchés avant qu'ils nous emmènent au magasin ce matin. Nous avons toute sorte de savons et lotions, du shampoing et de l'après-shampoing qui sentent trop bon. Blink est génial, mais c'est aussi un mec, alors il pense sans doute qu'Irish Spring est parfaitement acceptable à utiliser sous la douche pour une femme.

Blink faillit manquer la façon dont frémirent les lèvres de Josie, mais ça lui suffit à se détendre un peu.

— Et nous avons apporté d'autres choses dont toutes les femmes ont besoin. Leggings, tee-shirts, grosses chaussettes... et du chocolat. Des tonnes et des tonnes de chocolat, ajouta Wren.

Josie sourit franchement aux deux femmes en entendant cela. Une expression plus détendue, plus réelle.

— Je sais que c'est ton jour de congé, Vincent m'a déjà dit que nous ne devions pas venir t'embêter, mais je voulais être sûre que tu saches à quel point Blink est incroyable. C'est ma deuxième personne préférée dans le monde entier... Sans vouloir t'offenser, Wren.

— Aucunement, réagit tranquillement l'autre femme.

— Bref, il prendra vraiment soin de toi, conclut Remi.

— Qui s'occupera de *lui* ? demanda Josie.

Blink fut de nouveau choqué. C'était la première fois qu'elle disait quelque chose à une autre personne que lui.

— Bonne question, répondit Remi. Nous tous, je suppose. Mais tu es là maintenant. Tu peux le faire.

— Je peux m'occuper de moi-même, se sentit obligé de préciser Blink.

À son amusement, Remi comme Wren levèrent les yeux au ciel.

— *Bref.* Nous avons supposé que vous n'aviez rien de frais à manger, étant donné que Blink est parti un moment alors Remi et moi avons passé une grosse commande à l'épicerie. Ce devrait être livré d'ici une heure. On a pris une tonne de fruits et légumes frais et même si on a essayé de se contrôler et de ne prendre que des choses saines, on n'a pas pu résister à ajouter des trucs que tout docteur qui se respecte contredirait, mais qu'on considère comme vitaux, dit Wren avec le sourire.

— Comme les Cheetos. Blink est accro à ces trucs, dit Remi.

Il aurait bien protesté, mais elle n'avait pas tort.

Remi fit un pas vers le canapé, mais n'empiéta pas sur l'espace personnel de Josie.

— Je suis vraiment navrée pour ce qui t'est arrivé. C'est si affreux... mais tu es ici maintenant. Si tu as besoin du moindre truc, Blink t'aidera et s'il ne peut pas, nous viendrons tous en renfort.

— Oui et Bo a déjà contacté Cookie. C'est un SEAL à la retraite dont il est proche. Sa femme, Fiona, a vécu des choses similaires aux tiennes. Elle a été prisonnière très longtemps. Cookie a dit qu'elle était plus que partante pour te parler, mais seulement si tu le souhaites. Elle a souffert de stress post-traumatique pendant un moment, mais elle va bien aujourd'hui. Heureuse, dit Wren avant de jeter un coup d'œil soucieux à Remi. Mince, je dépasse les bornes, là, non ? Je voulais que cela reste enjoué et chaleureux et au lieu de ça, j'ai foncé et ramené à la surface ce qui doit être de mauvais souvenirs.

Son regard se reposa sur Josie.

— Je suis désolée. Tout ce que je voulais, c'était... Nous sommes tous là pour toi si tu veux parler ou juste t'asseoir et nous écouter jacasser sur tout et rien. Nous sommes assez douées pour ça. Et j'ai déjà l'impression que tu ressembles beaucoup à Blink. Tu préfères écouter plutôt que parler. Ce qui est cool.

— J'aimerais bien, lui dit Josie.

— Oh ! Bien. Parler à Fiona ou traîner avec nous ? demanda Wren.

Josie hocha simplement la tête.

Wren et Remi affichèrent toutes les deux leur ravissement.

— Super ! Génial. Blink, tu pourrais peut-être l'amener au Aces. C'est ce bar trop cool où vont tous les gars. C'est super sûr et je parie que Jessyka accepterait d'ouvrir plus tôt pour que nous puissions y aller sans les autres clients. Tu vois, pour que tu puisses faire notre connaissance sans t'inquiéter des autres gens autour. Pas que ce serait le cas... De t'inquiéter des autres, je veux dire. Car il n'y a personne de qui s'inquiéter, mais, tu sais... sans la pression.

— Elle sait ce que tu veux dire, dit Blink, ayant pris pitié de la nervosité évidente de la bavarde Wren.

Josie hocha de nouveau la tête, pour confirmer ses dires.

— Super. Bon ! Euh... On va y aller maintenant, annonça Wren.

— Oui. C'était génial de te rencontrer. Merci d'avoir pris soin de Blink là-bas. Il est important pour moi... pour nous tous. On reste en contact. Et vraiment, dis-nous si tu as besoin d'autre chose. Nous serons ravies de le récupérer pour toi. Blink a nos numéros et il peut appeler ou envoyer un message. Profite bien de ce qu'on t'a ramené et de la livraison des courses. J'ai hâte d'en apprendre plus sur toi, Josie.

Blink conduisit les femmes jusqu'à la sortie, faisant un signe du menton à Kevlar et Safe avant de fermer la porte.

Il expira un long souffle puis se tourna vers Josie.

— Ce sont des bavardes, dit-il inutilement.

Josie gloussa. Ce son traversa Blink comme un éclair électrique. Il aimait la voir heureuse. Il voulait la garder ainsi pour le restant de sa vie.

— On regarde ce qu'elles ont rapporté ?

Josie accepta et marcha jusqu'à l'endroit où étaient posés les sacs. Ensemble, ils portèrent le tout jusqu'à la table de cuisine et commencèrent à défaire les sacs.

Blink secoua la tête quand tout fut posé devant eux.

— Elles en ont un peu trop fait, dit-il.

C'était un euphémisme. Il y avait suffisamment de bonbons au chocolat pour des mois, trois shampoings et après-shampoings différents, des lotions, du maquillage, ce qui semblait provenir de la moitié du rayon beauté du magasin. Elle avait aussi pris des leggings de plusieurs couleurs et une pléthore de tee-shirts et autres vêtements détente.

Il se tourna pour regarder Josie et la vit fixer les présents étalés partout sur la table, des larmes aux yeux. Instantanément, il paniqua.

— C'est trop, hein ? On peut tout ramener, tout ce que tu n'aimes pas ou ne veux pas ? Ne pleure pas, Spirit, pitié. Je ne le supporte pas.

Elle se tourna vers lui et ses lèvres se retroussèrent vers le haut alors que deux larmes coulèrent.

— C'est merveilleux, répondit-elle calmement.

Blink essaya de se détendre.

— Oh... D'accord.

Josie prit la bouteille de démêlant puis regarda de nouveau Blink et désigna ses cheveux.

— Oui, nous pouvons arranger ça. Tu veux d'abord prendre ta douche ? Et quand je parle de douche, tu peux y rester aussi longtemps que tu le désires. Je ne sais pas exactement combien de temps coulera l'eau chaude, mais j'ai un réservoir d'une bonne taille. Je t'apporterai tout ça dans la salle de bain et tu pourras tous les essayer... mais je dois te dire, il n'y a rien de mal avec Irish Spring.

Elle éclata de rire et s'essuya les joues avec ses épaules.

Blink adorait pouvoir la faire sourire.

— Pendant que tu prendras ta douche et passeras en revue tes options d'habillage, je verrai si je peux faire de la place dans mon garde-manger. Parce que je suis certain que ces deux-là ont acheté la totalité de l'épicerie. Je m'attends à ce qu'un énorme camion recule jusqu'à ma porte pour tout décharger.

Elle lui sourit de nouveau et Blink réalisa à quel point il en était satisfait. Il ne s'était pas senti comme ça depuis... eh bien, jamais. Après l'embuscade de son précédent groupe, il était tombé dans une spirale de dépression. Ça n'avait pas été facile de s'en sortir, mais avec l'aide de Remi et de sa nouvelle bande, il l'avait fait. Mais même s'il s'entendait très bien avec ses coéquipiers... Il subissait encore les hauts et les bas de la vie.

Même après tout ce qu'il avait vécu la dernière semaine et

au-delà, il se sentait plus heureux maintenant que dans ses souvenirs, même avant de perdre ses amis et coéquipiers.

Il avait une nouvelle mission dans la vie... Josie.

Cela leur prit trois voyages pour apporter tout ce que Remi et Wren avaient acheté dans sa petite salle de bain pour invités et il n'y avait plus beaucoup de place sur le comptoir une fois le tout transféré. Blink se rappela que sa salle de bain attenante disposait de plus de place sur le meuble, mais il n'irait pas jusque-là. Ça allait bien trop vite. Mais cela ne mit pas fin à l'idée.

Il ouvrit la bouche, mais avant de pouvoir dire quoi que ce soit, il y eut un autre coup sur la porte.

— Il vaudrait mieux que ce soit les courses et non le reste de la bande de potes, marmonna-t-il.

Josie gloussa de nouveau et Blink sourit.

— Profite bien de ta douche. Ne t'en fais pas trop pour tes cheveux, je m'en occuperai pour toi quand tu seras sortie. Savoure l'eau chaude et le fait d'être toute propre.

Puis il se pencha en avant et l'embrassa doucement sur les lèvres.

Il ne l'avait pas prévu, n'avait fait que ce qu'il lui avait semblé juste et normal. Et il fut de suite prêt à s'excuser jusqu'à ce qu'il constate que Josie n'avait pas l'air fâchée ni au dépourvu. À la place, elle lui répondit par ce sourire timide familier.

Blink s'efforça de sortir de la pièce avant de faire quelque chose de *vraiment* stupide, comme soulever Josie, lui poser les fesses sur le meuble et l'embrasser comme son cœur le réclamait.

— Nourriture, se marmonna-t-il à lui-même.

Quand il ouvrit la porte d'entrée, il vit qu'en effet, Remi et Wren avaient clairement exagéré avec les courses également. Mais au moins, lui et Josie n'auraient pas à sortir de la maison aujourd'hui, après tout. Ils avaient sûrement tout ce dont ils auraient besoin pour préparer des repas copieux et sains.

CHAPITRE 12

Les lèvres de Josie picotaient. Même après être restée sous le jet d'eau chaude de la douche pendant vingt minutes. Les divers savons que Remi et Wren avaient achetés sentaient divinement bons. Elle avait essayé les quatre ! C'était extrêmement difficile de sortir de cette merveilleuse douche et de s'habiller, mais elle avait faim. Et elle voulait voir Nate.

Ce baiser... Il l'avait surprise, mais elle n'en était pas contrariée. Pas du tout. En fait, elle en voulait plus. Elle avait été physiquement attirée par lui dès le premier instant, même lorsqu'il était plein de sang, tabassé dans cette cellule. Bien sûr, rien d'autre ne l'avait intéressée que sortir de cet enfer dans lequel elle s'était retrouvée à ce moment-là... Mais aujourd'hui ?

Elle porta une main à ses lèvres, les traça du bout du doigt. Elle était à l'abri. Loin des terroristes et des coups, ainsi que de la menace de mourir de faim. Aujourd'hui, elle voulait *vivre*.

Josie s'était dit que Nate la voyait comme quelqu'un qui avait besoin qu'on s'occupe d'elle. Davantage comme une sœur, plutôt. Mais ce baiser avait changé les choses. En tout cas, pour elle.

Peut-être que ça ne signifiait rien pour lui ? Peut-être que c'était un acte spontané qu'il regrettait maintenant. Elle posa le regard sur son corps, plissa le nez. Elle n'était pas tout à fait un mannequin de magazine... Trop maigre, trop petite, trop... calme. Elle s'était elle-même surprise avec sa capacité à parler aux autres aujourd'hui. Certes, elle n'avait jamais été spécialement un moulin à paroles, mais les mots arrivaient plus vite désormais.

Se regardant dans le miroir, elle continua de s'étudier... et fut contrariée. Elle n'était pas le genre de femme dont les hommes tombaient amoureux. Surtout après ce qui lui était arrivé. Tout chez elle était quelconque. Ses cheveux étaient autrefois son meilleur atout et même si Nate avait dit qu'il l'aiderait, l'envie urgente de tout couper était forte. Elle n'avait quand même pas des dreadlocks, mais elle n'en était pas loin.

Elle baissa la tête puis referma les bras sur elle et ferma les yeux.

À quoi pensait-elle ? Même stoïque, Nate était hors du commun, comparé à elle. Il lui fallait quelqu'un d'extraverti pour contrebalancer son côté introverti, de doué pour les situations sociales et qui ne donnait pas l'impression de vivre dans une voiture ou un truc du genre.

— Josie ?

Son nom sur les lèvres de Nate l'effraya tellement qu'elle sursauta et faillit tomber sur le petit tapis de la salle de bain.

Mais Nate fut là, son bras sur sa taille, l'empêchant de tomber sur les fesses.

— Putain ! Je suis désolé. Je ne voulais pas te faire peur. J'ai cru que tu avais entendu la porte s'ouvrir.

Josie secoua la tête tout en levant ses yeux vers lui.

— Qu'est-ce qui ne va pas ?

Comment pourrait-elle expliquer ce à quoi elle pensait ? Qu'elle était quasiment certaine qu'elle était en train de tomber amoureuse de lui, mais qu'elle ne pensait pas du tout qu'il puisse ressentir la même chose qu'elle ? Qu'elle n'était pas assez bien pour lui ! Qu'elle redoutait de retourner à sa vie solitaire à Las Vegas.

Mais comme d'habitude, Nate sembla comprendre à quel point elle était sur les nerfs. Il l'attira contre lui et ravie, elle enfouit son nez contre son torse et s'accrocha à lui.

— Tu sens bon, murmura-t-il.

Josie voulut se moquer. Évidemment qu'elle sentait bon, elle avait utilisé quatre savons différents et n'avait plus ce paréo de plage stupide qu'elle avait porté pendant des semaines. Elle n'était plus souillée de terre non plus.

— Vanille et soupçons de pêche et de fleurs, dit Nate, amusé.

Josie le regarda, un sourire sur le visage.

— Et les vêtements ont l'air de très bien aller. Bien mieux que mes tee-shirts et joggings trop grands.

Elle aimait bien porter ses vêtements. Ils lui procuraient la sensation d'être constamment enlacée par Nate.

— Mais je dois admettre que je t'aimais bien, dans mes vêtements, continua Nate, comme s'il pouvait lire dans son esprit. Viens là, dit-il en la faisant effectuer un demi-tour dans ses bras et un pas vers le lavabo.

Puis il mit le doigt sous son menton et la força à regarder son reflet dans le miroir.

— Je parie que tu étais en train de faire la liste de tout ce que tu estimes être des défauts.

Le regard surpris de Josie plongea dans le sien.

— J'ai été à ta place, Spirit. Je ne saurais te dire combien de temps j'ai passé à m'observer dans le miroir après que mon groupe a été décimé et blessé. À questionner mon existence. Tu veux savoir ce que je vois quand je te regarde ?

Elle ne voulait pas savoir. Pas vraiment.

Mais apparemment, c'était une question rhétorique, car Nate ne lui donna pas le temps de répondre avant de se remettre à parler.

Je vois la force. La ténacité. Une résilience comme j'ai rarement vue ces jours-ci.

— Peu de gens auraient été capables de survivre à ce que tu as survécu. La société est dorlotée. Si quelqu'un n'a pas son Frappuccino avec moitié-café, triple dose de caramel, moka, soja, sans mousse, extra crème, extra chaud, renversé, avec filets de caramel et sept doses de sirop au moka, il ira se mettre au lit pendant deux jours, car il ne sentira pas bien. Et ça n'est pas surprenant puisque tout ce sucre obstrue certainement ses artères et le rend incapable de penser à quoi que ce soit plus de deux secondes d'affilée.

Josie ne put faire autrement que de pouffer de rire.

Il lui sourit et fit courir l'une de ses grandes mains dans ses cheveux. Puis il se pencha sur elle, posa le menton sur son épaule et mit ses bras autour d'elle.

— Mais toi, Spirit. Tu as fait ce qu'il fallait pour survivre. Tu n'as pas abandonné.

Même quand tu avais tous les droits de le faire. Tu t'es battue pour rester en vie. En rationnant l'eau, en gardant ton calme. Attendant que le destin m'amène à tes côtés.

Bon, elle allait se mettre à pleurer s'il n'arrêtait pas.

Il n'arrêta pas.

— Si tu crois qu'un truc chez toi me donne envie de faire la grimace ou me répugne, tu en es tellement loin que ça n'est même pas drôle. Je t'aime bien, Josie England. Beaucoup. Je ne me suis jamais senti aussi à l'aise avec quelqu'un avant toi. Tu ne me donnes pas l'impression de devoir être quelqu'un que je ne suis pas. Ce qui n'a aucun sens, car nous n'avons pas vraiment eu l'occasion de nous poser et d'apprendre vraiment à nous connaître. Mais c'est comme ça. Je veux ça... apprendre à te connaître. Je veux savoir *tout* ce qu'il y a à savoir. Sur l'endroit où tu as grandi, si tu as eu une belle enfance, plus de détails sur ton boulot, tes amis, ta vie. Je veux savoir ce que tu aimes manger, les trucs que tu aimes vraiment faire pour te divertir. Je veux m'asseoir dans la même pièce que toi et ne pas parler du tout, mais te regarder et me sentir heureux simplement parce que tu es là, occupant le même espace que moi. Et oui, tu m'attires aussi physiquement. J'ai toujours eu un faible pour les femmes petites, mais toi..., dit-il avant de marquer une pause pour déglutir, avec peine. Il y a quelque chose chez toi qui m'attire comme jamais personne ne l'a fait auparavant. Je ne devrais pas dire tout ça. Pas après le trauma que tu as subi. Je devrais te trouver un psychologue à qui tu pourrais expliquer ou écrire ce qui est arrivé. Mais savoir tout ça ne m'empêche pas d'avoir envie de te serrer dans mes bras. De te toucher. De t'embrasser. Et bien entendu, de prendre soin de toi. Je veux m'assurer que tu es bien nourrie. Que tu as suffisamment à boire. Je veux te mettre à l'abri pour que tout et tous ceux qui pourraient te faire du mal n'en fassent plus jamais.

Les picotements que Josie avait ressentis plus tôt quand il l'avait embrassée reprirent, mais cette fois-ci dans tout son corps. Elle ne pouvait détourner le regard de l'homme derrière elle. Qui l'enlaçait. Se voir par les yeux de Nate était révélateur et cela ne lui faisait que le désirer davantage.

— Putain. J'en dis trop à nouveau. C'est pourquoi je garde la bouche fermée en général et que j'observe au lieu de parler.

Mais Josie secoua la tête puis se tourna dans son étreinte. Elle se sentait plus petite en compagnie des autres, mais dans les bras de Nate, elle se sentait particulièrement minuscule. Mais aussi plus forte. Plus confiante. Elle déplaça une main jusqu'à la nuque de Nate, elle se mit sur la pointe des pieds et entreprit de baisser sa tête vers elle. Elle voulait l'embrasser. Elle avait *besoin* de l'embrasser.

Il résista un moment.

— Tu es sûre ?

Était-elle sûre de vouloir l'embrasser ? Oui. Cent fois, *oui*.

— Oui, dit-elle, ferme.

Comme si son consentement avait été tout ce qu'il attendait, la tête de Nate se laissa tomber et ses lèvres se retrouvèrent sur celles de Josie.

Ils gémirent tous les deux sous la passion qui éclata entre eux.

En général, Josie était gênée la première fois où elle était intime avec un homme. Mais avec Nate, embrasser lui semblait juste. Naturel. Le bras de Nate passa à sa taille et il se redressa, la prenant avec lui. Les pieds de Josie quittèrent le sol, mais elle le remarqua à peine. Elle ne semblait pas avoir assez de cet homme. Leurs langues luttaient pour gagner la domination du baiser. Il avait le goût de fraise. Elle en voulait plus. Tellement plus.

Plaçant les jambes autour de lui, les doigts d'une main de Josie se faufilèrent dans sa chevelure et l'autre s'accrocha à lui. Elle sentait que Nate marchait, mais avec les yeux fermés et leurs bouches toujours unies, elle se moquait assez de l'endroit où il l'emmenait.

Elle ouvrit les yeux et s'écarta d'un pouce quand elle le sentit s'abaisser sur une surface douce. Le canapé. Elle remua jusqu'à ce que ses genoux soient sur un coussin de chaque côté des cuisses de Nate. Elle aimait ça. Elle avait l'impression qu'ils étaient encore plus à égalité ; elle pouvait regarder dans ses yeux sans avoir à se tordre le cou.

— Salut, sortit-elle comme une ringarde.

Il sourit et lui retourna son salut.

Ainsi très proches, ses taches de rousseur ressortaient encore plus. Et Josie avait l'irrésistible envie de toutes les compter. Mais ça prendrait trop de temps, il en avait trop.

L'une des mains de Nate se trouvait dans le dos de Josie, le recouvrant presque entièrement, l'autre main était placée sur sa nuque, caressant la zone sensible de peau avec son pouce.

— J'ai préparé le matériel pour nous occuper de tes cheveux.

Elle ne s'attendait pas à ce qu'il dise cela et c'était comme si on avait versé sur elle un seau d'eau froide. Josie se sentit soudain embarrassée par ses actes. Il lui avait confié être très impressionné par la façon dont elle avait géré la situation dans laquelle elle s'était retrouvée et puis elle s'était lancée et jetée dans ses bras.

Elle se souleva afin de s'écarter de lui, mais il se renfrogna, refermant sa prise sur sa nuque.

Quoi ? Qu'est-ce que j'ai dit ? Tu ne veux pas que je touche à tes cheveux ? D'accord, j'en parlerai à Caroline, voir si elle connaît quelqu'un qui pourrait venir à l'appartement. Ou peut-être que Remi ou Wren connaissent quelqu'un. Peut-être pourront-elles aider.

Il avait l'air paniqué. Josie secoua la tête.

— Non ? Tu ne veux pas qu'elles aident ? Tu ne veux rien faire pour tes cheveux ? Non
à *quoi*, Spirit ?

— Je ne voulais pas te sauter dessus, avoua-t-elle brutalement.

Nate la fixa un moment puis inhala profondément en fermant les yeux. Mais il les rouvrit immédiatement.

— Au cas où tu ne l'aurais pas remarqué, Josie, j'étais aussi intéressé que toi. Bon Dieu,
je n'ai presque pensé à rien d'autre qu'à t'embrasser dès le moment où tu as sacrifié ton eau pour moi dans ce trou à rats et je me suis senti merdeux pour ça. Tu étais blessée, traumatisée et tout ce que je voulais, c'était sentir tes lèvres sur les miennes.

Josie en fut réellement choquée. Pas par ce qu'il avait dit, mais par le fait qu'il ait ressenti la même chose qu'elle à son égard.

— Cela dit, je ne suis pas idiot au point de te porter jusqu'à mon lit dans la seconde.

Josie fronça les sourcils.

— Non pas que je n'en ai pas envie, mais je ne veux pas que ce qu'il y a entre nous soit le truc d'une fois. Je ne mentais pas quand je disais que je voulais apprendre à te connaître. Je veux savoir ce qui provoque le déclic chez toi avant de t'emmener au lit. Parce que quand je t'y amènerai, je vais vouloir t'y *garder*. Bon sang, c'est déjà le cas ! Dormir à côté de toi depuis qu'on a quitté ces cellules, ça a été... incroyable. Je n'ai juste pas envie qu'on se presse, dit-il avant de ricaner et de secouer la tête. Comme si je ne l'avais pas déjà fait. Mais sérieusement.

Josie se sentit gênée de découvrir qu'elle *voulait* se presser. Elle voulait savoir comment c'était, d'être avec cet homme. D'avoir toute son attention. D'avoir ses mains sur son corps. De l'avoir à *l'intérieur* de son corps. Ses tétons durcirent à cette pensée et elle sentit son entrejambe se resserrer, compte tenu de sa position sur lui. Elle le chevauchait. Elle pouvait baisser les mains et défaire son pantalon pour le prendre dans sa bouche. Lui montrer avec quelle force elle avait envie de lui.

— Putain. Tu es si belle, dit Nate avec respect, le regard parcourant le corps de Josie.

Josie ne put que se tortiller un peu.

— Nous avons le temps, lui dit-il. Le temps d'apprendre à nous connaître. Le temps d'explorer cette attirance que nous avons l'un pour l'autre.

En réponse, Josie posa la main sur son torse qui le parcourut de haut jusqu'en bas, au-dessus de sa ceinture, avant de remonter.

Elle avait du mal à croire qu'elle se comportait de la sorte. Ce n'était pas elle. Elle était la timide. Celle qui se demandait toujours si elle devait faire évoluer ou non une relation. Elle doutait de tout. Mais après avoir frôlé la mort, elle irait chercher ce qu'elle voulait. *Lui.*

Nate lui attrapa la main et l'amena à sa bouche, lui embrassant la paume.

— Tu ne vas pas être facile, n'est-ce pas ?

Josie lui fit un grand sourire.

Très bien. Tu es têtue, mais moi aussi. Et maintenant, je veux mettre la main sur tes cheveux.

Alors il la souleva et la fit pivoter sur ses genoux avant de la poser au sol devant le canapé.

Il la portait avec tant d'aisance ! Par le passé, Josie aurait été offensée si quelqu'un avait fait ce qu'il venait de faire, mais puisqu'il s'agissait de Nate, elle était davantage excitée par sa force que par le reste. Elle ne put s'empêcher d'imaginer la façon dont il la manœuvrerait au lit, sous toutes les positions dans lesquelles il voudrait la prendre.

Sa libido revenait férocement à la vie et elle se sentait *vraiment* vivante pour la première fois depuis des semaines. Mais elle prit une profonde inspiration. Il avait raison ; elle non plus ne voulait pas d'une histoire d'une seule nuit. Elle voulait Nate, sexuellement, mais elle le voulait à ses côtés en tant que partenaire, petit ami, etc., et même plus encore.

Peut-être ne se sentait-elle ainsi qu'à cause de ce qui était arrivé. Car il avait été son chevalier dans son armure brillante. Car il l'avait sauvée.

Mais mentalement, elle réfuta cette idée. Ce n'était pas ça. Oui, elle était pleine de gratitude qu'il ait été là quand elle avait eu le plus besoin de quelqu'un, mais elle était suffisamment vieille pour savoir que ce qu'elle ressentait était réel et non le résultat d'un syndrome du sauveur.

Et alors, autre chose se produisit.

Elle tourna la tête et dit :

— J'ai soif.

Nate, tenant un peigne à larges dents et une bouteille de démêlant, la regardait d'un air confus.

— Euh d'accord ?

— Mon anniversaire a eu lieu pendant que j'étais dans cette cellule.

La compréhension se fit alors.

— *Putain*...

Était-ce stupide qu'elle se soit habituée à l'entendre prononcer ce mot ? Et qu'elle aimait ça ? Probablement.

— Je l'avais oublié, jusqu'à maintenant, lui dit-elle.

— Eh bien, bon anniversaire, Spirit.

Elle lui fit un grand sourire puis se retourna et remonta les genoux. Elle les tint fermement contre elle, sentant le spray de démêlant atterrir sur son crâne.

Était-elle fâchée que son trentième anniversaire se soit déroulé dans ce taudis ? Pas vraiment. Ce n'était pas comme si elle l'aurait célébré tant que ça si elle avait été à Vegas. Même si elle vivait à Sin City, elle n'allait pas si souvent au Strip. Pour elle, c'était grossier et obscène. Elle comprenait que les touristes soient attirés, mais l'extravagance et le glamour ne lui faisaient aucun effet.

Quand elle était petite fille, elle avait toujours pensé que lorsqu'elle aurait trente ans, elle serait mariée et aurait deux enfants. Trente ans lui paraissaient alors trop vieux. Mais aujourd'hui ? Elle avait le sentiment d'avoir seulement découvert qui elle était et ce qu'elle voulait dans la vie.

Josie entra dans une sorte de transe, Nate s'affairant à défaire les nœuds et les nattes de ses cheveux. Elle n'avait pas mal quand il tirait et la façon dont il passait la main encore et encore sur sa tête était incroyable. Elle adorait être touchée, n'avait pas eu beaucoup l'occasion d'en faire l'expérience dans sa vie.

Et pendant qu'il s'occupait de ses cheveux, Nate parlait. Il lui parlait de ses coéquipiers du SEAL qui étaient morts et avaient été blessés. En disait plus sur son groupe actuel. Sur son frère et les combines qu'ils avaient trouvées quand ils étaient petits. Davantage sur son père qui avait l'air d'être un homme qu'elle voudrait sincèrement rencontrer.

Il lui raconta le camp militaire et l'entraînement pour devenir un SEAL. Comment il avait failli partir de là plusieurs fois, mais avait visiblement tenu le coup.

Écouter sa voix grave était réconfortant. Apaisant. Quand Josie réalisa qu'il passait le peigne dans ses cheveux, des racines jusqu'aux pointes, encore et encore, elle n'était qu'un tas de guimauve appuyé contre le canapé, couvée par les cuisses de Nate, la faisant se sentir à l'abri et importante.

Je ne crois pas avoir autant parlé de ma vie, dit Nate. Mais il y a quelque chose chez toi qui me met à l'aise pour vider mon sac.

Josie inclina la tête vers l'arrière et le regarda.

— J'aime le son de ta voix.

— Et j'aime que tu aies retrouvée la tienne, répondit-il avant de se pencher en avant pour l'embrasser dans un angle bizarre et sentir le nez de Nate sur son menton la fit glousser.

Il se redressa et elle apprécia beaucoup le grand sourire satisfait sur son visage.

— Tes cheveux sont incroyables, lui dit-il. Si longs et doux. Et je n'avais pas remarqué

qu'ils étaient aussi blonds.

Josie n'en fut pas surprise ; ils avaient été recouverts de fond en comble de saleté et de crasse. Ses cheveux d'un blond blanc avaient été presque châtains tout ce temps où il l'avait connue.

Elle se lécha les lèvres, voulant que Nate l'embrasse à nouveau, mais son estomac choisit ce moment pour émettre un gros gargouillement.

— Je dois te nourrir, dit Nate, l'air inquiet. Viens. Debout. Wren et Remi ont totalementperdu les pédales et ont fait livrer l'équivalent de ce qui ressemble à un magasin entier. J'ai coupé quelques fraises, tu peux les manger pendant que je vois ce que je peux préparer en vitesse.

Avant même de s'en rendre compte, Josie était assise à la table, un bol de fraises devant elle, pendant que Nate s'affairait dans sa cuisine, marmonnant sur le fait qu'ils étaient plus proches du déjeuner que du petit-déjeuner désormais, tout en sortant des aliments du placard et du frigo. Être servie était une nouvelle expérience alors elle prit la décision d'en profiter. Demain, elle insistera pour participer, mais pour le moment, elle se sentait encore un peu flotter après avoir eu les mains de Nate sur elle aussi longtemps.

Elle ne put s'empêcher de faire courir ses doigts dans ses cheveux désormais démêlés. C'était si doux et elle regardait Nate en souriant.

Il se tourna alors, la surprenant en train de le regarder. Il retourna son sourire et l'électricité qui courait entre eux chauffa un moment. Elle crut qu'il allait foncer sur elle et l'embrasser comme un fou, mais elle sous-estimait son sang-froid.

Nate prit une grande inspiration puis reporta son attention sur le déjeuner qu'il préparait.

Vingt minutes plus tard, il posa devant elle une assiette aussi grande que sa tête, dont le contenu débordait. Il s'était servi d'un air fryer pour cuisiner des morceaux de poulet puis les avait recouverts de sauce salsa et de sour cream. Il avait ajouté du pain à l'ail grillé, une salade et de la purée de pommes de terre instantanée.

Ça paraissait et cela sentait délicieusement bon.

— C'est trop, dit Josie.

Mais Nate hocha les épaules.

— Mange ce que tu peux. Nous emballerons le reste et tu pourras le manger plus tard ou demain.

À son étonnement, Josie fut capable de manger presque tout le contenu de l'assiette. Elle était repue, mais se sentait incroyablement bien. Elle avait oublié ce que c'était, d'avoir l'estomac plein. Elle ne considèrerait plus jamais le fait de manger comme acquis. Pas après avoir fait sans aussi longtemps.

— Va t'asseoir, lui ordonna Nate. Je vais nettoyer et te rejoindrai quand j'aurai terminé.

Mais Josie en avait assez d'être paresseuse. Elle l'ignora et prit son assiette presque vide pour l'apporter à la cuisine.

— Tu veux faire la vaisselle ou emballer les restes ? lui demanda-t-elle, tâchant d'avoir
l'air ferme.

Nate grimaça un sourire.

— Je n'arrive pas à décider si je préférais quand tu ne parlais pas et faisais ce que je demandais ou cette nouvelle Josie autoritaire.

Elle haussa un sourcil.

— Très bien. J'emballerai les restes.

Contente d'avoir obtenu ce qu'elle voulait, soit qu'il la laisse l'aider, Josie fit couler de l'eau dans l'évier et rinça le tout avant de mettre les assiettes et les ustensiles dans le lave-vaisselle.

Collaborant, ils eurent nettoyé la cuisine en un rien de temps. Nate la reconduisit au canapé et s'assit, l'incitant à se mettre à côté de lui. Il l'installa sous une couverture, tout contre lui, avant d'allumer la télé avec la télécommande.

— Tu veux regarder un truc en particulier ?

Josie secoua la tête. Elle n'avait jamais été une grande fan de télévision et elle n'avait aucune idée de ce qui était populaire après autant de temps sans l'avoir regardée.

Ses paupières étaient lourdes, la matinée riche en événements la rattrapant. La douche chaude, les mains de Nate dans ses cheveux, son ventre plein... Elle se sentait soudain épuisée.

— Dors, Spirit. Je veille sur toi.

Ce fut tout ce qu'il lui fallut. Elle se détendit complètement, assurée que l'homme qu'elle utilisait comme coussin la protègerait.

CHAPITRE 13

Blink avait vraiment du mal à se souvenir que lui et Josie ne se connaissaient pas depuis si longtemps. Elle convenait à sa vie comme si elle avait toujours été là. Il était totalement à l'aise en sa compagnie, chose qu'il ne pouvait pas dire de beaucoup de gens. Elle était facile à vivre, facile à satisfaire et il se trouva désirer être avec elle chaque seconde, tous les jours.

L'autre nuit, quand elle s'était endormie contre lui sur le canapé comme elle l'avait fait le matin même, il n'avait pu s'empêcher d'imaginer de terminer chaque journée de cette façon pour le restant de sa vie.

Le jour suivant avait également été une journée de détente pour tous les deux, même s'il avait fait la lessive, réorganisé et refait son sac d'urgence. Puis ensemble, ils avaient créé un festin pour le dîner.

Il devait rester un minimum *occupé*, autrement, il ne cesserait de regarder Josie. Avec sa chevelure désormais lisse et brillante, elle était totalement différente de la femme qu'il avait vue la première fois dans cette cellule, sauvage et terrifiée, recroquevillée dans un coin. Elle s'épanouissait et il était déjà très attaché à elle.

Il pouvait lire ses émotions sans qu'elle ait besoin de prononcer un mot. Comme le soulagement qu'elle avait ressenti après avoir envoyé un e-mail à son propriétaire à Vegas et qu'elle avait découvert que, bien que son appartement ait été loué à quelqu'un d'autre, il n'avait pas jeté ses affaires. Puisqu'elle avait toujours été une bonne locataire et qu'il l'appréciait, il les avait emballées et placées dans un appartement vide dont il se servait pour entreposer.

Elle n'avait pas été aussi heureuse en recevant une réponse à son e-mail de la mère d'Ayden. Apparemment, Millie Hitson n'était pas très ravie d'apprendre que Josie était saine et sauve en Californie. Josie n'avait pas permis à Blink de lire le mail, mais il savait sans qu'elle ait besoin de confier quoi que ce soit que ce que cette femme avait à dire faisait très mal. Il était déterminé à réussir à le lire, ainsi il pourrait contredire tout ce que cette femme prétextait.

Une idée macérait également dans sa tête depuis deux jours et peu importait ce que la mère d'Ayden avait dit à Josie pour lui filer un tel cafard, il avait mis la machine en route tout en tâchant de trouver une solution avec son équipe ce matin-là. Ses amis pensaient que c'était une idée géniale et s'étaient portés volontaires pour faire ce qu'il fallait afin de la réaliser.

Mais pour le moment, il se pressait de rentrer chez lui. Cet après-midi, Kevlar avait déposé Remi à l'appartement de Blink durant sa pause déjeuner, afin que Josie continue d'avoir de la compagnie pendant qu'ils étaient au boulot. Il s'était inquiété de la façon dont Josie se débrouillait seule. Bien entendu, il s'inquiétait maintenant de la façon dont elle et Remi s'entendaient.

Le cœur de Blink avait une tendresse particulière pour Remi. Tous les deux avaient vécu ensemble une horrible expérience et cela avait créé un lien indestructible. Mais même devenue aussi sociable, elle pouvait encore être un peu introvertie avec les gens qu'elle ne connaissait pas bien. Et Josie était loin d'être une pipelette. Alors, Remi n'ayant pas les moyens de rentrer chez elle, Blink était tracassé à l'idée que les choses aient pu devenir étranges entre les femmes, puisque lui et Kevlar avaient été retenus plus longtemps qu'il ne l'avait prévu.

Kevlar se gara derrière lui quand il entra sur le parking de son immeuble et ils marchèrent tous les deux rapidement jusqu'à sa porte.

L'odeur qui le heurta de plein fouet quand il pénétra à l'intérieur de son appartement donna l'eau à la bouche de Blink. Italien. Il ignorait ce qu'avaient préparé les filles, mais ça sentait absolument bon.

Une fois à l'intérieur avec Kevlar sur ses talons, Blink vit Josie et Remi assises l'une en face de l'autre à la table de cuisine. Josie avait son ordinateur portable ouvert et tapait comme une furie, un casque audio sur les oreilles, pendant que Remi avait un carnet à dessin devant elle, avec ses *propres* écouteurs.

Les filles semblaient être dans leur monde, ce qui le préoccupa.

Josie les aperçut la première. Ses doigts s'arrêtèrent au-dessus du clavier et elle sourit avant de lever les mains pour saisir son casque.

Kevlar s'approcha dans le dos de Remi et lui toucha les épaules, se penchant pour lui embrasser la tempe. Elle fit un petit bond, mais lui sourit juste après.

— Vous êtes revenus ! s'exclama-t-elle un peu trop fort, puisqu'elle avait toujours ses écouteurs.

Kevlar rit et les retira pour elle.

— Nous sommes revenus.

— Josie et moi avons passé la meilleure des journées ! s'exclama Remi. Nous avons discuté… Bon, surtout moi, elle a écouté, tout en réaménageant le garde-manger, on a regardé deux épisodes de Big Brother, préparé des lasagnes à la Cocotte-Minute pour votre dîner, puis on s'est dit qu'on avait sûrement du travail à faire… Josie a eu des nouvelles de son patron et il était tout content de la voir revenir alors il lui a filé une nouvelle mission de sous-titrage sur-le-champ. Pendant qu'elle bosse là-dessus, je dessine mon prochain Pecky. Il se fait attacoter et est sur le point d'être mangé lorsqu'il est sauvé par le grand méchant Enchilador... tu vois, genre le terminator, raconta Remi en souriant aux deux hommes.

Les muscles tendus de Blink se relâchèrent.

— On dirait que vous avez une bonne journée, dit-il.

— Nous avons passé une *excellente* journée, n'est-ce pas Josie ?

Josie sourit en hochant la tête avec enthousiasme.

On pourra recommencer ? lui demanda Remi. Je veux dire, je sais que tu as sans doute beaucoup à faire, entre récupérer tes affaires à Vegas, ton travail et tout le reste, mais être en ta compagnie est si *reposant*. J'ai eu tellement d'idées aujourd'hui et même si je me fiche d'être toute seule toute la journée, je crois que j'aime encore plus être avec toi. Oh ! Et peut-être que la prochaine fois, Wren pourrait venir aussi ? Elle peut travailler sur son truc de Relations publiques pour la compagnie de son père et on peut s'occuper de nos affaires. On pourrait peut-être même la rejoindre dans sa maison avec Safe. Je pense que c'est un peu plus grand et Safe a cette énorme télé et...

— Respire, Remi, la réprimanda Kevlar.

— Pardon, dit-elle en rougissant légèrement. C'est juste... cette journée a été cool.

Être témoin de la Remi habituellement timide aujourd'hui si expansive était un peu surprenant, mais Blink n'était pas du tout étonné qu'elle sorte de sa coquille en compagnie de Josie. Il y avait quelque chose chez sa Spirit qui faisait ressortir une autre facette chez les gens. Peut-être parce qu'elle ne parlait pas beaucoup, mais vous regardait comme si vous étiez la chose la plus importante au monde sur le moment.

— Je ne savais pas que tu te sentais cloîtrée, commenta Kevlar, légèrement soucieux.

— Oh je ne le suis pas ! Pas du tout. J'adore être dans ton

appartement. C'est juste que… parfois, c'est bien d'avoir une compagnie féminine.

— Je suis d'accord, confirma Josie d'une voix basse.

— Tu vois ! Elle est d'accord, dit Remi.

Puis elle longea la table pour rejoindre Josie sur sa chaise et l'enlaça.

— J'ai juste envie de te mettre dans ma poche et de te ramener chez moi, dit-elle avec un énorme sourire.

Josie leva les yeux au ciel, mais il était évident qu'elle n'était pas offensée par les propos de sa nouvelle amie.

— Et moi qui avais peur que vous ne vous entendiez pas, dit Blink.

— Quoi ? Pourquoi pas ? Josie est géniale. Et si intelligente. Tu devrais voir à quelle vitesse elle tape. Je jure que c'est inhumain.

— J'ai vu, lui dit Blink.

— Oui, évidemment que tu as vu. C'est impressionnant. J'ai une idée où Pecky prendrait des cours de dactylographie et ne taperait qu'à deux doigts, mais sa professeur est si géniale, ce minuscule petit burrito, que quand ils sont enfournés dans un four par le grand méchant, le burrito sauve la mise en étant capable de dire aux soldats du feu où ils sont en leur envoyant un message avec ses rapides petits doigts.

— Tu sembles être un chouïa obsédée par l'envie de mettre Pecky dans des situations où il est kidnappé ou en danger, commenta Kevlar, le front ridé.

Mais Remi fit fi de son commentaire en haussant les épaules.

— C'est une phase. Étant donné ce que mes amis et moi avons traversé, je veux montrer

Pecky vivre des situations difficiles, mais où il est en mesure de rebondir avec l'aide de ces braves personnages qui le sauvent et aussi avec l'aide et le soutien de ses amis. C'est une sorte de thérapie pour moi. Bref.

Tant que toi, tu vas bien, dit Kevlar en attirant Remi contre lui pour lui embrasser de nouveau la tempe.

— Je vais bien, lui promit-elle. Tu penses qu'on pourra s'arrêter prendre des tacos sur le chemin ? Je ne sais pas pourquoi, je suis d'humeur.

— Vous ne restez pas pour le dîner ? s'étonna Blink.

Il se tenait sur le seuil du salon, accordant un peu d'espace à Josie. Ce qu'il avait vraiment envie de faire, c'était d'aller là où elle se tenait et lui faire un gros câlin, mais il essayait de ne pas trop l'envahir ni de lui mettre la pression. C'était nul, en vrai.

— Nan. Nous avons fait ces lasagnes pour vous deux. Josie m'a dit à quel point toi et ton jumeau adoriez les lasagnes de votre père alors on a voulu tenter de faire un truc qui y ressemble, expliqua Remi.

— On se voit demain, dit Kevlar, pendant que Remi rangeait son matériel de dessin. Je te transmettrai ce que m'auront dit Benny et Jessyka après leur avoir parlé ce soir.

Blink acquiesça.

— Ce qu'ils auront dit à propos de quoi ? demanda Remi après avoir rassemblé ses affaires.

— Je te le dirai en chemin.

— Encore merci pour cette chouette journée, dit Remi à Josie. Je t'enverrai par message les détails pour nos retrouvailles. Avec Wren cette fois. D'accord ?

Josie approuva avec le sourire.

La porte se referma et puis il ne resta que Blink et Josie.

— Ouah... En général, Remi ne se comporte pas comme un... ouragan, dit-il en souriant.

Cela amusa Josie.

Il ne pouvait rester loin d'elle plus longtemps. Attiré comme si elle était un aimant, Blink traversa la pièce pour aller à ses côtés. Sans réfléchir, il se pencha et lui embrassa les lèvres. C'était court, le genre de baiser qu'on donnait quand on se retrouvait, mais l'électricité courut tout de même jusqu'à son sexe en sentant ses lèvres contre les siennes. Heureusement, son pantalon camouflage cachait relativement bien sa réaction.

— Salut, dit-il après s'être redressé. Ça sent merveilleusement bon, ici. Vous n'aviez pas à faire le dîner. J'aurais trouvé un truc en rentrant.

Josie roula des yeux.

— Tu as travaillé toute la journée. C'était le moins que je puisse faire.

— Tu as travaillé aussi apparemment. Tu as retrouvé ton job de sous-titrage ? C'est génial !

Elle soupira.

— C'est un soulagement.

— Je m'en doute.

Remi avait également dit un truc à propos de Josie allant récupérer ses affaires à Vegas, mais Blink n'était pas certain de vouloir aborder le sujet. Car il ne voulait pas qu'elle lui dise qu'elle allait trouver un nouvel appartement et retourner vivre dans le Nevada.

— Et je dois aller chercher mes affaires. Mon ancien propriétaire a dit qu'il avait besoin de place.

Blink hocha la tête. C'était troublant qu'ils soient toujours sur la même longueur d'onde.

— Pas de problème. C'est bientôt le week-end. On peut conduire jusque là-bas et décider quoi faire de tout ça.

Josie se mordit la lèvre et le quitta des yeux, regardant partout ailleurs sauf lui. Il détestait que ce qu'elle avait en tête la mette mal à l'aise. Il posa le doigt sous son menton et releva les yeux vers lui.

— Quoi ? Qu'est-ce qui ne va pas ?

Elle haussa les épaules. Puis expira et rapprocha son ordinateur. Blink la lâcha et elle s'assit pour se mettre à taper rapidement, furieusement. Quand elle eut terminé, elle tourna l'ordinateur vers lui.

Il a dit que la plupart de mes affaires sont en carton, mais qu'il n'avait pas d'endroit pour stocker mes meubles. Alors il les a laissés dans mon appartement pour le mec qui y a emménagé. Il a dit qu'il me paierait pour ça, ce qui me convient. Mais je dois trouver comment faire avec mes cartons. Je pourrais louer un autre appartement là-bas, mais je ne sais pas si j'ai encore envie de vivre à Vegas. Je n'ai jamais vraiment aimé et comme Millie et Gen y sont et que mon existence ne les enchante pas, je ne suis pas certaine de devoir rester dans le Nevada de toute manière. J'aime bien ici, mais je ne veux pas que tu te sentes obligé de quoi que ce soit. Je suis sûre que je peux trouver un appartement ici, à Riverton. Maintenant que j'ai retrouvé mon travail et que je recevrai de l'argent de mon propriétaire pour mes meubles, je pourrais certainement me permettre de payer la caution et de verser le loyer du premier mois.

Blink comprenait pourquoi elle avait souhaité écrire ces pensées. Même si Josie reparlait, c'était en de brèves salves.

— Non, dit-il en secouant la tête. Tu n'as pas besoin d'un appartement, tu peux rester ici.

Josie le regardait attentivement, un air inquiet sur le visage.

— Je ne peux pas rester indéfiniment.

Le premier truc qui surgit dans le cerveau de Blink fut « Pourquoi pas ? » Mais au lieu de dire ça, il répliqua :

— Peut-être, peut-être pas, mais tu n'as pas à te tracasser pour trouver un endroit où vivre dans l'immédiat. Relâche un peu la pression, tu ressors tout juste d'un épisode traumatisant. Laisse-moi t'aider, Josie. Nous irons à Vegas récupérer tes affaires et s'il le faut, nous pouvons trouver un lieu de stockage ici. Mais je suis sûre que Safe a de la place dans son garage ou autre. On parle de quelle quantité ?

Josie haussa les épaules.

— Ça dépend de la façon dont on emballe le tout. Vingt cartons, peut-être plus ?

— Bien. Alors je louerai une remorque, juste au cas où. On peut passer les cartons en revue et tu peux prendre ce que tu veux et ce dont tu as besoin dans l'immédiat et l'apporter ici. On peut tenter de louer un garde-meubles ou en discuter avec Safe et improviser. Bon et maintenant... c'est quoi ce truc avec

Millie et Gen ? Elles te donnent encore du fil à retordre ? Il y a autre chose que cet e-mail de Millie ?

Josie regarda ailleurs une fois de plus, ce qui disait à Blink tout ce qu'il voulait savoir.

— Tu as reçu un autre e-mail ? insista-t-il.

Elle confirma.

— Laisse-moi voir.

Cette fois, Josie refusa.

— Pourquoi pas ?

— Parce que. Elles sont en colère. Millie a perdu son fils. Elle ne pensait pas ce qu'elle a dit.

— Qu'a-t-elle dit ?

Josie se contenta de le regarder.

Blink soupira.

— Je t'en prie, Josie. Je sais que tu te sens mal par rapport à ce qui est arrivé, mais ce n'était pas de ta faute. De mauvaises décisions ont été prises, de ta part et de la sienne. Ça fait partie de l'être humain. Si tu es persécutée, c'est *mal*. Tu étais une prisonnière. Le fait que ces deux-là estiment que c'est normal de te tourmenter pour la mort d'Ayden est complètement tordu. Est-ce qu'on doit réclamer une ordonnance restrictive ?

Josie s'empressa de répondre non de la tête.

— S'il te plaît, laisse-moi lire cet e-mail, dit-il, en posant une main sur la cuisse de Josie.

Elle avait l'air fragile sous ses doigts, mais il savait bien que non. Cette femme était faite

d'acier. N'importe qui d'autre ne serait plus qu'une coquille humaine après ce qu'elle avait vécu. Et non seulement elle s'en sortait bien, maintenant qu'elle était en sécurité, mais elle s'épanouissait.

Dans un soupir, elle cliqua à plusieurs reprises sur l'ordinateur puis le retourna vers lui.

L'e-mail ne fut pas long à lire. Il était court et allait direct au fait... et était absolument ignoble.

Tu as tué mon fils. J'ai su au moment où je t'ai rencontrée que tu étais le diable. Et tu as mené mon Ayden vers sa mort ! Sans toi, il serait toujours là. Il ne voulait même pas que tu viennes au Koweït, il ne te l'a demandé que par pitié. Il fréquentait cette fille de son peloton. Elle était son âme sœur et tu ne voulais pas ôter tes griffes de lui. J'espère que tu as souffert, mais même si c'est le cas, ce serait loin d'être suffisant. Ça aurait dû être toi, garce. Ça aurait dû être toi !

L'e-mail n'était pas signé, mais l'adresse comportait le nom et le prénom de Millie alors il n'était pas difficile de comprendre de qui il provenait.

Les mots sur l'écran étaient haineux et méchants et le cœur de Blink saignait à leur lecture. Comment un être humain pouvait-il souhaiter des choses aussi affreuses à un autre ? Sans réfléchir, il ferma l'ordinateur et installa Josie sur ses genoux. Elle ne lutta pas, se tourna simplement vers lui. Ses jambes étaient suspendues d'un côté de ses genoux et il serra ses bras autour d'elle.

— Elle a tort, murmura-t-il dans ses cheveux.

Aujourd'hui, elle sentait le lilas. Il ne savait pas si c'était sa lotion, son shampoing ou son parfum. Tout ce qu'il savait, c'était qu'il avait envie de se frotter contre elle pour pouvoir la sentir sur sa peau longtemps après qu'elle ait quitté ses genoux.

Tu n'as pas tué Ayden. Et s'il voyait quelqu'un d'autre, il aurait dû avoir les couilles de te le dire et mettre un terme votre relation. Il avait l'air d'être un con, ne put s'empêcher de dire Blink.

Il n'aimait pas dire du mal de quelqu'un qui n'était pas là pour se défendre, qui n'aurait pas dû mourir de cette façon, mais plus il en apprenait sur son ex, plus il en était dégoûté.

— C'est *lui* qui a pris la décision stupide de louer ce bateau. De frimer en t'emmenant trop loin. Oui, tu es allée au Koweït alors que tu n'aurais sûrement pas dû, mais cette erreur ne cautionne pas ce qui t'est arrivé.

Ils demeurèrent assis ainsi plusieurs minutes, blottis l'un

contre l'autre sur l'une des chaises de la salle à manger. Josie ne pleurait pas et Blink lui en était reconnaissant, mais de toute évidence, elle ressentait encore beaucoup d'émotions.

Elle finit par relever la tête pour le regarder dans les yeux.

— Je lui ai envoyé un e-mail, car je pensais qu'elle aurait voulu savoir ce qui était arrivé.

J'ignorais ce que l'Armée lui a dit. Je savais qu'elle n'était pas ma plus grande fan, mais je n'avais pas réalisé qu'elle me détestait autant.

— Certaines personnes sont comme ça, Spirit. Ils détiennent plus de haine dans leur cœur que de gentillesse.

— Je voulais réparer les choses après son premier e-mail. Lui dire que j'étais en Californie, que je voulais lui parler en personne. En expliquer plus. Je lui ai dit que j'allais venir à Vegas récupérer mes affaires. C'est là qu'elle a envoyé ce dernier e-mail.

— Eh bien tu ne la verras pas, ça, c'est sûr, rétorqua Blink qui avait la tête sur le point d'exploser rien qu'à cette idée. Je ne la laisserai pas te parler de la sorte. On peut bloquer son adresse mail, que tu n'aies plus à lire ses merdes. Si le besoin s'en fait ressentir, nous demanderons une ordonnance restrictive pour qu'elle ne puisse pas approcher à moins de cent mètres de toi.

Josie acquiesça.

Sachant qu'il avait besoin de changer de sujet, pour la paix de l'esprit de Josie comme de la sienne, Blink dit :

— Alors, toi et Remi avez passé une bonne journée, hein ?

Elle sourit puis hocha de nouveau la tête.

— Tu ne dis pas ça juste parce que nous sommes proches, n'est-ce pas ?

— Non. Elle est drôle. Et Pecky est génial.

— Pecky le Taco Voyageur est effectivement génial. Et je suppose que ces lasagnes qui me font gargouiller l'estomac également. Je peux nous faire une salade pour les accompagner.

— Faite.

— Du pain ?

— Fait, répéta Josie avec un petit sourire. Enfin, il est prêt à être mis dans le four.

— Super. Dans ce cas, si tu veux bien me laisser me lever, je vais m'en occuper, car si je ne mets pas cette bonne chose italienne dans mon ventre dans les dix minutes, je ne serai plus responsable de mes actes.

Josie gloussa.

— C'est toi qui m'as mise sur tes genoux.

— Tu émets une objection ?

Au lieu de le taquiner en réponse comme il s'y attendait, Josie lui fit un sourire timide.

— J'aime bien quand tu me mets là où tu veux que je sois.

Et d'un seul coup, Blink se visionna en train de la soulever et de la presser contre son sexe dur comme du béton, la tenant au-dessus de lui tout en la baisant avec force et rapidité. Sa verge aimait cette idée et elle se durcit sous les fesses de Josie.

Il était sur le point de s'excuser au moment où Josie remua sur lui, comme si elle voulait mieux le sentir.

— Putain, marmonna-t-il, lui valant un petit ricanement de la femme sur ses genoux.

— Dîner, dit-il dans sa barbe en soulevant Josie pour la mettre debout à côté de la chaise.

Il se leva, incapable de s'empêcher de baisser les mains pour remettre en place son érection afin que ce soit plus confortable avant de se rendre dans la cuisine. Il trouva le pain sur le comptoir, déjà tranché et farci de beurre et d'ail. Il alluma le four, jeta pratiquement le pain dedans et se tourna sans un mot vers sa chambre.

— Je vais prendre une petite douche. Je reviens, annonça-t-il à Josie.

Il crut entendre un autre gloussement dans son dos, mais il était trop concentré à atteindre sa chambre. Ses vêtements furent sur le sol de la salle de bain en quelques secondes et

Blink sous le jet chaud de sa douche, son sexe en main, se masturbant furieusement sous les visions de Josie le chevauchant brutalement qui envahissaient son esprit.

Il ne mit pas longtemps à jouir. Des filets de sperme coulèrent sur le mur de sa douche, Blink s'affaissant contre le carrelage. Son sexe était encore à moitié dur, même s'il venait de jouir avec une force dont il ne se souvenait pas avoir eue depuis longtemps. C'était mal barré pour garder son contrôle avec son invitée ! Il désirait Josie. De chaque fibre de son être. Elle était à lui, il savait cela aussi bien qu'il connaissait son nom.

Mais la dernière chose qu'il voulait, c'était la faire flipper avec son désir. Il devait rester relax. Alors il se savonna rapidement, se rinça et sortit de la douche. Il enfouit sa verge dans un boxer propre et enfila un jean et un tee-shirt.

Quand il revint dans le salon, il vit que Josie leur avait servi à tous les deux des lasagnes et avait disposé la salade dans des bols, et que le pain trônait au milieu de la table. Elle lui sourit, debout à côté d'une chaise.

— Ça a l'air dingue. J'ai hâte de dire à Papa qu'il a de la compétition pour sa cuisine désormais. Il va être emballé. Ça fait des années qu'il me dit de trouver quelqu'un qui peut cuisiner aussi bien que lui. Assieds-toi.

Ils s'assirent tous les deux et dès le premier coup de fourchette, Blink fut plus sûr que jamais que Josie était la femme faite pour lui. Elle cuisinait vraiment mieux que son père. Elle l'excitait également davantage que ne l'avaient fait d'autres femmes et elle l'apaisait d'une façon qu'il n'avait jamais connue. Après tout ce qu'il avait vu et fait, ce n'était pas rien. Par le passé, il avait constamment pensé à ce qu'il aurait fait différemment en missions, comment il pourrait empêcher n'importe lequel de ses coéquipiers d'être blessé à l'avenir. Mais avec Josie, il se trouvait qu'il ne s'appesantissait pas. Il pouvait juste... être. Et il espérait qu'il en était de même pour elle.

Ils mangèrent sans parler, mais ce silence n'était pas gênant. Travaillant ensemble comme ils l'avaient fait chaque soir, ils nettoyèrent après leur repas et se posèrent sur le canapé.

Tenir Josie contre lui, c'était toujours le sentiment de rentrer à la maison.

— Ce soir... après m'être endormie... je peux...

Les mots de Josie restèrent en suspens.

— Quoi, Spirit ? Tu peux quoi ?

Blink la laisserait faire tout ce qu'elle voudrait. Tout.

— Je peux dormir avec toi ? lui demanda-t-elle. Tu me portes tout le temps jusqu'à la chambre d'amis et c'est une chambre agréable, mais... Je veux être avec toi, conclut-elle en levant ses yeux vers lui.

Le cœur de Blink s'arrêta de battre un moment. Il déglutit avec peine, ne désirant rien d'autre que la prendre et la soulever dans la seconde pour la mettre dans son lit.

— Pardon. C'est étrange, non ? C'est juste que je...

— Non ! Ce n'est pas étrange, répondit-il avant de marquer une pause trop longue qui mettait Josie mal à l'aise, ce qui était inacceptable. Je te veux là-bas. Toujours. Je ne veux simplement rien faire qui te fasse croire que je tirais avantage de la situation.

— Tu ne le fais pas. Je... Je t'aime bien, Nate. Beaucoup.

Et elle recommençait, faisant manquer au cœur de Nate un battement.

— Tant mieux. Parce que je t'aime bien aussi.

— Est-ce que tu vas encore m'embrasser ?

— Avec plaisir.

Il fallut toute la force que Blink n'avait pas pour ne pas retirer tous les vêtements de Josie et la prendre juste ici, sur le canapé. Mais il aimait trop leur flirt pas si innocent pour faire quoi que ce soit qui pourrait la faire reconsidérer de bien l'apprécier. Il adorait avoir les mains de Josie sur lui. Aimait la sensation de son corps contre le sien. Encore plus de constater à quel point leurs baisers lui faisaient de l'effet. Le rythme rapide de son cœur, son souffle court, la façon dont ses yeux deviennent vitreux et ses tétons qui durcissent sous son tee-shirt.

Quand ils finirent par se calmer pour regarder un film, Josie tomba rapidement endormie dans ses bras, comme d'habitude. Blink vivait pour ce moment. Pour la tenir dans ses bras. La regarder dormir. Savoir qu'elle lui faisait suffisamment confiance pour baisser complètement sa garde.

Plus tard cette nuit-là, quand il se leva pour aller au lit, au lieu de l'emmener dans la chambre d'ami comme toujours, il ressentit une profonde satisfaction lorsqu'il ouvrit la porte de sa chambre à coucher et qu'il posa Josie doucement sur son matelas. Elle avait dormi ici avant, quand il s'était réveillé et l'avait découverte sur le sol la première nuit. Mais ce soir était comme un nouveau commencement. Elle ne venait pas à lui, car elle n'était pas à l'aise et avait besoin qu'il soit tout près pour se rassurer, elle était là parce qu'elle voulait être avec lui. Et parce qu'il la voulait ici, également.

Blink se mit en boxer puis sous les couvertures. C'était aussi naturel que s'ils l'avaient fait chaque nuit ces dix dernières années ou plus, pour qu'elle se love contre lui et prenne son épaule pour un oreiller. Ses superbes cheveux blonds s'étalaient sur son torse et il inhala profondément, savourant son parfum si féminin.

Mais il s'en serait moqué si elle était encore couverte de saleté et de boue de cette satanée cellule. Rien que l'avoir dans ses bras, c'était la perfection.

CHAPITRE 14

La semaine dernière avait été un rêve devenu réalité pour Josie. Elle ne s'était jamais sentie aussi en paix. Bien sûr, elle avait encore un tas de choses sur lesquelles stresser... ses affaires, Millie et Gen, se remettre dans le bain de son travail... mais le bon l'emportait de loin sur le mauvais.

Nate était en première place de cette belle liste. Il représentait tout ce qu'elle avait toujours voulu chez un homme. Il n'était pas parfait, mais là encore, elle ne l'était pas non plus. Mais entre eux, c'était sympa et... excitant, intime, réconfortant et prometteur. Elle s'était plus sentie chez elle avec Nate durant cette courte période depuis qu'elle le connaissait qu'elle ne l'avait fait avec Ayden ou tout autre avec qui elle était sortie.

Et plus elle passait de temps avec Remi et Wren, plus elle se sentait chez elle, à Riverton. Avec des amis comme eux et un homme comme Nate avec qui passer du temps après son retour à la maison du travail, Josie tombait dans une routine.

Cela expliquait pourquoi elle n'était pas emballée par leurs plans... Elle et Nate s'en allaient à Vegas pour récupérer les affaires que le propriétaire avait mises de côté. En un sens, elle avait l'impression qu'aller à Vegas allait faire éclater la petite bulle dans laquelle elle se trouvait depuis son sauvetage. Ce qui était stupide, mais elle l'appréhendait tout de même.

Millie et Gen n'avaient pas cessé d'envoyer des e-mails. Elle les avait bloquées toutes les deux, mais elles ne firent que créer de nouveaux comptes pour la persécuter. Elle les avait bloquées également, mais le matin suivant, elle avait reçu un *autre* e-mail de l'une ou des deux, lui disant quelle horrible personne elle était, qu'elle regretterait d'avoir tué Ayden.

Elle n'avait pas parlé à Nate de leur harcèlement, car cela le contrariait tellement... Et il ne pouvait rien y faire de toute manière. Elle devait simplement les ignorer jusqu'à ce qu'elles se lassent de leur jeu infantile et la laissent tranquille.

Mais tout de même, se trouver dans la même ville qu'elles la mettait mal à l'aise. Ce n'était pas comme si elles étaient au courant qu'elle venait ce week-end, mais retourner à l'endroit où elle avait rencontré Ayden, où elle avait vécu avant de prendre cette décision fatidique de prendre un vol jusqu'au Koweït lui donnait l'impression de pénétrer dans la gueule du loup. Comme si elle pouvait y être aspirée et incapable d'en sortir.

— Respire, Josie. Ça se passera bien.

Elle sourit à Nate. Elle voulait le croire, mais elle n'arrivait pas à se débarrasser de son appréhension.

— Tu as vu le dernier cartoon de Remi ? demanda-t-il en mettant un petit sac de voyage à l'arrière du pick-up.

Ils conduisaient jusque Las Vegas aujourd'hui, passant la nuit dans un hôtel luxueux dans le Strip, avant de se rendre à son ancienne résidence le lendemain matin, chargeant la remorque qu'il avait louée avant de revenir à Newton. Elle aurait préféré tout faire en une journée, mais puisque Nate se chargerait de la majeure partie du port de lourdes charges, littéralement, et qu'il y avait au moins cinq heures de route, elle ne voulait pas qu'il en fasse trop.

Josie acquiesça. La dernière aventure de Pecky, le Taco Voyageur de Remi se passait dans une boîte de nuit. Il s'était montré si exubérant sur la piste de danse qu'il avait perdu la majorité de sa garniture, le laissant avec la sensation d'être nu, ne restant rien d'autre que sa viande. Mais alors, Latrice la Laitue était arrivée et l'avait enveloppé dans un énorme câlin, le recouvrant intégralement.

C'était un clin d'œil à Wren et à ce qu'il lui était arrivé au Bar-Grill de l'Aces. Josie avait été horrifiée d'apprendre qu'elle avait été droguée lors d'un blind date et par tout ce qui était arrivé après ça, mais ravie que tout ait été résolu, surtout entre elle et Safe.

— Tu t'inquiètes pour la route ? demanda Nate, se tournant vers elle.

Souhaitant être plus douée pour cacher son inquiétude, Josie secoua la tête.

— Pour tes affaires ? Nous ignorons ce qu'a conservé ton proprio en réalité ou comment il a rangé ça.

Elle répéta son geste.

— Je ne te le demande pas très souvent, mais... parle-moi, Josie. Dis-moi ce que je peux faire pour te mettre plus à l'aise. Tu veux que j'appelle Preacher et vois s'il peut venir avec moi à la place ? Tu peux rester ici. Je suis sûr que Remi ou Wren seraient ravies de venir te tenir compagnie.

— Je ne suis juste pas fan de la ville. Je n'aime pas la personne que j'étais là-bas.

Ce n'était pas la meilleure des explications, mais c'était tout ce qu'elle avait pour le moment.

— Ça, je peux le comprendre. Mais tu n'es plus la personne que tu étais avant. Ce que tu as vécu t'a transformée. Tu es plus forte, peut-être plus prudente et bien plus en phase avec ce que tu veux dans la vie. Tu es incroyable, Josie. Et je suis fier de te connaître.

Ça faisait du bien. Vraiment du bien.

Elle s'approcha de lui et posa une main sur son torse pour se retenir, se mettant sur la pointe des pieds. Heureusement,

Nate comprit ce qu'elle voulait et lui rendit service en se penchant en avant pour qu'elle puisse atteindre ses lèvres.

— Merci de conduire. J'ai pris des Cheetos, juste au cas où.

Il rit.

— Une femme qui sait ce que j'aime. Le rêve de tous les hommes, la taquina-t-il.

Josie rougit. Elle n'en était pas sûre, mais oui, elle savait effectivement ce qu'aimait Nate.

Les douches rapides, sa lotion corporelle au lilas, les en-cas au fromage très mauvais pour la santé, les fraises fraîches, les romans et les films à suspense. Et il avait un faible pour la nourriture italienne.

Elle savait aussi qu'il n'aimait pas dormir trop vêtu et qu'une jambe dépassait toujours des couvertures au milieu de la nuit. Et que lorsqu'elle changeait de position et s'éloignait de lui, il se blottissait toujours dans son dos, pour dormir en cuillère. Il détestait les alarmes le matin et se réveillait en général avant qu'elles ne sonnent. Il détestait être en retard et était un ami exceptionnellement loyal. Il ne s'exprimait pas beaucoup en leur compagnie, laissant les autres faire plus que leur part de conversation, mais à la maison avec elle, c'était une pipelette.

Oui, il était sûr de dire qu'elle savait ce qu'aimait Nate. Excepté au niveau de l'intimité. Elle voulait savoir cela aussi. Tellement que ça en faisait presque mal. Mais elle avait peur de faire le premier pas. Ça la détruirait d'être repoussée.

Même si elle était quasi certaine qu'il ne déclinerait pas. Pas si la façon dont ils se pelotaient chaque soir était un indice. Mais il se retenait encore et Josie en était troublée. Elle se disait qu'il devait y avoir une bonne raison pour qu'il ne fasse pas avancer leur relation sur le plan physique, au-delà d'insister sur le fait qu'il ne voulait pas la brusquer. Cela suffisait à ce que Josie s'interroge sur son rôle dans la vie de Nate.

— Qu'est-ce qui te fait réfléchir autant ? demanda-t-il.

Josie se sentit rougir. Si seulement il savait...

— Rien de plus. Au voyage, mentit-elle.

— Ça va bien se passer. Safe a dit que tout ce que nous ne voudrions pas garder, il le conserverait pour toi. Et c'est mieux en réalité que ton proprio ait cédé tes meubles parce que sinon, nous aurions *vraiment* dû louer un garde-meubles ou nous arranger pour les vendre nous-mêmes.

Il parlait comme si le fait qu'elle vivait avec lui était une chose permanente. Josie souhaitait de tout son cœur que ce soit le cas.

Après l'avoir aidée à monter dans son véhicule – il n'avait toujours pas trouvé de marchepied pour elle, pas qu'elle en voulait un, elle n'était pas un gosse, bien qu'elle était toute aussi petite –, il se mit au volant de son pick-up et ils sortirent du parking pour rejoindre l'autoroute.

Secrètement, elle aimait que Nate l'aide à monter dans son véhicule. Elle était soulagée qu'il puisse encore le faire ; durant leurs deux petites semaines en Californie, Josie avait déjà repris pas mal du poids qu'elle avait perdu. C'était bon de pouvoir se regarder sans voir ses côtes ou les os de ses hanches qui ressortaient. Elle n'avait jamais été une personne bien en chair et ne prévoyait pas d'en devenir une aujourd'hui, mais elle avait eu besoin de prendre du poids et elle se sentait en bonne santé. Forte.

Ils roulaient depuis trente minutes et étaient sortis du pic de la circulation quand Nate demanda :

— Tu m'en dirais plus sur toi ? Ta mère, ta vie avant qu'on se rencontre ?

Par la vitre, Josie regardait les paysages qui défilaient et elle poussa un soupir. Ce n'était pas comme si elle ne voulait rien dire sur sa famille à Nate, mais c'était juste trop douloureux.

Mieux valait faire ça vite. Comme retirer un pansement. Par chance, c'était de plus en plus facile de parler tous les jours. À Nate en tout cas. Elle demeurait muette avec les autres, mais avec lui, elle n'avait plus aucun problème pour s'exprimer.

— Ma mère était géniale. Mère célibataire, elle travaillait

dur pour m'offrir tout ce dont j'avais besoin. En terminale au lycée, elle est tombée malade. Cancer de la thyroïde. Elle s'est bien battue, mais il s'est développé trop vite. Elle est décédée un mois avant mon diplôme. Il n'y avait pas d'argent pour que j'aille à l'université alors j'ai commencé par ce pourquoi j'étais douée... taper au clavier. J'ai fait un paquet de jobs au hasard tout en faisant un peu celui de serveuse et j'ai réussi à trouver un appartement. Je travaillais beaucoup de chez-moi alors je galérais à me faire des amis. Je sortais de temps en temps avec d'autres serveuses et rencontrais quelques hommes ici et là, avec qui j'ai eu des relations. Mais elles n'ont jamais duré. Puis j'ai rencontré Ayden. Il était avec quelques amis sur le Strip quand nous nous sommes rencontrés. Il était affecté à Fort Irwin, juste de l'autre côté de la frontière de l'état de Californie, mais sa famille vivait là-bas, à Vegas. Je l'aimais vraiment bien et je pensais que lui aussi. Les choses sont devenues sérieuses assez vite. Il envoyait beaucoup d'e-mails, me disait des choses auxquelles je voulais croire... parce que j'étais seule, je pense. Il venait me voir à Vegas autant de fois qu'il le pouvait. Mais finalement, c'était comme s'il se servait de moi pour avoir un endroit où dormir quand il venait en ville pour faire la fête avec ses amis, car il ne voulait pas rester chez sa mère ou sa sœur. J'ai commencé à lui demander s'il m'aimait vraiment bien ou si j'étais juste pratique pour lui. Quand il a été affecté cette dernière fois, il m'a dit à quel point je lui manquais et il continuait de m'envoyer des e-mails, à dire tout ce qu'il fallait. Mais à ce moment-là, c'était déjà quasiment terminé pour moi. Surtout lorsque j'ai reçu un e-mail d'une personne de son régiment... me prévenant qu'il se tapait une femme avec qui il bossait. Tu connais la suite.

Nate fronçait les sourcils et il tendit la main, paume ouverte. Josie s'en saisit.

— C'était un idiot, dit-il avec fermeté. Et je suis navré pour ta mère.

Pour une raison, ces six mots tout simples venant de Nate

signifiaient plus que toutes les autres marques de sympathie qu'elle avait reçues toutes ces années depuis son décès.

Ils restèrent ainsi, continuant vers le nord par l'autoroute 15. Progressivement, le paysage devint aride et marron, mais il avait tout de même une beauté qui lui était propre. Ils passèrent Barstow puis Baker qui se vantait d'avoir le plus grand thermomètre du monde. La circulation bloqua un peu devant la frontière avec le Nevada, mais s'allégea à nouveau peu de temps après.

Le voyage de cinq heures s'était déroulé assez vite et même si Nate et Josie n'avaient pas abordé de gros sujets après son histoire sur sa mère et Ayden, elle avait quand même l'impression d'en avoir appris un peu plus sur lui.

Peut-être en l'observant dévorer des Cheetos comme un bambin ou la menacer d'essuyer ses doigts puant le fromage sur elle, ou bien sourire quand une petite fille dans une voiture qu'ils dépassaient leur avait fait signe. Il était si facile à vivre que ça aidait Josie à se détendre. Elle avait aussi pleine confiance en sa capacité à les conduire prudemment à destination. Bon sang, il les avait sortis de ces cellules de prison et de l'hélico, puis des montagnes d'Irak pour aller en Californie. Pourquoi n'aurait-elle pas confiance en lui quand il se trouve derrière un volant ?

Il se gara dans le parking couvert de l'hôtel où ils allaient rester et se tourna vers elle, un air confus.

— J'aurais bien fait le voiturier, mais avec la remorque, je me suis dit que ce n'était pas la meilleure option.

— C'est très bien, lui dit Josie.

— Ne bouge pas, je vais faire le tour, lui dit-il, comme il le faisait toujours quand ils allaient quelque part en voiture ensemble.

Josie avait cessé d'essayer de le convaincre qu'elle pouvait sortir du véhicule sans son aide, puisqu'elle adorait avoir ses mains sur elle, alors elle attendait jusqu'à ce qu'il fasse le tour du pick-up et lui ouvre la portière. Comme toujours, elle s'accrocha à ses avant-bras quand il la souleva de la voiture. Mais il ne la lâcha pas de suite, l'observant attentivement.

— Je ne tirerai jamais avantage de ta générosité naturelle, dit-il sérieusement. J'aime la façon dont tu prends soin de moi. Rentrer à la maison te retrouver à la fin de la journée est une chose que jamais je n'aurais pensé avoir. Mais tu n'es pas dans ma maison parce que je veux quelqu'un qui cuisine ou nettoie pour moi. C'est parce que je veux que tu y sois. Et je tombe sous ton charme, Josie England. Si ça te fait peur ou si ce n'est pas ce que tu veux, tu dois me le dire maintenant... et je ferai de mon mieux pour te laisser tranquille.

Sans attendre, elle secoua la tête.

— Non.

— Non, ce n'est pas ce que tu veux ?

— Non, ça ne me fait pas peur, car je suis déjà amoureuse de toi, Nate Davis.

Pendant une demi-seconde, elle se demanda si se confesser était la chose à faire.

L'inquiétude à propos de ce que les gens diraient ou penseraient, qu'ils allaient trop vite lui vint à l'esprit... mais quand elle vit le sourire sur les lèvres de Nate, elle repoussa ces pensées. Ils n'allaient *pas* trop vite. Elle connaissait cet homme tout comme elle se connaissait bien.

— Tant mieux.

Tant mieux ? C'était sa seule réponse ?

Josie le regarda prendre un truc dans le plateau du pick-up et saisir le sac qu'il y avait laissé avant leur départ. Il avait insisté pour qu'elle mette ses affaires avec les siennes, sous prétexte que puisqu'ils n'allaient rester qu'une seule nuit, il était stupide de prendre deux sacs. Puis il mit son bras sur ses épaules et l'attira contre son flan, entamant la traversée du parking couvert.

Josie avait des questions. Des tas. Mais pour le moment, elle ne fit que mettre son bras à la taille de Nate. Les questions pouvaient attendre. Avec Nate à ses côtés, cela suffisait à lui donner l'impression qu'elle pourrait occire tous les démons qui surgiraient avec leurs sales têtes, dans la ville où elle redoutait de revenir.

* * *

Blink avait envie d'attraper Josie, de la mettre sur son épaule, de la porter jusqu'à leur chambre, de verrouiller la porte et de ne pas en sortir pendant des jours. Mais il s'efforça de se comporter aussi normalement que possible.

Elle craquait pour lui. C'est tout ce qu'il avait eu besoin d'entendre.

Josie serait sienne ce soir. Elle se sentait déjà à lui, mais il voulait lui montrer avec son corps à quel point il la révérait. Comme il était émerveillé qu'elle l'ait choisi lui. Il y avait des hommes bien mieux que lui là dehors, il n'avait aucun doute là-dessus. Mais ils ne l'aimeraient pas comme lui.

Aimer.

Ce mot devrait le faire flipper. Mais après avoir observé Kevlar et Safe avec leurs femmes, cette émotion ne lui faisait pas peur. Plus maintenant. Pas après que lui et Josie avaient survécu ensemble à quelque chose d'horrible.

Blink voulait lui montrer sans mots tout ce qu'elle signifiait pour lui. Qu'elle était la personne la plus importante dans sa vie désormais. Plus que son groupe du SEAL. Plus que son père. Plus que son jumeau. Tate comprendrait. Il serait probablement jaloux... mais aussi ravi pour eux deux.

Ils firent la queue à la réception et Blink étreignit Josie par-derrière, l'incitant à s'appuyer contre lui pendant qu'ils patientaient. Quand ce fut leur tour, il les enregistra rapidement et prit la clé de la main de la femme derrière le comptoir. Se rendre à leurs appartements fut un peu compliqué et Blink grimaça lorsqu'ils traversèrent le casino bien enfumé pour prendre l'ascenseur qui les ferait monter jusqu'à leur chambre.

Il sentit Josie se faufiler plus près de lui quand ils passèrent un groupe d'hommes qui étaient clairement saouls et riaient un peu trop fort.

— On y est presque, la rassura-t-il, la guidant vers un ascenseur.

— Tout semble si... animé, marmonna-t-elle contre lui durant leur montée jusqu'au vingt-deuxième étage.

— Parce que ça l'est, dit Blink. En tout cas ici, à Vegas.

Le couloir était vide quand ils descendirent de l'ascenseur et Blink les emmena jusqu'à leur chambre sans problème. C'était une chambre d'hôtel standard, pas trop clinquante. Deux grands lits, une télé, une petite table dans le coin.

Blink s'approcha de la fenêtre et ouvrit le rideau, laissant entre le soleil rayonnant de Vegas. Ils faisaient face au Strip et il était content de voir que les rideaux étaient noirs, puisque les lumières continuant d'éclairer dans la nuit nuiraient certainement à leur sommeil.

Il se tourna pour sortir une blague sur les lumières extérieures quand il vit Josie se tenir à côté de la porte, hésitante.

— Quoi ? Qu'est-ce qui ne va pas ? demanda Blink, revenant rapidement vers elle.

Heureusement, elle n'essaya pas de tergiverser.

— Deux lits ? demanda-t-elle.

Il se détendit quelque peu.

— Je ne voulais rien supposer.

— Mais... nous dormons dans le même lit chez toi. Tu n'aimes pas ?

— Non ! répondit Blink, si férocement qu'elle sursauta.

Il prit son visage entre ses mains et inclina sa tête vers l'arrière pour qu'elle puisse le regarder dans les yeux.

— Je veux dire, *oui*, j'adore dormir avec toi. J'ai dormi comme jamais. Je ne voulais juste pas te mettre la pression en faisant un truc que tu pourrais ne pas vouloir. Dernièrement, les choses ont été un peu hors de contrôle pour toi et je voulais m'assurer que tu saches que tu avais le contrôle ici. Entre nous.

— Je veux coucher dans le lit avec toi, dit-elle, convaincue.

— Alors, va pour un lit, la rassura Blink.

Mais elle secoua la tête comme elle le put entre ses mains.

— Non, je veux *coucher* avec toi, répéta-t-elle.

Le cœur de Blink se mit à battre plus vite. Il n'allait pas lui manquer de respect en lui demandant si elle était certaine et en rappelant qu'elle avait vécu un traumatisme, ni en lui disant qu'ils devraient attendre encore un peu. Josie savait ce qu'elle voulait. Et en vérité, il avait déjà décidé qu'il ferait d'elle sa femme ce soir. Les mots de Josie ne le rendirent que plus avide de lui montrer à quel point elle comptait exactement pour lui.

— Tu as faim ? demanda-t-il.

Elle sembla confuse, mais fit non de la tête.

— Tu veux aller te balader ? Visiter l'hôtel ?

— Non.

— Jouer au casino ?

Elle fit un pas, s'obligeant à tordre le cou encore plus en arrière pour ne pas le quitter des yeux. Blink posa ses mains sur ses hanches.

— Non. C'est *toi* que je veux, Nate. Quelque chose chez toi m'appelle depuis la toute première fois que je t'ai vu traîné dans cette cellule à côté de la mienne. Je me sens en sécurité avec toi. Contente. Heureuse.

Blink ne pouvait pas exprimer avec des mots comment il se sentait grâce à elle. Comme s'il était au sommet du monde. Elle l'avait choisi. *Lui.* Si elle avait vu l'homme qu'il était seulement quelques mois auparavant, elle resterait probablement aussi loin de lui que possible. Il avait été brisé au point de se croire à tout jamais incapable de s'en remettre.

Mais là encore, Remi n'avait pas été rebutée par les boucliers qu'il avait érigés entre eux. Il avait l'intuition que Josie avait vu clair en lui également.

— Pas de retour en arrière une fois que nous aurons fait ça, l'avertit-il.

— Tant mieux, dit-elle avec conviction.

Tant de choses tourbillonnaient dans l'esprit de Blink. La façon dont il voulait la prendre pour la première fois. L'envie qu'il avait d'arracher tous ses vêtements et de la pousser sur le lit. Mais il ne voulait pas lui faire peur. Il ne voulait rien faire qu'il lui rappelle la violence et l'horreur qu'elle avait vécues.

Il lui prit la main, la fit avancer jusqu'au bout du lit le plus proche puis se tourna face à elle... et se mit lentement à se déshabiller. Il voulait la rassurer. Utiliser des mots d'amour. Mais il avait l'impression que son corps était en feu et que toutes ses paroles se transformeraient en cendres.

Sans un mot, elle imita ses gestes, retirant son tee-shirt et le faisant passer par-dessus sa tête, repoussant son jean de ses hanches.

Blink finit de se dévêtir avant elle et ne ressentit aucun inconfort en se tenant devant elle sans aucun vêtement sur lui. Sa bouche salivait, le corps de Josie se dévoilant de plus en plus à lui. Il l'avait auparavant vue sans rien d'autre qu'un bikini et le paréo transparent, mais ceci était bien différent.

Elle avait pris du poids durant sa courte période en Californie. Blink avait fait de son mieux pour lui procurer un tas de nourriture protéinée et nutritive, afin de l'aider à reprendre un peu du poids qu'elle avait perdu pendant sa captivité.

Elle se tenait maintenant devant lui en soutien-gorge et petite culotte et le regardait d'un air hésitant.

C'était inacceptable. Sa femme ne devrait jamais se sentir autrement que sexy et désirable en sa présence.

Les mains de Blink allèrent sur les hanches de Josie et il regarda dans ses yeux.

— Tu es vraiment la plus belle femme que j'ai vue de ma vie.

Elle pouffa.

— Je ne mens pas.

— Les os de mes hanches ressortent un peu. Et mes seins sont encore aussi plats qu'une planche.

Mais Blink secoua la tête de déni.

— Ton corps est l'incarnation de ta force. Si tu avais eu une tout autre silhouette, tu aurais pu ne pas survivre à ce que tu as fait.

Tout en la laissant digérer ses paroles, il fit glisser ses mains sous l'élastique de sa culotte.

— Puis-je ? lui demanda-t-il dans un souffle ?

Elle accepta d'un petit hochement de tête et Blink retint sa respiration en faisant glisser le sous-vêtement sur ses jambes. Puis il se mit derrière son dos et lui dégrafa le soutien-gorge. Quand ils furent tous les deux nus, Blink savoura des yeux la femme devant lui, de la tête à la pointe de ses pieds avant de remonter. Les tétons de Josie se durcirent sous son regard et cette vue était si érotique qu'il lutta pour ne pas éjaculer ici et maintenant.

Excité comme il était, la voir nue l'inquiéta pour la première fois. Elle était minuscule et lui... ne l'était pas. Son sexe était protubérant entre ses jambes, avide et prêt à s'enfoncer dans le corps de Josie, mais il réalisa qu'il devra vraiment être sûr qu'elle puisse l'accueillir sans avoir mal. Ce qui ne sera pas une épreuve pour lui.

Blink approcha les mains qui la saisirent par la taille et il la souleva. Puis, sans réfléchir, il fit ce qu'il avait voulu faire depuis qu'ils étaient entrés dans la chambre : la jeter sur le matelas.

Pendant un moment, il fut en colère contre lui-même, mais Josie rit, tout simplement. Ce petit son irradia directement jusqu'à son sexe, laissant alors échapper un peu de son fluide de l'orifice.

Levant un genou, il se mit à ramper sur le lit, jusqu'à ce que Josie se mette à repousser la couette.

— Qu'est-ce que tu fais ? demanda-t-il, inquiet qu'elle essaie de se recouvrir.

— Ce truc est sale. Je ne sais pas qui a fait quoi dessus. Au moins, nous savons que les draps sont propres.

Blink ricana. Il ne pouvait qu'être de son avis. Il l'aida à mettre la couette par terre puis la rejoignit sur le matelas.

Sans préambule, il lui écarta les jambes et s'installa entre elles. Il pouvait sentir l'odeur de son excitation et cela fit accroître sa propre excitation par dix. Voir ses grandes lèvres luisantes, la preuve qu'elle désirait cela autant que lui contribuait grandement à calmer les nerfs de Blink. Il ne pouvait pas foirer. C'était trop important. *Elle* était trop importante.

Puis, il se retrouva la léchant. Encore et encore. Le premier éclat de saveur musquée sur sa langue ne suffit pas. *Presque* pas. Il se jeta sur elle comme un homme affamé et elle était la seule substance capable de l'alimenter.

Il entendit Josie couiner, sentit ses mains dans ses cheveux, mais il ne leva pas les yeux. Ne les détourna pas de sa chatte toute rose disposée juste devant lui. Blink était tellement concentré à la dévorer, lapant autant de ses jus intimes qu'il pouvait en avoir qu'il entendait à peine les grognements et les gémissements qu'elle faisait. Il était au paradis et il en voulait plus. Il avait besoin de plus.

De ses mains brusques, il la saisit par les hanches et l'incita à bouger jusqu'à ce qu'elle soit sur les genoux, pile sur son visage quand il roula sur le dos, les jambes suspendues à l'autre extrémité du lit.

Aucun des deux ne parla pendant qu'il se régalait entre les jambes de Josie. Il suçait, léchait, aspirait... et ça ne lui suffisait toujours pas. Ça ne suffirait *jamais*. Il avait besoin de l'essence de cette femme comme il avait besoin d'air pour respirer. Il voulait qu'elle marque son âme au fer rouge.

Les mains de Blink s'accrochaient aux hanches de Josie pendant qu'il la savourait. Il était sale, sauvage et il en adorait chaque seconde. Il n'avait jamais été aussi... débridé auparavant. Il avait fait des cunnilingus aux femmes par le passé, mais il n'avait jamais ressenti ça. Comme s'il pouvait exploser s'il ne ressentait pas son orgasme sur sa langue.

Dès qu'il y pensa, il sentit les cuisses de Josie trembler.

— Oui, marmonna-t-il contre elle. Jouis sur mon visage. Je veux sentir ton goût sur moi pendant des heures.

Ses paroles étaient crues et pas vraiment adorables, mais il ne pouvait s'en empêcher.

Josie commença à se balancer contre lui, donnant envie à Blink de se frapper la poitrine comme un homme des cavernes. Il lui procurait du plaisir. Ses lèvres, sa langue. *Lui.*

Il prit son clitoris et le suça. Brutalement. Et il fut récompensé par le déluge de son plaisir. Descendant vers le bas, il la lécha aussi vite que le pouvait sa langue.

— Nate ! s'écria Josie.

Craignant de la faire flipper, il leva les yeux vers elle, au-dessus de son petit ventre, de ses seins, et la vit les yeux baissés vers lui. Mais au lieu d'avoir l'air paniquée ou dégoûtée par son manque de retenue, elle se lécha les lèvres avant de lui dire :

— Encore.

Elle en voulait encore ?

Il donnerait *tout* à sa femme.

Blink leva la tête et retrouva de nouveau son clitoris. Josie sursauta dans son étreinte et ses doigts raffermirent leur prise à sa taille. La maintenant immobile, lui procurant un orgasme pour la seconde fois. Il avait les joues humides par les fluides de Josie et il léchait avidement ses lèvres intimes, savourant son goût.

Il ne fut pas difficile de la soulever et de la changer de position là encore, son excitation recouvrant le torse de Blink tandis qu'il la fit descendre sur son corps. C'était primitif, comme si elle laissait sa marque sur lui. À la dernière minute, pile avant de la pénétrer de sa verge, il s'arrêta :

— Putain, marmonna-t-il.

Il entendit et ressentit un rire parcourir le corps de Josie.

— Capote, dit-il d'une voix étranglée.

Tout en lui hurlait de la prendre. De la poser sur son sexe et de la baiser comme un fou. Mais il ne lui ferait pas ça, ni à aucune femme. Il voulait la protéger par tous les moyens.

— Où ? lui demanda-t-elle.

— La poche arrière de mon jean, répondit-il, la mâchoire serrée.

Il devrait bouger. Se lever et prendre le préservatif qu'il avait planqué là avant de quitter son appartement. Mais il ne pouvait pas. Son érection lui faisait si mal que s'il bougeait d'un millimètre, il perdrait tout. Il exploserait. Il avait la gâchette sensible.

Blink se força à relâcher Josie et il l'observa se mettre à quatre pattes pour ramper au bout du lit. Un autre jet de liquide préséminal coula de l'extrémité de son membre à cette vue. Il attrapa la base pour s'empêcher de jouir. Les fesses de Josie étaient parfaites. Petites, rondes, et il ne voulait rien faire d'autre que la prendre par l'arrière. Se lover dans son dos, la recouvrir de son corps bien plus grand, mettre en avant son côté dominant.

Il dut fermer les yeux, se concentrer sur tout sauf la femme dans son lit. Mais le goût de Josie sur sa langue rendait cela impossible.

Le lit plongea quand elle revint en rampant vers lui, mais Blink n'ouvrit pas les yeux. Il ne pouvait pas.

Quand la petite main de Josie enroula son sexe, ses yeux s'ouvrirent brutalement d'eux-mêmes. Elle était à genoux entre ses jambes à lui maintenant, le regard fixé sur sa verge. Il l'observa, d'une incrédulité affamée, se lécher les lèvres et baisser la tête.

* * *

Josie avait apprécié le sexe avec les hommes qu'elle avait

connus par le passé. Mais rien ne lui avait *jamais* fait ressentir ce qu'elle vivait avec Nate. La façon dont il lui avait fait un cunnilingus avec un tel abandon l'avait excitée comme jamais. Il agissait comme s'il ne pouvait jamais se rassasier d'elle. Ses mains la tenaient fermement, l'empêchant de se tortiller pour lui échapper. Et quand il l'avait tournée et soulevée sur lui, elle ne s'était jamais sentie aussi femme.

Avec d'autres hommes, elle aurait pu se sentir écrasée ; avec Nate, elle se sentait simplement... adorée.

Après qu'elle eut sorti le préservatif de la poche de son jean, elle s'était retournée et avait peiné à déglutir face à la vue devant elle : Nate dans toute sa gloire divinement nue – elle adorait le fait qu'il ait des taches de rousseur sur tout le corps, pas seulement sur son visage – avec ses mains sur son sexe. Il avait les yeux fermés et semblait en peine.

Tandis qu'elle l'observait, une perle nacrée goutta de son gland, coulant lentement de toute sa large longueur jusqu'à ses doigts. Elle ressentit l'envie soudaine de le goûter.

Tendant le bras, elle posa la main sur la sienne, mais son pouce et son index ne se rejoignirent pas, tellement il était large. Le regard de Josie fut happé par une autre perle sur l'orifice et elle se pencha. Avide de le goûter comme il l'avait fait avec elle. Elle sortit la langue de sa bouche et lécha son essence. Immédiatement, une autre goutte vint remplacer celle qu'elle avait volée.

Alors, elle le lécha de nouveau.

Nate gémit et Josie leva les yeux, lui léchant le dessus du gland une troisième fois.

— Putain.

Entendre Nate jurer, c'était comme rentrer chez soi. Ce qui était stupide, mais le premier mot qu'elle l'avait entendu prononcer avait été « putain », alors c'était approprié.

Josie adorait la sensation de pouvoir qu'elle avait en cet instant. Pendant si longtemps, son pouvoir lui avait été arraché. Et avoir Nate allongé sur le dos avec Josie entre ses jambes lui faisait croire qu'elle pouvait faire n'importe quoi. Elle avait apprivoisé ce SEAL de la Navy hors du commun. Elle pouvait conquérir le monde.

Juste quand elle baissa la tête pour prendre le bout entier de son érection dans sa bouche, il remua. Il s'assit et la prit par la taille, la relevant pour la mettre sur lui, pour qu'elle l'enfourche.

— Capote, ordonna Nate en tendant la paume.

Il avait la mâchoire serrée et semblait être en souffrance.

Sans protester, Josie lui donna le petit étui en alu. Toujours assis, il se redressa – Josie sentit ses abdos se contracter sous elle – et les mains de Nate allèrent derrière elle. Elle le sentit dérouler le préservatif sur la longueur de son sexe, impressionnée par la facilité avec laquelle il était en mesure d'opérer malgré sa position.

Puis il se rallongea et la mit à genoux. Se servant d'une main, il tint son sexe bien droit, lui caressant les lèvres intimes avec son gland, s'assurant qu'il était prêt et lubrifié. Mais au lieu de la faire descendre immédiatement sur lui, il utilisa son sexe comme une sorte de jouet, s'amusant avec son clitoris.

Peu de temps après, Josie ondulait des hanches, essayant de l'avoir là où elle le voulait le plus : en elle.

— Tu en as envie ? demanda-t-il, l'air un peu fier.

— Oui.

— À qui est cette queue qui va être en toi ?

Josie ne put que gémir.

— Dis-le-moi, Spirit. Quelle queue vas-tu chevaucher ?

— La tienne, parvint-elle à articuler.

— Mon nom. Dis mon nom, lui commanda-t-il.

— *Nate.* S'il te plaît. J'ai envie de toi.

Les mots furent à peine sortis de la bouche de Josie qu'il la fit brutalement descendre tout en s'enfonçant en elle en même temps.

Ça aurait dû faire mal. Nate n'était pas un homme petit, nulle part. Mais tout ce que ressentit Josie, ce fut la satisfaction qu'il la remplisse. Elle gigotait et il se glissait en elle un peu plus profondément.

— Regarde-moi, lui dit Nate.

Elle croisa son regard.

— Tu es à moi, grogna-t-il avec autorité. Et je suis à toi. Baise ton homme, Spirit.

Montre-moi à quel point tu as envie de ça.

Josie n'eut pas besoin qu'il le lui dise deux fois. Elle se mit de suite à bouger de haut en bas sur lui. C'était incroyable. Large et long, il heurtait des endroits en elle qu'aucun homme n'avait atteints auparavant. Mais il ne se contentait pas d'être simplement étendu sous elle ; ses mains parcouraient son corps, caressaient, pinçaient, jouaient. Elle se sentait sexy et un peu de la peur et de la douleur qu'elle portait en elle depuis sa capture s'envolaient.

— C'est ça, l'encouragea Nate. Baise-moi.

Même ses paroles crues excitaient Josie. Et elle ne s'était jamais vraiment sentie à l'aise avec ce genre de choses au lit. Mais être avec Nate diminuait toutes ses inhibitions. Rien n'était bizarre ou étrange avec lui.

Elle finit par capter que Nate l'avait prise par la taille et la faisait remuer de haut en bas grâce à ses bras puissants. Elle se détendit dans son étreinte, lui cédant un peu de son poids pour lui permettre de la manipuler comme il le voulait.

Il était évident qu'il aimait sa soumission, car il sourit, un rictus satisfait et sexy qui faisait effet jusqu'au sexe de Josie.

Puis il les fit changer de position une fois de plus, sans effort, roulant jusqu'à ce qu'elle soit sur le dos, sous lui. Son sexe entrait et sortait d'elle dans un rythme paresseux.

— Tu fais tellement de bien. Si petite, si fragile. Mais tu ne l'es pas, n'est-ce pas ?

Fragile, je veux dire. Tu es forte comme l'acier. Tu refuses de céder sous la moindre pression. C'est carrément sexy. Je veux t'en donner plus. Dis-moi que tu peux y arriver. *Me* prendre.

Josie haletait presque.

— Donne-moi tout ce que tu as, répondit-elle, lui griffant tout le torse avec ses ongles.

Elle sentit Nate prendre une grande inspiration puis lever une des jambes de Josie et l'accrocher à son creux du coude. Il fit de même avec son autre jambe pour qu'elle soit étendue en croix sous lui. Quand il s'enfonça en elle, cela fit un peu mal, il alla si loin.

Mais simplement, Josie gémit. Elle adorait qu'il la prenne comme ça. Sans la traiter comme si elle était un morceau délicat de verre. Elle était peut-être petite, mais elle prendrait tout ce qu'il lui donnerait. Maintenant et à jamais.

— Oui ! siffla-t-elle.

— J'en ai rêvé, dit Nate, son sexe entrant et sortant de son corps. Avant de te rencontrer, je rêvais de trouver une femme qui pouvait m'accepter comme j'étais. Avec mes défauts, et tout. Et tu es arrivée. Dans une putain de cellule de prison fétide en Iran. L'air sauvage, mais belle comme le diable. Tout à moi. Je l'ai su à ce moment-là et je le sais aujourd'hui. Je te revendique, Josie. Toi, tout entière. Cette chatte est à moi. Ce corps est à moi. Ton cœur est à moi.

Il la pilonnait maintenant. En même temps que chacun de ses mots.

— Et tu es à moi. Ta queue, chaque tache de rousseur, ton cœur. Si quelqu'un essaie de t'éloigner de moi, je me battrai comme la femme sauvage que j'étais dans cette cellule !

Josie ne savait pas d'où lui venaient ces paroles, juste qu'elles lui semblaient juste. Ils se regardaient dans les yeux de l'autre, Nate continuant de la baiser avec brutalité et profondeur.

— Un jour prochain, je voudrais te remplir de ma semence. Tellement remplir cette chatte à ras bord que des gouttes en couleront.

Les muscles internes de Josie eurent des spasmes à ces mots.

Nate sourit.

— Je sens ça. Tu aimes cette idée, hein ? Tu veux que je jouisse en toi, Josie ?

— Oui, murmura-t-elle.

— *Putain*, jura-t-il.

Josie sourit. Mais son sourire s'effaça, Nate la regardant fixement. Aucun des deux ne se remit à parler. Rien que se regarder dans les yeux était plus intime que le rapport sexuel qu'ils avaient. Puis il cessa de bouger et Josie se plaignit en gémissant tout en recourbant ses ongles dans son dos.

Il sourit, mais ne parla pas. Il releva les hanches, ne laissant que l'extrémité de son sexe en elle. Elle tenta de soulever ses hanches, pour reprendre sa verge, mais il refusait de lui donner ce qu'elle voulait.

Puis ses doigts trouvèrent son clitoris. Comme avec sa langue, il ne joua pas, se mit immédiatement à la caresser sans ménagement. Elle hoqueta, à moitié de douleur et à moitié de plaisir, mais il ne ralentit pas ni ne s'arrêta. Il continua simplement de la regarder dans les yeux tandis qu'il l'amenait vers l'orgasme.

— Encore, ordonna Nate.

Josie voulait protester, mais fut soudain incapable de sortir un mot de sa gorge verrouillée.

C'était... l'expérience sexuelle la plus dingue de sa vie. Et à cause de lui, elle était perdue pour tout autre homme.

Josie se remettant à convulser de plus en plus, Nate s'enfonça en elle, brutalement, profondément.

Un petit cri s'échappa de la bouche de Josie. Si elle avait considéré ses orgasmes puissants avant, ce n'était rien comparé à ce qu'elle ressentait avec Nate qui se propulsait entre ses muscles tremblants armé de son membre pendant qu'elle jouissait.

Il s'enfonçait aussi loin qu'il le pouvait et s'immobilisa pendant son orgasme.

Josie fut soudainement frappée par le regret qu'il porte une capote. C'était stupide, elle devrait être contente qu'il la protège. Mais au lieu de ça, elle sentit une rancœur envers le bout de caoutchouc qui l'empêchait de prendre tout ce qu'il avait à donner.

Nate s'écroula, mais ne s'effondra pas sur elle. À la place, il roula de nouveau, les faisant presque tomber du côté du lit. Josie rit puis enfouit son nez dans le creux de son cou et inhala. Il sentait la sueur et le sexe. Et c'était merveilleux.

Elle sourit. Elle avait quelque peu douté d'être en mesure de combler cet homme incroyable au pieu, mais toutes ses craintes furent dissipées.

Sa large main caressait la colonne de Josie de haut en bas, la tenant contre lui. Elle sentait sa verge se ramollir en elle, mais étant donné la façon dont elle était étendue sur lui, son membre ne glissa pas. Les cuisses de Josie étaient trempées et elle se sentait toute molle.

— Tu vas bien ? demanda Nate sur une ton complètement différent de celui avec lequel il s'était exprimé quelques minutes auparavant, hésitant, incertain.

— Je vais parfaitement bien, le rassura Josie en poussant un long soupir.

Elle sentit les muscles de Nate se détendre sous elle.

— Tant mieux. Car j'ai été un peu intense là...

C'était un euphémisme ! Elle murmura sa réponse la bouche close, trop essorée pour

faire autre chose. Elle sentit plus qu'elle n'entendit un rire se propager dans la poitrine de Nate.

— Tu devrais savoir..., dit-il avant de cesser de parler.

Josie se força à lever la tête pour le regarder.

À la seconde où il croisa son regard, il dit :

— Que ça va bouleverser la vie.

Josie était complètement d'accord. Elle opina.

— Tu es fatiguée ? demanda-t-il.

Elle hocha de nouveau la tête.

— Tu veux un bain ? Ou une douche ? Ou rester allongée là ?

— Allongée là, répondit-elle sans hésiter. Puis un bain... plus tard.

Il acquiesça et Josie reposa la tête. Un moment plus tard, elle marmonna contre la peau de Nate.

— Tu as froid ?

Il rit.

— Quoi ?

— Nous ne sommes pas sous les couvertures. Je me disais juste que tu pouvais avoir froid.

— Je suis bien, la rassura-t-elle.

— Tu ne devrais pas... Je ne sais pas... Enlever cette capote ?

— Probablement.

Mais là encore, il ne fit pas un geste pour se lever. Josie s'en moqua. Elle savait que si un préservatif était laissé en place alors que le mec n'était plus en érection, il pouvait s'échapper ou glisser. Mais elle n'était pas inquiète de tomber enceinte. Elle avait un implant pour s'en prémunir. Elle ne l'avait pas mentionné à Nate, car il avait semblé vouloir à tout prix porter une capote.

Alors elle somnola, allongée sur Nate comme s'il était un oreiller de corps. Elle ne se réveilla que lorsqu'elle fut bousculée. Nate l'avait prise dans ses bras et portée dans la salle de bain, comme si elle était une princesse.

— Tu peux tenir debout ? demanda-t-il.

Josie acquiesça, mais Nate garda les mains à sa taille jusqu'à ce qu'il soit sûr qu'elle tienne sur ses pieds. Puis il retira le préservatif avec désinvolture, sans le moindre embarras, se pencha en avant et fit couler l'eau dans la baignoire ;

— Reste ici, lui ordonna-t-il.

Avant que Josie ne puisse répondre quoi que ce soit, il sortit de la salle de bain.

Il revint moins de dix secondes plus tard, une bouteille dans la main. Il la lui tendit.

— J'ai apporté du bain moussant.

Josie était confuse.

— Ah oui ? Pourquoi ?

— Parce que si l'occasion se présentait, je voulais te chouchouter.

Sérieux... Il était trop beau pour être vrai. Si cela était arrivé à quelqu'un d'autre, Josie aurait levé les yeux au ciel et dit que c'était complètement ringard. Mais puisqu'il s'agissait de Nate et que ça lui arrivait en fait à elle, elle se sentait toute mièvre.

Étrangement, elle n'était pas complexée d'être nue avec cet homme. Peut-être parce qu'il paraissait complètement indifférent au fait que lui-même ne portait pas de vêtements. Bien sûr, lui était un beau spécimen de mâle. Ses hématomes avaient presque entièrement disparu et elle supposait que ses côtes n'étaient plus douloureuses, vu la façon dont il l'avait portée dans et hors du lit.

Sourire aux lèvres, Josie fit un pas vers lui pendant que la baignoire se remplissait. Elle le caressa du doigt sur son torse, sur l'abondance de taches de rousseur.

— Je les adore, lui dit-elle, avant de se pencher en avant et d'en embrasser une. Puis une autre. Elle aurait embrassé chacune des petites taches, mais Nate mit un doigt sous son menton et inclina son visage vers le haut pour qu'elle le regarde. Il se pencha et l'embrassa. Longtemps, lentement et profondément. Puis il lui prit la main et désigna la baignoire.

— C'est prêt.

Baissant les yeux, Josie vit que la baignoire était remplie de bulles jusqu'au bord. Elle ne manqua pas non plus le fait que sa verge était de nouveau en érection.

— Tu veux te joindre à moi ? demanda-t-elle.

Cela amusa Nate.

— Non. On ne tiendra pas à deux.

— Mais..., dit-elle en désignant son entrejambe du menton.

— Ce sera toujours comme ça avec toi, lui répondit-il en souriant. Je t'ai prise avec brutalité, tu es sûrement endolorie.

Bon sang, cet homme !

Josie entra dans la baignoire et s'installa dans l'eau chaude en soupirant. Après être restée si longtemps sans être propre, les bains étaient son nouveau truc préféré. Et Nate avait bien remarqué combien elle en avait pris en revenant à son appartement.

Il s'accrocha au bord de la baignoire et se pencha en avant, lui embrassant le front.

— Prends ton temps. Je serai en train de regarder la télé.

Elle se sentait mal qu'il ne soit pas en mesure de se laver le premier. Rougissant légèrement en parlant, elle le lui dit.

Mais Nate haussa seulement les épaules.

— J'aime sentir comme toi, répondit-il avant de se redresser et de la laisser seule dans la salle de bain.

Josie ferma les yeux, se baignant dans des bulles qui sentaient le fruit. Nate avait littéralement changé sa vie. Et elle ne pouvait l'imaginer sans lui. Elle espérait ne rien faire qui puisse tout gâcher entre eux.

CHAPITRE 15

Blink dormit comme un loir cette nuit-là. Probablement de l'association de tenir Josie et l'épuisement après l'incroyable partie de jambes en l'air qu'ils avaient eue. Il n'avait jamais été aussi compatible avec quelqu'un. Il s'était lui-même surpris avec certaines choses qu'il avait dites et faites.

Mais puisque Josie n'avait pas reculé ni n'avait semblée répugnée par sa soudaine tendance à la dominance, il essayait de ne pas trop s'en inquiéter. Il avait simplement fait ce qu'il avait cru bon de faire à ce moment-là. Lui avait exprimé les pensées profondes que contenait son âme.

Ce matin, ils avaient fait la grasse matinée, lovés. Blink voulait-il lui refaire l'amour ? Oui, évidemment. Mais il l'avait prise avec brutalité la veille et il n'était pas *petit*. Et même si le corps de Josie se fondait parfaitement avec le sien, elle restait minuscule. Hors de question qu'il fasse quelque chose qui lui fasse du mal alors il repoussa son désir et se contenta de la tenir contre lui.

Et c'était génial. En ayant cette femme étendue contre son torse pendant qu'ils parlaient de sa mère, de son enfance à lui et de certaines de ses missions – sans les détails, évidemment,

Blink se sentait davantage à la maison qu'il ne l'avait ressenti depuis qu'il avait quitté celle de son père.

Et là, ils étaient dans sa voiture, en route vers l'ancienne résidence de Josie. Elle avait appelé son propriétaire la veille et ils s'étaient mis d'accord sur une heure pour se retrouver, qu'elle puisse récupérer ses affaires.

Blink était à la fois reconnaissant et furieux contre son proprio. Soulagé qu'il n'ait pas simplement jeté les affaires de Josie, mais peu ravi de la vitesse à laquelle il avait reloué son appartement, Josie n'étant pas rentrée de ses vacances.

Se garant sur le parking, il se rendit compte que l'immeuble ne paraissait pas très cher, mais n'était pas non plus délabré. Le voisinage semblait faire partie de la classe moyenne. Normale.

Avec Josie, ils frappèrent à la porte du bureau et un homme de la taille de Blink y répondit. Il avait l'air propre sur lui, sérieux. Il salua Josie et les guida jusqu'à l'immeuble voisin, où il ouvrit la porte d'un appartement.

— Désolé, mais vous allez devoir trouver quels cartons sont les vôtres... J'ai plus ou moins tout mis ici quand les gens sont partis. Quand c'est trop rempli, je finis par tout emmener aux bonnes œuvres.

Les sourcils de Blink se froncèrent sous son mécontentement. Mais sa Josie restait courtoise comme toujours.

— Ce n'est pas grave. C'est gentil d'avoir gardé mes affaires aussi longtemps.

L'homme hocha la tête puis sortit un chèque de sa poche et le lui tendit.

— Pour vos meubles.

Josie le prit et le rangea sans regarder le montant.

Après un silence gênant, l'homme dit :

— Content que vous alliez bien. Je m'étais demandé ce qui était arrivé. Prenez votre temps là-dedans. Quand vous aurez terminé, fermez simplement la porte à clé derrière vous.

Une fois qu'il fut parti, Josie se tourna vers Blink.

— Ça va, Nate.

Non, ça ne va pas, répondit-il en secouant la tête. Il a vendu tes meubles, il t'a sans doute escroqué au passage puis a fourré toutes tes affaires là-dedans avec les autres merdes que les gens ont laissées derrière eux en partant.

Josie posa une main sur son bras.

— Mais elles sont là. C'est tout ce qui m'importe.

Blink hocha la tête, mais demeurait contrarié.

— Je ne peux pas vraiment t'aider en fouillant les cartons, car je ne sais pas ce qui est à toi et inversement, mais je peux porter le tout jusqu'à la remorque.

Et ainsi, ils entamèrent cette tache rébarbative. Il y avait beaucoup de cartons dans l'appartement vide. Le gestionnaire était apparemment un fainéant, car il n'apportait des trucs aux boutiques solidaires que tous les trente-six du mois.

Après s'être constitué un chemin au milieu d'un océan de cartons, Josie repéra ce qui semblait lui appartenir contre un mur au loin, sous un tas d'autres cartons. Josie ouvrit chacun d'eux, vérifiant pour être sûre que les objets étaient à elle, tandis que Blink jouait au transporteur, les portant de l'appartement à la remorque qu'il avait louée.

Il se rendait à son véhicule sur le parking pour la dixième fois ou plus quand il entendit un remue-ménage derrière lui. Il se retourna et vit deux femmes se tenant devant l'appartement où opérait Josie. Et elles hurlaient à pleins poumons.

Blink posa le carton à terre, sur le trottoir, et courut rapidement vers les femmes. Quelques personnes commençaient à se rapprocher pour assister au spectacle. Quand Blink entendit ce qu'elles disaient, sa colère flamba.

— ... ne serait pas mort sans toi, garce ! Tu l'as mené en bateau, tu l'as traité comme une merde ! Tout ce qu'il voulait, c'est être aimé et tu as tout foiré.

— C'est toi qui aurais dû te prendre une balle dans la tête ! Tu vas payer pour ce que tu as fait à Ayden !

En temps normal, Blink n'était pas une personne violente. Et il n'était pas le genre d'homme à poser la main sur une femme, mais sans réfléchir, il poussa la plus jeune sur le côté, loin de la porte, afin de pouvoir se placer entre la haine que les deux femmes crachaient et sa nana.

— C'est quoi ce *bordel* ?! demanda-t-il, dès qu'il fut à l'intérieur de l'appartement.

Josie était dans un coin, entourée de cartons, pendant que les deux femmes la sermonnaient depuis l'entrée, l'empêchant d'aller ailleurs, de s'échapper de leurs paroles haineuses. Elle avait l'air quelque peu traumatisée et vraiment flippée.

— Mais qui êtes-vous ?! demanda la femme plus âgée.

— Je vous demanderai bien qui *vous*, vous êtes, mais je le sais déjà. Millie et Geneviève Hitson, je présume, dit-il d'une voix traînante.

— C'est exact. Mais *vous*, vous êtes qui ?! répéta Gen, la plus jeune.

— Je suis Nate Davis et je suis le mec de Josie. Vous devez faire demi-tour et partir.

Maintenant.

— Non, dit Millie, croisant les bras sur la poitrine. C'est un pays libre et j'ai le droit d'aller où je veux et de dire ce que je veux, à *qui* je veux.

— Pas à Josie, non. Mais comment diable saviez-vous qu'elle était ici ?!

— Contrairement à *elle*, nous avons des amis ici, lui dit Gen.

— Oh, donc vous avez des gens qui espionnent pour vous. Génial, ricana Blink avec mépris.

— Elle a tué mon fils ! dit Millie, colérique. Elle doit répondre de ça !

— Josie n'a *rien* à voir avec la mort de votre fils. C'est lui, l'idiot qui a loué un bateau pour l'emmener vers des eaux réputées dangereuses. En tant que soldat, il aurait dû le savoir ! Il est entré illégalement en Iran et a été tué pour ça. Ce que *moi*, je veux savoir, c'est pourquoi vous n'avez pas prévenu les autorités pour Josie ? Vous saviez toutes les deux qu'elle était allée au Koweït pour lui rendre visite.

Nous nous sommes dit qu'elle était morte, elle aussi, répondit Gen, un peu trop sur la défensive.

C'est elle qui aurait dû être tuée ! cria Millie, n'ayant apparemment pas le moins du monde honte de la haine qu'elle crachait.

— Alors vous auriez préféré que votre fils soit jeté dans une cellule en Iran et torturé ? demanda Blink.

Il ne devrait pas tenter de raisonner ces femmes, mais il voulait qu'elles comprennent exactement ce que Josie avait enduré.

— Le gouvernement l'aurait fait sortir de là ! hurla Millie. Elle aurait dû pourrir dans cette cellule. Payer pour ses péchés. Pour avoir tué mon fils !

Blink en avait assez. Il était clairement impossible de discuter avec la mère d'Ayden.

— Sortez, dit-il en faisant un pas vers elles.

— Non, répondit Gen en se redressant. Qu'allez-vous faire ? Nous faire ? Il y a des témoins. Touchez-nous et vous irez en prison pour agression. Faites-le. Si vous l'osez !

La frustration dévorait Blink. Il ne voulait rien faire d'autre que repousser les deux femmes vers la porte et la leur claquer aux visages. Elles ne feraient probablement que rôder dehors jusqu'à ce qu'ils ressortent. Et ce n'était pas comme s'ils pouvaient glander pour toujours dans l'appartement. Il voulait rentrer chez lui. Éloigner Josie de cet endroit pour qu'elle n'y revienne jamais.

— Allons-nous-en, dit Josie d'une petite voix derrière lui.

Mais il était hors de question que Blink parte sans les affaires de Josie. Et il n'allait pas tolérer d'être persécuté pendant qu'ils déménageaient les cartons.

Sans autre mot, il sortit son téléphone et composa le 911.

— Qui appelez-vous ? demanda Millie.

Blink l'ignora.

— Oui, j'aimerais signaler une altercation à la résidence Bayview.

— Vous avez appelé les flics ? Mais quelle pédale ! dit Gen.

— Deux femmes, Millie et Geneviève Hitson, sont en train d'agresser ma petite amie.

Elles la menacent. Oui... nous avons besoin d'aide immédiatement. Très bien.

— Sale enfoiré ! hurla Gen.

— J'imagine qu'une garce comme elle ne peut qu'être avec quelqu'un comme vous. Tu vas regretter de m'avoir cherchée ! dit Millie à Josie, la regardant droit dans les yeux.

— Millie, dit doucement Josie, l'inquiétude sur son visage, espérant encore clairement apaiser les choses avec la famille de son ex.

Mais Blink en avait marre. C'était clairement une menace.

— Personne ne vous cherche, dit Blink aussi calmement que possible, conscient que son interlocuteur du 911 était en train d'écouter. C'est vous qui êtes venues ici pour hurler sur Josie. Tout ce que nous essayons de faire, c'est de faire ses cartons et de sortir d'ici.

— Fuir comme les moins que rien effrayés que vous êtes, se moqua Millie. Aucun cran.

Tu n'as jamais été bien pour mon Ayden. Il avait *pitié* de toi, pas d'amis, pas de véritable carrière, une pathétique orpheline.

Blink s'approcha des femmes et cette fois, il ne s'arrêta pas avant de les dominer toutes deux de sa hauteur.

— Reculez, grogna-t-il.

— Forcez-moi, rétorqua Millie, levant les mains pour pousser Blink. Violemment.

Il ne bougea pas d'un pouce, ce qui parut frustrer la plus âgée. Elle le poussa à nouveau, mais il déplaça simplement le poids de son corps pour absorber l'impact.

— Taré, marmonna Gen entre ses dents.

Heureusement, le son des sirènes hurlantes était proche.

— Ne vous approchez plus d'elle. Cessez d'envoyer des e-mails. Votre fils est mort. J'en suis navré, mais ce n'est pas la faute de Josie. Il faut que vous alliez de l'avant et laissiez Josie faire de même.

— Aucune chance, siffla Millie. Elle a détruit mon fils et je vais faire tout ce qu'il faudra pour *la* détruire !

Une voiture de police se gara sur le parking et deux officiers en sortirent rapidement pour traverser le trottoir jusqu'à Blink qui bloquait l'entrée à l'appartement.

— On recule, mesdames, dit l'un d'eux.

Au soulagement de Blink, elles obéirent.

— Nous ne faisions rien, se plaignit Gen. *Ils* ont commencé. Ce gars, le grand, il nous menaçait !

— Ce n'est pas ce qu'a dit l'agent au téléphone, rétorqua le premier officier.

— C'est un lieu public, dit Millie avec un ton de défi. Nous n'enfreignons aucune loi.

— Elle a posé les mains sur lui, dit quelqu'un dans la foule grandissante.

— Oui, j'ai tout sur vidéo, dit un autre.

— Voulez-vous porter plainte ? demanda l'un des officiers à Blink.

Il ouvrit la bouche pour répondre oui, il le fit certainement, mais Josie posa une main dans le bas de son dos et se pencha sur lui.

— Non. Nous voulons juste terminer de charger mes affaires et partir, dit Josie.

Blink soupira. Il ferait tout ce que voudrait Josie, mais cela ne voulait pas dire qu'il la laisserait avec sa vulnérabilité.

— Mais nous souhaitons réclamer une ordonnance restrictive contre elles.

— Je prendrai vos coordonnées, que nous puissions vous envoyer une copie du compte-rendu de l'incident d'aujourd'-hui, dont vous aurez besoin pour l'ordonnance. Vous pourrez télécharger la demande de protection en ligne.

Blink hocha la tête.

— Je vous enverrai la vidéo que j'ai prise si vous me donnez votre numéro, dit le témoin.

— C'est gentil.

Millie se tourna pour s'en aller, mais l'officier qui ne parlait pas à Blink lui attrapa le bras.

— Madame, nous avons besoin de vos coordonnées.

Et là, Millie se mit à lutter. Vaillamment. À la surprise de Blink, il fallut les deux officiers pour la maîtriser. Durant l'altercation, Gen leur hurlait d'arrêter, qu'ils faisaient mal à leur mère. C'était une vraie pagaille et Blink ne put que mettre son bras autour de Josie et la tenir contre lui pendant qu'ils observaient le déroulement des événements. Cela prit un moment, mais Millie finit par être emmenée à l'arrière de la voiture de police tandis que Gen la suivait avec son véhicule.

Les gens qui avaient été présents s'éloignèrent... mais Blink ne put s'empêcher de se demander lequel avec contacté les parents d'Ayden, pour leur apprendre que Josie était là.

Tâchant de cacher cette pensée troublante dans un coin de son esprit, Blink se tourna vers Josie.

— Tu as tout retrouvé ?

— Je ne sais pas. Je dois encore vérifier quelques cartons.

— Alors, vas-y, continue, qu'on puisse s'en aller de là.

À son grand étonnement, elle gloussa doucement.

À nouveau, elle l'épatait totalement. Il posa une main sur sa nuque et se pencha pour poser son front contre le sien.

— Tu es incroyable, Spirit. Tu as toutes les raisons d'être complètement bouleversée et pourtant, tu gardes la tête haute.

— Elles sont en colère. Je le comprends. Leur frère et fils est mort. J'allais rompre avec Ayden, mais je ne voulais pas qu'il meure.

— Je le sais bien, ma chérie. Tu comprends *bien* que ce n'est pas ta faute, n'est-ce pas ? demanda Blink, craignant qu'elle ne prenne les paroles de ces garces trop à cœur.

— Oui. Je lui ai fait savoir que je ne voulais pas monter sur ce bateau, admit-elle en murmurant. D'abord, tout ce qu'il a dit, c'est qu'il avait une surprise pour moi et que je devrais mettre mon maillot de bain et avoir de quoi me couvrir. Quand nous sommes arrivés au quai et que j'ai vu le bateau, je ne voulais pas monter. Je pensais que nous allions à la piscine, la plage ou autre. Il a insisté, disant que tout se passerait bien. Que ce serait drôle ! J'ai dit que c'était trop dangereux. C'est là qu'il s'est mis à me rabaisser, comme toujours. Je ne voulais pas l'irriter davantage. J'aurais dû refuser, mais ce n'est pas parce que je n'ai pas campé sur mes positions que ce qui est arrivé est de ma faute. Ce n'était même pas la sienne, en fait. Il a juste été trop sûr de lui.

Blink ferma brièvement les yeux. Elle était bien plus gentille qu'il ne l'aurait été dans la même situation.

— J'ai quand même envie que tu soumettes cette ordonnance restrictive.

À son soulagement, elle accepta.

— D'accord.

— D'accord, répéta-t-il avant de se redresser. Trouve le reste de tes affaires qu'on puisse rentrer à la maison.

— À la maison, murmura-t-elle. Comment ça se fait qu'en ayant été dans ton appartement pendant aussi peu de temps, je me sente déjà comme dans un havre de paix ?

Blink était sans voix. Son appartement n'avait rien de spécial. Il était normal. Mais qu'elle s'y sente à l'abri le rendait plus déterminé à s'assurer qu'elle le considère toujours ainsi.

— Merci d'être ici avec moi, dit Josie. De m'aider.

— Toujours, répondit-il avant de l'embrasser rapidement et de se diriger vers la porte.

Il avait besoin de mettre de l'espace entre eux, autrement, il finirait par la prendre ici et maintenant.

Vérifiant que la voie était libre, Blink se précipita vers le carton qu'il avait laissé plus tôt sur le trottoir, quand il avait entendu les horribles propos de Millie et Gen. Il le mit dans la remorque puis retourna vers l'appartement.

Vers Josie.

CHAPITRE 16

Josie se réveilla aux côtés de Nate et sourit. Encore aujourd'hui, trois jours après leur voyage à Vegas, quand elle repensait au fait qu'il n'avait pas hésité à se mettre entre elle et la famille d'Ayden, elle était tout émoustillée.

Ou peut-être était-ce la façon dont il lui avait fait l'amour la veille. Leur première fois avait été rapide, brutale et presque désespérée. Mais la nuit dernière, Nate avait été tendre et doux. C'était merveilleux... et au final, un peu frustrant. Elle avait adoré cet homme dominant et autoritaire qu'il avait été dans l'hôtel de Vegas. Et quand elle le lui avait dit, elle avait senti le changement envahir Nate.

Il était évident qu'il avait cru avoir été trop brusque. Trop dur avec elle. Mais en réalité, elle se sentait féminine et belle quand il mettait Josie là où il la voulait, quand il prenait son plaisir non pas avec la douleur, mais avec la force.

Elle avait mal entre ses cuisses ce matin, mais de façon positive.

— B'jour, dit Nate. Comment te sens-tu ?

Le sourire de Josie s'agrandit.

— Incroyablement bien.

— Pas de courbatures ?

Son sourire ne s'effaça pas le moins du monde.

— Un peu.

— Bien.

Sa réponse la surprit.

— Parce que je veux que tu me sentes entre tes jambes toute la journée. Que tu penses à moi pendant que je suis au boulot et que tu es assise à ta table, à survoler les touches comme le vent.

Une idée que Josie appréciait aussi.

— Et penseras-tu à moi en retour ? lui demanda-t-elle.

En réponse, il lui prit la main pour la poser sur son membre, déjà à demi dur.

— On dirait que c'est mon état permanent désormais. Je pense toujours à toi et voilà le résultat.

C'était une bonne réponse. Le sentiment de possessivité qui frappa Josie était inhabituel. Mais elle adorait ça.

— Ça te plaît, commenta Nate et ce n'était pas une question.

Josie confirma d'un signe de tête.

— Je suis à toi, dit-il simplement. Totalement. Quels sont tes plans pour aujourd'hui ?

Ça aurait pu passer pour un changement de sujet étrange, mais en fait, c'était... familier.

— Je dois taper les sous-titres de deux films puis à deux heures, j'ai une conférence de presse en direct. Concernant cette personne disparue à Modesto. Ils ont d'autres détails à communiquer.

— N'oublie pas, je t'amène à Aces ce soir pour le dîner.

Josie acquiesça. Elle n'avait pas oublié. Elle était nerveuse, mais aussi assez excitée de rencontrer les femmes dont Remi et Wren n'arrêtaient pas de lui parler. Caroline, Alabama, Fiona, Summer, Cheyenne, Jesskya et Julie. Elles avaient l'air d'être des personnes qui feraient d'excellentes amies et qu'elles pourraient sûrement voir plus souvent.

Elle n'avait pas eu beaucoup d'amis proches dans sa vie et plus elle se rapprochait de Remi et Wren, plus elle souhaitait se faire d'autres amis qui leur ressemblaient.

— Tu veux te doucher pendant que je te prépare un bagel ? lui demanda Nate.

— J'ai trop la flemme pour prendre une douche maintenant. J'en prendrai une plus tard, après la conférence. Et si je me levais et préparais *ton* petit-déjeuner pendant ta douche ?

— Marché conclu.

Nate roula jusqu'à ce qu'elle soit emprisonnée sous lui.

— J'adore t'avoir ici. Me réveiller en ta compagnie le matin, partager mes repas avec toi, regarder la télé le soir, être en toi et m'endormir en t'ayant dans mes bras. Je ne savais pas en ouvrant les yeux dans cette cellule que tu serais la femme que j'avais espéré toute ma vie, mais je savais que tu changerais ma vie d'une façon ou d'une autre.

Les yeux de Josie se remplirent de larmes.

— Non ! Ne pleure pas, lui ordonna Nate. Je ne voulais pas te faire pleurer.

— Alors tu ne devrais pas être aussi adorable, lui dit-elle.

— Tu veux que je sois une enflure ? demanda-t-il avec un rictus satisfait.

Josie fit non de la tête.

— Je peux l'être, tu sais, admit-il, soudain très sérieux.

Elle posa une main sur sa joue et fit en sorte qu'ils soient les yeux dans les yeux quand elle dit :

— Mais pas avec moi.

— Jamais, promit Nate.

Puis il l'embrassa avec force avant de rejeter les couvertures. Il était nu, tout comme elle.

Tandis qu'il se dirigeait vers la salle de bain, elle reluqua ses fesses. Il avait même des taches de rousseur à cet endroit-là ! Ce qui était à la fois mignon et sexy.

Nate se tourna à l'entrée de la salle de bain.

— Tu es en train de me mater les fesses ? demanda-t-il en riant.

Elle sourit.

— Ouep !

L'admettre n'était pas du tout gênant.

— Bien. Ravi que ma femme aime les fesses de son homme.

— Qui a dit que je les aimais ? dit-elle avec insolence.

Elle entendit son rire alors qu'il disparaissait de sa vue dans la salle de bain.

Josie s'étira, se sentant comme un chat satisfait. L'élancement entre ses jambes lui rappela de nouveau ce qu'ils avaient fait la nuit précédente et son sourit grandit. Elle allait vraiment penser à Nate toute la journée.

* * *

— Tu sembles nerveux, est-ce que tout va bien ? demanda Josie à Nate plus tard cet après-midi-là.

Il avait pris des nouvelles d'elle plusieurs fois en cours de journée ; c'était sa routine. Ses messages, tout comme ceux de Remi et Wren, aidaient Josie à se sentir aimée.

Elle avait passé tellement de son temps complètement seule à travailler dans son appartement sans jamais parler à personne que ça avait d'abord semblé étrange d'avoir tant de gens qui prennent de ses nouvelles ou qu'ils lui envoient simplement un message pour lui dire ce qu'ils avaient en tête. Ils ne lui demandaient rien de particulier, ils voulaient juste être en contact.

Ce qui était génial.

Après le retour de Nate à la maison, cependant, il semblait... ailleurs. Distrait. Il avait reçu et envoyé un tas de messages.

— Si tu ne veux pas sortir dîner, c'est très bien. Je peux nous préparer quelque chose.

— Non ! répondit Nate, un peu trop fort, avant d'inspirer profondément. Désolé, non, je veux aller à Aces. Et tu as hâte de rencontrer tout le monde. On a juste pas mal de trucs intenses au boulot.

Cela n'aida pas vraiment Josie à se sentir mieux, mais elle fit de son mieux pour repousser son inquiétude. Nate et ses coéquipiers étaient bons dans ce qu'ils faisaient. Elle l'avait elle-même constaté. Elle était certaine que s'ils étaient envoyés en mission, tout se passerait bien pour eux.

Elle avait même eu une petite discussion avec Remi et Wren à ce sujet précis. Comment elles se sentaient quand le groupe était déployé. Elles avaient validé ses impressions que lorsque l'équipe du SEAL était envoyée, ils savaient ce qu'ils faisaient.

— D'accord, répondit-elle avec un peu de retard.

La conduite jusqu'à Aces se fit dans le silence, mais ce dernier n'était pas embarrassant. Le parking était plein quand ils arrivèrent, mais contre toute attente, il y avait un endroit libre relativement proche de la porte d'entrée.

— C'est mignon, commenta Josie en étudiant le bâtiment.

Le bar ne se trouvait pas dans une partie misérable de la ville et le logo – un jeton de poker avec le nom Aces écrit sur le devant en cursive – était voyant et attrayant. Le parking était propre et bien éclairé.

— Des caméras recouvrent chaque parcelle du parking, dit Nate, ayant clairement remarqué qu'elle analysait les environs. Jessyka prend très au sérieux la sécurité des gens qui viennent ici. Surtout après ce qui est arrivé à Wren. Elle a même installé des caméras qui surveillent le haut et le bas de la rue, au cas où quelqu'un ne se garerait pas sur le parking principal, comme l'enfoiré qui a tenté d'agresser Wren.

Josie hocha la tête. Elle avait appris toute l'histoire concernant la situation de Wren et était impressionnée par la façon dont Jessyka, la propriétaire du bar, était montée au créneau pour s'assurer que cela n'arrive plus jamais dans son établissement.

— Prête ? demanda Nate après l'avoir aidée à sortir de son véhicule.

— Prête, répondit Josie avec conviction.

Et c'était vrai. L'excitation prenait maintenant le dessus sur sa nervosité. Elle voulait rencontrer les personnes qui avaient été si gentilles avec Nate. Qui l'avaient aidé à surmonter la mort de ses coéquipiers du SEAL. Ses amis.

Nate ouvrit la porte et lui fit signe d'entrer avant lui. Sentir sa main dans le bas de son dos était chaud et réconfortant.

— Surprise !

Josie sursauta au bruit de plusieurs personnes criant en même temps. Le bar était éclairé de lumières vives que quelqu'un avait rallumées au moment où elle avait pénétré à l'intérieur. Il y avait une énorme bannière « Joyeux Anniversaire » étendue derrière le bar et une douzaine de personnes qui les regardaient, elle et Nate, avec de grands sourires sur leurs visages.

Elle se tourna pour regarder Nate.

— C'est ton anniversaire ? demanda-t-elle, choquée.

Il lui aurait sûrement dit si c'était le cas...

— Non, répondit-il avec un sourire gentil. Nous fêtons le tien. Tu as dit avoir raté ton trentième anniversaire et je ne voulais pas qu'une telle étape majeure reste dans l'ignorance.

Josie avait la gorge nouée. Elle pouvait entendre tout le monde parler et rire derrière elle... mais elle n'avait d'yeux que pour l'homme dont elle était tombée profondément et follement amoureuse.

— Tu seras *tellement* récompensé ce soir, lui balança-t-elle.

Nate rejeta la tête en arrière et rit, Josie n'avait jamais autant désiré un homme qu'elle ne le désirait en ce moment.

— On verra comment tu te sentiras, dit-il quand il retrouva son sérieux.

— Comment je me sentirai ?

— Je pense que les filles veulent fêter ça avec toi, avec style, lui dit-il, faisant un signe de tête vers quelque chose ou quelqu'un derrière elle.

Remi et Wren se tenaient là, accompagnées d'une demi-douzaine d'autres femmes. Elles arboraient toutes un énorme sourire sur le visage. Remi lui tendit un verre géant, une sorte de granité.

— À Josie ! s'exclama Wren.

— À Josie ! répétèrent-ils tous.

— Cul sec, jeune fille ! Nous avons un tas de choses à fêter ! lui dit Remi.

Josie lui sourit par-dessus le bord du verre et prit une gorgée. L'alcool lui brûla la gorge dans sa descente.

— Amuse-toi bien, lui chuchota Nate dans l'oreille en se penchant sur elle, une main posée sur sa hanche. Je serai là-bas avec les gars. Tu ne crains rien ici, Spirit. Lâche-toi. Profite.

Josie se tourna vers lui, submergée d'amour pour cet homme. Il la laissait passer du bon temps tout en s'assurant qu'elle ne craignait rien pendant ce temps.

— Plus tard, lui dit-il, comme s'il pouvait lire dans son esprit, voir comme elle avait envie de lui. Trente fessées pour celle qui fête son anniversaire.

Le sexe de Josie fut pris de spasmes en entendant cela.

Avec un sourire satisfait – car il savait exactement qu'elle aimait beaucoup qu'il lui tape les fesses pendant l'amour –, Nate s'éloigna vers un groupe d'hommes aussi cools que canon qui ne pouvaient qu'être les retraités de la Navy SEAL dont il lui avait tant parlés.

— Eh meuf ! Cet air sur ton visage…, lui dit l'une des femmes plus âgées en souriant.

— Je reconnais ce regard ! dit une autre.

— Je crois que Josie va avoir de la chance ce soir, commenta une autre.

— Non, c'est Blink plutôt, dit Wren.

Tout le monde se mit à rire.

— Allez, on a un gâteau à manger, des cadeaux à ouvrir et des boissons à consommer !

dit Remi d'un ton autoritaire, tirant sur le bras de Josie.

— Des cadeaux ? demanda Josie, confuse.

— Ce ne serait pas une fête d'anniversaire sans cadeaux ! Je suis Caroline, au fait, et tu es adorable. Minuscule. Haute comme trois pommes. Parfaite pour Blink.

Josie ne pouvait contredire cette femme. Elle *était* tout ça. Mais plus important, elle avait le sentiment d'enfin appartenir quelque part. Elle avait trouvé sa tribu et c'était une sensation incroyable.

* * *

Blink ne pouvait détourner le regard de Josie. Elle était merveilleuse. Dans son élément. Elle avait eu le sourire aux lèvres toute la soirée et il avait adoré voir ça. Elle était si loin de la femme quasi sauvage et traumatisée qu'il avait d'abord vue dans la cellule sombre à côté de la sienne que ça n'en était même pas drôle.

Et elle était saoule.

Bourrée.

Complètement ivre.

Il s'en fichait. Elle le méritait. Pour se détendre totalement, baisser sa garde. On n'avait qu'une fois trente ans et il détestait que ce soit arrivé pendant qu'elle était prisonnière. Il avait adoré pouvoir lui accorder cela. Blink avait travaillé dur pour garder le secret et rassembler tout le monde. Et ses plans s'étaient déroulés sans accroc.

Il se faisait maintenant tard et certaines personnes étaient parties, ayant dû rentrer chez eux auprès de leurs familles.

Wren et Remi, aussi saoules que Josie, avaient été ramenées par Safe et Kevlar quelques minutes auparavant.

Chose étonnante, Preacher, MacGyver, Flash et Smiley n'en restaient pas là. Preacher était actuellement assis à table avec Josie, Wolf et Dude. Blink aurait pensé que Josie aurait pu être intimidée, entourée par des hommes si grands, mais à en juger par son langage corporel, elle semblait parfaitement à l'aise.

Caroline et Cheyenne papotaient sur une table non loin, attendant après leurs hommes.

Blink s'approcha de la table de Josie et elle se tourna vers lui. Elle avait les joues rouges et un énorme sourire.

— Nate ! C'est Wolf et Dude ! Tu ne trouves pas que ces noms sont cools ?! Dude est un

dénominateur ! Tu sais, ces gars avec les bombes qui les empêchent de faire boum ! Et c'est comme ça qu'il a connu Cheyenne ! Elle avait une bombe fixée à sa poitrine ! Sa *poitrine* ! s'exclama-t-elle, sourcils froncés. Et Wolf... chaque fois que j'entends ce nom, j'ai envie de me mettre à chanter cette chanson de Duran Duran. Preacher ne veut pas me dire comment il a mérité ce nom-là.

— Ne me fais pas cette tête-là, lui répondit Preacher en riant, détendu sur sa chaise. Ça

ne marchera pas avec moi.

— Euh, tu sais que ce n'est pas ça, un *démineur*, n'est-ce pas ? dit Blink à Josie en souriant.

Elle fit un geste de la main comme pour repousser ses propos.

— Ça y ressemble.

— On lui dit ce que ça veut vraiment dire ? proposa Preacher.

— Non.

— Oui !

Josie et Blink s'étaient exprimés en même temps. Elle se pencha vers Preacher.

— Dis-moi !

— Eh bien, c'est assez dur à expliquer. On s'en sert en guise d'alerte, d'un gars à un autre. Pour lui faire comprendre qu'un truc lui a provoqué une trique spontanée. Une sorte de système d'alerte anticipé.

Josie rejeta la tête en arrière et rit. Blink ne pouvait que la dévorer des yeux, en admiration. Elle était si belle quand ses inhibitions étaient au plus bas. Cependant, s'il voulait rester honnête envers lui-même, elle était belle tout le temps.

— Tu es sérieux ? Tu plaisantes, n'est-ce pas ?

— Nan, répondit Preacher, un rictus amusé. N'est-ce pas, les gars ?

— Aucune idée. Je n'ai jamais entendu ce mot et ne m'en servirai jamais pour parler de ma queue, dit Dude, impassible.

— Ça doit être un mot de jeunot, dit Wolf.

Cela relança Josie. Elle riait comme si Wolf et Dude avaient dit le truc le plus drôle qu'elle avait jamais entendu. Elle fit de nouveau son geste de la main, cette fois pour désigner les hommes autour d'elle tandis qu'elle s'adressait à Blink.

— Je les *aime*. Ils sont géniaux ! Enfin, pas autant que je t'aime toi, mais pas loin !

Blink s'immobilisa. Elle était saoule, ne savait pas ce qu'elle disait, mais bon sang... entendre ces mots-là sur ses lèvres était extraordinaire.

— Tu es prête à rentrer à la maison ? dit-il brutalement, ressentant le besoin de l'avoir seule.

— Ouep ! répondit-elle sans hésiter. Je dois juste dire au revoir à Caroline et Cheyenne.

Elles sont géniales. Elles m'ont raconté un tas de trucs ce soir sur le fait d'être avec un SEAL. De la Navy hein, pas celui sur l'œil.

Josie gloussa de sa propre blague.

— Oh ! Et je veux dire merci à Bert... Il m'a fait le meilleur des cocktails ce soir. Oh !

Et je vois que Smiley, Flash et MacGyver sont encore là. Je veux leur dire au revoir, à eux aussi...

Josie se leva et enlaça Dude par-derrière, ses bras ne faisant pas le tour de ses épaules.

— Bye, Dude !

Puis elle fit de même avec Wolf.

— Bye Wolf. C'était si sympa de te rencontrer !

Elle s'approcha de Preacher, mais il se tourna, lui faisant une accolade plus appropriée. Elle était si petite que leurs têtes étaient au même niveau, même alors qu'il était assis. Puis elle passa aux autres pour leur dire au revoir.

— Je l'aime bien, dit Dude en souriant.

— Tu as bien fait, dit Wolf en hochant la tête.

En effet. Blink était soulagé que ses amis apprécient Josie, mais honnêtement, ça n'aurait pas eu d'importance si ça n'avait pas marché d'emblée. Il ne doutait pas qu'elle aurait fini par les conquérir.

Tous les hommes se levèrent et Wolf et Dude se rendirent auprès de leurs femmes avant de sortir par la porte.

Josie discutait avec le reste des coéquipiers de Nate, quand Preacher se leva et dit :

— Elle en avait besoin.

Blink lança un coup d'œil à son ami.

— Que veux-tu dire ?

— Ça. Se détendre. Se faire des amis. Elle nous a raconté que personne ne lui avait jamais fait un truc comme ça avant. Lui organiser une fête surprise. J'en ai eu les larmes aux yeux aussi. Il est difficile de croire qu'une femme comme elle n'a pas déjà une douzaine de bons amis qui se plierait en quatre pour elle. Dire qu'elle était dans cette cellule et que *personne* ne s'est demandé où elle était... personne n'a alerté les autorités qu'elle avait disparu... C'est un putain de crime. Parce qu'elle est la femme la plus douce, généreuse et gentille que j'ai rencontrée.

Même si ces paroles complimentaient Josie, elles réchauffèrent Blink. Son ami n'avait pas tort.

Il était honoré d'être celui qui lui avait organisé une fête. Ce n'était pas seulement le gâteau que Jessyka avait sorti de la cuisine, lui faisant souffler trente bougies, ni les cadeaux que ses nouveaux amis lui avaient offerts, des babioles et de petits objets rigolos qui ne coûtaient pas très cher, même si Blink savait que cela représentait beaucoup pour Josie.

C'était le sentiment d'être vue. De faire partie d'un groupe. De sentir que si quelque chose d'autre devait arriver, elle ne serait pas oubliée.

— Avant que Kevlar parte, il m'a demandé de te dire de ne pas venir à l'entraînement

le matin. Qu'il te verrait à notre première réunion à dix heures. Josie va sans doute avoir une petite gueule de bois, il s'est dit que tu voudrais sans doute rester prendre soin d'elle.

Kevlar n'avait pas tort et Blink était reconnaissant de la générosité de son chef.

— Merci. Déjà, je verrai si je peux la ramener à la maison sans lutter... Merci d'avoir mis toutes ses affaires dans ma voiture.

— Bien sûr, dit Preacher en tapant l'épaule de Blink. C'est bon de te voir heureux, Blink. Pendant un temps, nous n'étions pas sûrs que tu sois capable de remonter du trou dans lequel tu étais tombé...

Blink regarda son ami dans les yeux et répondit :

— Moi non plus. Mais Remi m'a aidé. Comme vous tous. Aucun de vous ne m'a méprisé pour me sentir ainsi. Je ne l'oublierai jamais.

Preacher renifla.

— Si je perdais l'un de vous, comme pour ce qui est arrivé à ton premier groupe, je ne suis pas certain de réussir à surmonter ça. Plus tôt dans la soirée, tu as dit à Safe que tu avais de l'admiration pour la force de Josie, mais tu es parfait pour elle. Vous êtes très forts *tous les deux*. Ramène-la chez vous. On se voit demain.

Blink ne s'était jamais vraiment considéré comme tel. Il faisait simplement ce qui devait être fait, quand il fallait le faire. Et il n'avait absolument pas eu l'impression d'être fort quand il avait perdu la tête après que ses amis avaient été tués et blessés. Mais parfois, être fort, c'était mettre un pied devant l'autre, jour après jour, quand tout ce dont on avait envie à la place était de se rouler en boule et s'évanouir dans le néant.

Josie était en train de parler, très animée, à Smiley et Flash quand Blink s'approcha. Il l'enlaça par-derrière, son bras lui croisant la poitrine.

Prête à partir ? demanda-t-il, interrompant l'histoire qu'elle racontait à ses amis, à propos d'un opossum nommé Pete. Il n'avait aucune idée de ce qu'elle racontait et c'était incroyable, la vitesse à laquelle sa parole revenait quand elle se sentait en sécurité et heureuse. Mais quand elle leva la tête vers lui et lui sourit, Blink savait qu'il pourrait rester là et la laisser blablater pendant des heures, si c'était ce qu'elle voulait.

— Prête, répondit-elle.

Blink lui prit la main et fit à ses amis un signe du menton avant de se diriger vers la porte, avant que Josie ne se fasse de nouveau distraire.

Elle s'arrêta avant de sortir et fit signe au bar, à personne en particulier, et dit :

— Bye Aces ! Je m'en vais !

Des gens ricanèrent et exclamèrent leurs au revoir, Blink la faisant franchir la porte pour aller sur le parking, tout en souriant.

— Hé, attends... est-ce que tout le monde a laissé cette place de parking pour nous ? demanda-t-elle tandis que Blink la guidait jusqu'au pick-up.

— Oui.

— C'est génial ! s'exclama-t-elle.

Un tas de choses avaient été « géniales » pour elle ce soir et Blink trouvait cela super adorable.

Il ouvrit la portière et la souleva aisément pour l'installer sur le siège passager. Elle le laissa lui boucler la ceinture, mais l'arrêta avant qu'il ne recule pour refermer la portière.

— Nate ?

Elle avait l'air sérieuse pour la première fois depuis des heures.

— Oui, ma puce ?

— Personne n'a jamais fait ce genre de choses pour moi. La fête. Merci.

— Tu aurais dû avoir ce genre de chose toute ta vie avant ce soir. Et je vais faire de mon mieux pour te gâter et m'assurer que tu sais à quel point tu es aimée dorénavant.

Un sourire se forma sur les lèvres de Josie.

— Je le répète, tu seras *tellement* remercié quand nous serons à la maison.

Blink rit. Il n'était pas certain qu'elle soit capable de rester éveillée pendant la route de retour, oubliant l'envie d'en faire plus une fois arrivés.

— D'accord, Spirit.

— J'ai décidé que j'aimais ce surnom, l'informa-t-elle.

— Tant mieux. Attention à ton bras, je ferme la portière.

Elle se pencha vers la gauche et Blink put fermer la portière. Il fit le tour en trottinant jusqu'au côté conducteur et grimpa. Peu de temps après, ils roulaient en direction de la maison. Il regardait régulièrement Josie, la constatant chaque fois les yeux rivés sur lui.

— Quoi ? finit-il par demander lorsqu'ils se trouvèrent à la moitié du chemin.

— J'adore tes taches de rousseur. Et tes cheveux. J'ai toujours voulu des bébés roux.

Blink hoqueta. Mais elle enchaîna comme si elle ne venait pas de faire basculer son monde.

— Et des jumeaux. Je sais que ça fait plus de boulot, mais puisque tu as un jumeau, il y a des antécédents dans ta famille. J'aurais tellement aimé avoir un frère ou une sœur dans mon enfance, mais bien évidemment, Maman était seule alors ça n'arrivait pas, enfin c'était ce qu'elle me disait. Trois, je pense.

— Trois, quoi ? demanda Blink puisqu'elle ne continuait pas.

— Enfants.

— Tu veux trois enfants ?

— Oui oui. Je viens de le dire.

Blink voulait arrêter la voiture tout de suite et se mettre au travail pour lui offrir exactement ce qu'elle voulait. Mais il se contrôla. Avec peine.

— Nate ?

— Je suis juste là, Josie, répondit-il avec un petit sourire.

Elle était vraiment adorable quand elle était saoule.

— Tes amis sont géniaux.

— Ce sont tes amis aussi maintenant.

Comme elle ne répondait pas, il la regarda et ne parvint pas à interpréter son expression.

— Quoi ? lui demanda-t-il.

— J'ai des amis, dit-elle tout bas, l'air émerveillée. Je n'ai jamais eu d'amis avant. J'en voulais. Je pensais que quelque chose n'allait pas chez moi vu que ça n'arrivait pas.

— Rien ne va mal chez toi, Josie, lui dit Blink, un peu plus sévère qu'il ne l'aurait voulu.

Josie se moqua.

— Un tas de trucs clochent chez moi. Mais quand je suis avec toi, j'oublie tout ça. Tu l'as remarqué ce soir ?

Blink avait l'impression que son cœur allait bondir hors de sa poitrine. Cette femme... grâce à elle, il se sentait comme un géant. Il voulait être son abri, pour toujours.

— Si j'ai remarqué quoi ?

— Ma voix. Elle n'est pas partie, dit-elle d'un air détaché. Elle a disparu quand je me trouvais dans cette cellule et tu l'as ramenée. Elle est comme rouillée parfois. Mais ce soir, elle était revenue pour de bon.

Blink avait clairement remarqué qu'elle n'avait eu aucun souci à parler aux autres.

— J'ai vu, lui dit-il.

— Nate ?

Bon Dieu, elle était si mignonne !

— Toujours là, Josie.

— Je pense que je n'avais plus qu'une semaine ou deux avant de mourir, quand tu as débarqué.

Toute sensation de chaleur en Blink se dissipa pour exploser en un millier d'étoiles. Ce fut à son tour de ne plus avoir de voix. Il ne savait absolument pas quoi répondre à cela.

— J'étais mal en point. Si affamée. Si maigre. Mais alors, tu es venu… et je ne pouvais plus abandonner.

Par chance, Blink tournait vers le parking de sa résidence. Il se gara sur une place, coupa le moteur puis regarda Josie. Il défit sa ceinture de sécurité et dit :

— Viens là.

Elle n'hésita même pas, lui grimpant dessus pour être à cheval sur ses genoux. Ils n'étaient même pas trop serrés. Sentir son corps minuscule contre le sien donnait l'impression à Blink de faire la taille d'une montagne. Elle se blottit contre lui comme si elle l'avait fait chaque jour de sa vie. Elle lui convenait parfaitement.

Blink la soutint d'une main sur sa nuque, plaçant l'autre autour de sa taille.

— Tu étais faite pour moi, lui dit-il d'une voix douce. Dès le moment où je t'ai vue dans cette cellule, j'ai su que tu changerais ma vie. Et tu l'as fait. Pour le mieux.

— Hmmm, dit-elle dans son cou.

Blink se mit en mouvement, voulant la faire rentrer. Il ouvrit la portière et sans effort, sortit de la voiture, Josie toujours accrochée à lui. Elle gloussait un peu, mais ne défit pas ses jambes. En fait, elle les resserra autour de lui.

— Et mes cadeaux ? demanda-t-elle quand il claqua la portière pour se diriger vers son appartement.

— J'irai les chercher demain.

— Mmh d'acc.

Blink porta Josie à l'intérieur, vers sa chambre puis direct à la salle de bain. Elle finit par détendre ses jambes et se mettre debout puis le regarder.

— Fais ce que tu as à faire ici, puis viens te coucher.

Elle lui fit un sourire satisfait.

— D'accord.

Il s'en alla tant qu'il en avait encore la force. Il revenait dans sa chambre après avoir utilisé la salle de bain dans le couloir quand il stoppa net ses pas.

Josie se tenait à côté de son lit, complètement nue, ses vêtements formant par terre une piste allant de la salle de bain au lit.

— Salut, le salua-t-elle avec un sourire malicieux.

Il ne souvenait pas d'avoir retiré ses propres vêtements, mais ce que Blink savait, c'était qu'il était en train de tenir Josie contre son corps nu.

Elle gloussa et son membre devint encore plus dur, ce qu'il n'avait pas cru possible.

Il la souleva et la jeta sans ménagement sur le lit avant de ramper vers elle pour l'emprisonner sous son corps.

— Comment tu te sens ?

— Super ! gazouilla-t-elle.

— Pas de tournis ? Ni de nausée ?

— Nan !

— Bien. Comment veux-tu faire ça ?

— Ça ?

— Le sexe. Tu veux que ce soit lent et doux ou rapide et brutal ?

— Hmmm... les deux ? proposa-t-elle, un sourire au coin de ses lèvres.

— Je peux faire ça, répondit Blink, peu sûr de pouvoir faire ça lentement et doucement en cet instant, surtout pas avec ses propos concernant des bébés roux qui résonnaient encore dans ses oreilles.

— Attends ! s'exclama-t-elle.

Blink s'immobilisa, les yeux baissés sur elle.

— Je veux être au-dessus. Et je veux mes trente fessées d'anniversaire.

Purée, cette nana ! Elle va causer sa perte.

Blink quitta le corps de Josie en roulant pour se mettre sur le dos avec les mains derrière la tête.

— Je suis tout à toi, plaisanta-t-il.

— Tout à moi, chuchota respectueusement Josie. Tout ce que j'ai toujours voulu, c'est un homme à moi. Qui m'aime pour ce que je suis. Qui voit au-delà de mes étrangetés la personne qui se cache en dessous.

— Je te vois, Spirit. Je t'ai toujours vue, lui assura Blink.

Puis elle remua, plus vite qu'il ne l'aurait crue capable alors qu'elle était ivre. Elle fit passer une jambe sur le ventre de Blink et lui fit un grand sourire.

— Merci pour ma fête d'anniversaire, Nate.

— De rien.

Elle descendit le long de son corps, sans mettre fin à leur échange de regard. Puis elle baissa la tête et prit son membre dans sa bouche, ce qui surprit totalement Blink. Il n'y eut aucun préliminaire ni séduction, elle le masturba avec sa main et lui offrit direct la meilleure pipe qu'il avait eue de sa vie.

Il fit de son mieux pour ne pas exploser ici et maintenant. Pour éviter cela, Blink s'assit, attrapa Josie par la taille et la souleva pour qu'elle lui chevauche le visage.

— Nate ! Je n'avais pas fini ! se plaignit-elle, bien qu'elle commençait à osciller sur la bouche de Blink qui la savourait aussi désespérément qu'elle l'avait englouti dans sa gorge.

En réponse, Blink lui donna une fessée. Elle poussa un cri aigu puis gloussa. Il sentit un flot humide lui recouvrir la langue. Elle adorait ça.

Il eut un sourire satisfait. Ils allaient bien s'amuser.

Au moment où Josie avait reçu ses trente fessées d'anniversaire, elle avait eu trois orgasmes et Blink lui avait empli la chatte avec son propre plaisir.

Maintenant, elle reposait mollement sur lui, son membre toujours profondément enfoui en elle. C'était l'un des endroits préférés de Blink.

— Joyeux anniversaire, Spirit.

—   Le meilleur des anniversaires, marmonna-t-elle contre lui.

CHAPITRE 17

Quand Josie repensait à son anniversaire et à la partie de jambes en l'air qu'elle avait eue avec Nate à leur retour à la maison, puis avec quelle douceur il avait pris soin d'elle à son réveil accompagnée d'une gueule de bois monstrueuse, elle ne pouvait que sourire de satisfaction.

Elle n'était pas une grande buveuse, mais cette nuit avait été incroyable. Elle s'était sentie si aimée, faisant tant partie de quelque chose... Pas comme une étrangère, ce qu'elle avait ressenti la majeure partie de sa vie.

Remi et Wren étaient les meilleures. Drôles, accueillantes. Et Josie avait l'impression de les connaître depuis des années plutôt que des semaines. Mais encore mieux, les femmes des anciens SEAL –, Caroline, Cheyenne et les autres – étaient encore plus chaleureuses.

Josie avait reçu plus de messages sur le nouveau téléphone qu'elle avait acheté avec l'aide de Nate qu'elle n'en avait probablement reçus de sa vie. Son portable sonnait constamment avec l'arrivée de messages de ses nouveaux amis. Tellement qu'elle avait dû le mettre en silencieux pendant qu'elle travaillait, autrement, elle était trop distraite.

Et il ne s'agissait pas que des femmes ; Wolf, Dude, Benny et les autres anciens du SEAL lui envoyaient également de temps en temps des messages pour prendre des nouvelles quand elle était toute seule à l'appartement. Au début, elle s'était demandé si Nate leur avait dit un truc sur elle qui les inquiétait, mais il lui avait assuré que non, ils étaient juste ce genre d'hommes.

Tout se passait si bien que Josie ne pouvait s'empêcher de s'inquiéter à propos d'un événement qui pourrait détruire son tout nouveau bonheur. C'était une pensée pessimiste, mais selon son expérience, juste au moment où les choses se passaient bien pour elle, ça partait en sucette.

Mais elle était déterminée à tenter de vivre l'instant plus souvent. Ne pas laisser ce qui *pourrait* arriver détruire son bonheur au présent. Et Josie avait vraiment de quoi se réjouir : elle avait retrouvé son emploi, trouvé de nouveaux amis, Nate.

Il était le partenaire qu'elle avait toujours voulu. Encourageant, gentil, courageux. Les hommes comme lui existaient dans les romances qu'elle lisait de temps en temps, mais ils étaient fictifs. Elle savait mieux que quiconque que la réalité était bien en dessous de ce qui était représenté dans les films et les livres.

Mais voilà, elle vivait cela. Elle était la vedette de son propre roman à l'eau de rose. Accomplie avec un héros qui était fou amoureux d'elle, gentil, bagarreur quand il le fallait et par-dessus tout... exceptionnel au pieu.

Sourire aux lèvres, Josie regarda Nate. Il était dans la cuisine, vêtu de son uniforme camouflage bleu, leur préparant des œufs tournés avant de s'en aller pour la base navale.

Comme s'il sentait son regard sur lui, il se retourna :

— Quoi ? lui demanda-t-il avec un petit sourire.

— Rien. Je suis juste... Je suis heureuse, avoua Josie. Après ce qui est arrivé, je n'étais pas sûre de ressentir ça de nouveau un jour.

À la surprise de Josie, Nate reposa la spatule et éteignit le brûleur. Il s'approcha d'elle. Lorsqu'il arriva là où elle était assise à table, Josie releva la tête pour le regarder. Il avait un air sérieux sur le visage et il tourna sa chaise sans difficulté avant de se pencher sur elle et de former comme une cage en posant les bras sur ceux de la chaise.

— Je t'aime.

Josie cligna des yeux, surprise.

— Je voulais juste m'assurer que tu le sais. Ce n'est pas un flirt occasionnel pour moi.

J'aime tout chez toi. Ton cœur, ta ténacité, ta force, ton corps, la façon dont tu me regardes avec tes grands yeux comme tu le fais maintenant, comme si tu ne croyais pas qu'on puisse t'aimer.

Josie se mordit la lèvre et fit de son mieux pour ne pas éclater en sanglots.

Nate eut un petit rire et lui caressa la joue avec le dos de ses doigts.

— Ne pleure pas, lui dit-il, ferme. Tu sais que je ne le supporte pas.

— Je t'aime aussi, dit Josie, s'accrochant d'une main au poignet de Nate.

Il lui sourit tendrement.

— Je sais.

Josie fronça les sourcils.

— Comment le sais-tu ?

— Parce que je le vois dans tes yeux chaque matin quand je me réveille. Et quand je rentre du boulot. Et quand je suis si profondément en toi que je ne sais plus où tu prends fin et où je commence. Tu es à la première personne à qui je pense quand j'entends une blague rigolote parce que je veux la partager avec toi. Tu es celle que j'ai envie d'appeler quand j'apprends une bonne ou une mauvaise nouvelle. Tu es le centre de mon monde, Josie England, et jamais je ne pourrai imaginer ne *pas* t'avoir dans ma vie, sans m'aimer en retour.

— Nate..., murmura Josie, submergée par l'émotion.

Il se pencha et l'embrassa tendrement. Un doux baiser qu'elle ressentit jusqu'à ses orteils.

Ce moment était comme le début du reste de sa vie. Comme si elle se débarrassait de l'enveloppe de l'ancienne Josie, celle qui s'était sentie si seule dans cette cellule de prison, la femme bizarre qui préférait rester chez elle parce qu'elle n'avait personne avec qui sortir déjeuner ou dîner.

— À quelle heure rentreras-tu ce soir ? demanda-t-elle à Nate.

Nate parut un peu perplexe, mais répondit tout de même :

— Comme d'habitude. Probablement aux environs de cinq heures et demie.

— Bien. Parce que Wren m'a convaincue de me commander un négligé et il est censé arriver aujourd'hui. J'ai pensé que tu pourrais peut-être m'aider à voir s'il me va bien ou non, l'aguicha Josie avec un sourire timide.

— Bon sang, Josie. Je pense pouvoir en toucher un mot à Kevlar et décoller plus tôt.

— C'est toi qui le dis, plaisanta Josie.

Il fallut une seconde à Nate pour comprendre son allusion puis il rejeta la tête en arrière en riant.

— Sérieusement, je t'aime, dit-il quand il retrouva son sérieux.

— Je t'aime aussi, lui répondit Josie.

— J'aimerais avoir le temps de te mettre sur mon épaule et de te ramener au lit, soupira-t-il. Mais tu as cette conférence en direct dans une heure et je dois balancer ces œufs que j'ai commencé à préparer et en faire de nouveaux, puis je m'en irai. Mais ce soir ? Quand je rentrerai...

Il laissa ses mots en suspens et l'imagination de Josie passa à la vitesse supérieure.

Nate l'embrassa de nouveau, d'un baiser brutal et profond, avant de se relever, de repositionner son sexe dans son pantalon puis de retourner à la cuisinière.

Josie l'observait, le regard rêveur se laver les mains, jeter les œufs désormais gâchés dans la poubelle et en casser deux autres dans la poêle.

Leurs au revoir s'attardèrent ce matin-là. Après s'être dit l'un l'autre ce qu'ils ressentaient, c'était comme s'ils embarquaient dans une toute nouvelle étape de leur vie en tant que couple. Et elle supposait que c'était bien le cas.

Avec Nate, elle n'avait pas l'impression de valoir moins que les autres femmes, une chose qu'elle avait toujours ressentie auparavant. Elle avait toujours été l'intruse, pour ainsi dire. Celle sans amie proche, sans une tonne d'expérience des hommes. La femme qui n'avait pas beaucoup voyagé ni rien fait d'intéressant.

Et aujourd'hui, elle était membre du club Je-Suis-En-Couple. C'était fantastique. Surtout parce qu'elle était avec Nate. Elle ne se souciait pas qu'il la trompe ou parle mal d'elle à ses amis. Il était ce qu'il était : un partenaire prévenant sans fioriture, qui disait les choses comme elles étaient.

Plus tard, après la conférence de presse qu'elle avait retranscrite et après s'être fait un sandwich pour le déjeuner, Josie était assise à la table, répondant aux messages de Remi et Wren concernant le colis spécial qu'elle avait récupéré au courrier de la résidence et conseillant Caroline sur le meilleur hôtel de Las Vegas pour emmener Wolf en voyage pour un mini-séjour impromptu, quand un coup retentit sur la porte de l'appartement.

Surprise puisqu'elle n'attendait personne, Josie posa son téléphone sur la table à côté de son ordinateur ainsi que le bout d'étoffe très léger, très transparent et blanc qu'on pouvait à peine appeler un vêtement qui avait été livré, et marcha jusqu'à la porte.

Regardant par le judas, Josie découvrit quelqu'un se tenant à distance respectable. Ça l'énervait toujours quand les gens se tenaient si près qu'ils touchaient presque la porte. La personne était dos tourné et elle ne reconnut pas les cheveux blonds coupés courts.

Laissant la chaîne sur la porte, elle l'ouvrit.

— Bonjour ?

Dans un mouvement si rapide que Josie fut incapable de reculer, la personne se tourna et donna un coup de pied dans la porte, aussi fort que possible.

La chaîne de sécurité se brisa et la porte s'ouvrit à la volée, heurtant Josie de plein fouet. Un cri de surprise lui échappa et elle trébucha, s'emmêlant les pieds, tombant sur les fesses, sur le sol.

Levant les yeux, Josie fut nez à nez avec le canon d'une arme.

Elle cessa de bouger. Chaque muscle de son corps refusait de fonctionner. Elle devrait courir, hurler, faire *quelque chose* ! Mais la terreur l'immobilisait.

— Lève-toi, lui ordonna la femme.

Maintenant que Josie pouvait voir le visage de la personne, elle la reconnut de suite.

Geneviève. La sœur d'Ayden. Elle portait une perruque blonde et un pantalon extra large qui donnait l'impression qu'elle faisait vingt kilos de plus que la réalité. Et elle tenait un pistolet, visant pile entre les yeux de Josie.

— J'ai dit, *debout*, grogna Gen. À moins que tu veuilles que je mette une balle dans ta cervelle tout de suite. Parce que je le ferai. Je n'en ai rien à foutre si tu meurs maintenant et ici. Mais ma mère a des plans pour toi et elle te veut vivante. Alors, lève-toi, bordel ! Maintenant !

Tous les mots qui lui étaient revenus après son sauvetage se retrouvèrent une fois de plus bloqués dans sa gorge. Sa faculté de parler qui la désertait quand elle avait peur faisait enrager Josie.

Remuant rapidement, elle se mit debout, juste pour avoir Gen la saisir par le haut du bras et la secouer brutalement. Tout en maintenant le canon de l'arme pointé sur le visage de Josie.

— Ne tente rien, l'avertit-elle. On va marcher jusqu'à ma voiture, calmes et détendues.

Si tu hurles ou fais quoi que ce soit pour attirer l'attention sur toi, je te tuerai avec joie. Compris ?

Josie acquiesça. La dernière chose qu'elle était censée faire était de monter dans une voiture avec Gen, mais elle croyait également cette femme quand elle disait qu'elle lui ferait sauter la cervelle. Et Josie ne voulait *pas* qu'en rentrant, Nate voie des bouts de son cerveau dans le parking ou ayant éclaboussé le couloir de son appartement.

Elle plus que quiconque savait que tant qu'elle respirait, elle avait une chance d'être secourue. Nate et ses amis viendraient pour elle. Et ce fut cette pensée qui lui donna la force de marcher aux côtés de Gen sans lutter.

Elle laissa Gen la conduire jusqu'à une berline quatre portes que Josie n'avait jamais vue avant. Elle y monta par le côté conducteur et se glissa sur le siège passager. Elle regardait fixement droit devant elle et la sœur de son ex-petit ami démarra le moteur et sortit du parking.

La bile remonta dans la gorge de Josie, mais elle la ravala.

Nate viendrait la chercher. Il le ferait. Ils s'aimaient et il ferait tout ce qu'il faudrait pour la retrouver. Ce n'était plus comme avant, elle ne serait pas oubliée. Elle avait des gens qui la chercheraient, qui déclareraient sa disparition. Elle ne serait pas abandonnée dans une cellule pour y moisir comme la dernière fois. Elle le croyait fermement.

C'était la seule chose qui l'empêchait de paniquer, Gen les emmenant hors de Riverton.

* * *

Blink était soucieux sur la route du retour à son appartement. Il était quatre heures et il était stressé de rentrer chez lui. Pas seulement parce qu'il voulait voir ce que Josie avait acheté ;

penser à elle dans une belle lingerie lui avait provoqué une demi-érection toute la journée.

Mais plus que cela... il était inquiet.

Il lui avait envoyé plusieurs messages et n'avait reçu aucune réponse. Quand il avait essayé de l'appeler, le téléphone avait sonné avant d'atterrir sur la boîte vocale. C'était inhabituel et dans la profession de Blink, l'inhabituel n'était pas une bonne chose.

Quand Blink avait confié son anxiété à Kevlar, son chef n'avait pas hésité à lui dire de rentrer chez lui pour vérifier qu'elle allait bien. Tous ses coéquipiers avaient une tendresse particulière pour Josie. Pas seulement à cause de ce qu'elle avait traversé, mais à cause de sa taille. Elle était minuscule, surtout comparée à eux, et ils la considéraient tous comme une sorte de petite sœur.

Blink se gara à sa place habituelle sur le parking, juste devant son appartement et bondit hors de son pick-up. Il marcha jusqu'à la porte... et son sang se glaça quand il approcha.

La porte était fermée, mais pour son œil entraîné, elle avait clairement été forcée. Il y avait une grande trace de pas au milieu de la porte, dont le contour apparaissait très bien à la fine couche de poussière qui recouvrait la surface.

Se servant de son coude afin de préserver toutes empreintes digitales ou autre preuve qui pourraient exister, Blink poussa.

La porte s'ouvrit sans résistance.

— Putain, marmonna-t-il, découvrant la chaîne de sécurité brisée au sol.

La personne qui avait ouvert la porte à coup de pied ne s'était pas embêtée à s'assurer que la porte serait verrouillée derrière elle en partant.

— Josie ? l'appela Blink d'une voix plus forte que souhaité.

Le silence l'accueillit et la panique s'installa instantanément. Blink courut dans l'appartement et trouva ce qu'il cherchait : rien. Josie n'était pas là. Son ordinateur portable était sur la table de la cuisine, tout comme son téléphone ainsi qu'un tas de dentelles et de ficelles posé sur une enveloppe à bulles.

Pendant une seconde, Blink ne sut pas quoi faire. Ses pensées étaient éparpillées.

Josie était partie. Disparue. Comment cela avait-il pu arriver ?

Il ne la croyait pas une seconde partie rendre visite à un ami. Ou qu'elle avait décidé de ne plus vouloir être avec lui. Ils s'étaient échangés des « je t'aime » ce matin. Et elle ne partirait pas sans son téléphone. De plus, elle n'avait même pas de voiture.

Non, sa Josie ne l'avait pas quitté. La lingerie en était la preuve. Tout comme ce qu'elle avait prévu pour eux deux à son retour du travail. Et cette fichue chaîne de sécurité cassée et l'empreinte de pas sur sa porte. Il ne fallait pas être un génie pour comprendre que quelque chose était arrivé. Quelqu'un était entré par la force dans son appartement et avait emmené Josie.

La mâchoire serrée, Blink sortit son téléphone. Il n'y avait qu'une seule personne à appeler maintenant.

Tex.

Il contacterait Kevlar, le reste de son équipe, Wolf et son commandant, ainsi que les flics, mais il devait joindre Tex *maintenant*. Josie ne portait pas de traqueur, mais si quelqu'un pouvait la trouver, c'était l'ancien du SEAL.

Le téléphone ne sonna qu'une fois.

— Blink, quoi de neuf ? demanda Tex au lieu de le saluer.

— C'est Josie. Elle a disparu.

— Que veux-tu dire par disparu ? demanda Tex d'un ton posé.

— Disparu. Je suis rentré du boulot et il y a une putain de trace de pas au milieu de ma porte, la chaîne de sécurité est brisée, son téléphone et son courrier sont sur la table et elle n'est pas là.

— Du sang ?

Blink déglutit avec difficulté tout en regardant autour de lui. L'appartement était propre, comme toujours. Pas de vaisselle sale dans l'évier, pas de nourriture laissée sur la table. Juste son ordinateur, son téléphone, le petit bout de tissu qu'il avait tant espéré la voir porter et une chaise repoussée de la table.

— Non.

— Très bien. Alors elle n'est pas blessée. C'est bien. Tu peux prendre une photo de cette empreinte et me l'envoyer ?

— Oui.

— Tu as déjà appelé Kevlar ?

— Non, répondit Blink.

Il réalisait qu'il répondait par monosyllabes, mais il pouvait à peine parler à cause de la panique et l'adrénaline qui parcouraient tout son corps.

— Fais-le. Et demande-lui d'appeler Cookie et les autres. Avec ton équipe, vous pourrez vous charger des recherches quand je vous aurai trouvé des infos et l'équipe de Wolf pourra se charger de l'appartement et des filles.

Blink acquiesça.

— Blink ? Tu m'entends ? exigea Tex de lui répondre.

— Oui, parvint à dire Blink.

— Je te contacterai. Appelle Kevlar. Terminé.

Blink appuya sur le bouton de fin d'appel et resta debout sans bouger dans son appartement, complètement perdu. C'était comme si tout l'air avait été aspiré de la pièce. Toute la vie. Sans Josie, elle paraissait… vide. Blink voulait s'enfoncer au plus profond de lui comme il l'avait fait après cette terrible mission avec son ancienne équipe. Se rendre dans cet endroit où la vie ne faisait pas si mal.

Mais il ne pouvait pas faire ça. Pas maintenant. Pas quand Josie avait besoin de lui.

Il inspira profondément. Puis encore. Rien ne pouvait arriver à Josie. Pas alors qu'ils venaient de se trouver. Pas alors qu'ils avaient une belle vie devant eux après tant de chagrins. Le destin ne pouvait pas être aussi cruel et lui montrer tout ce qu'il avait toujours voulu dans la vie pour le lui reprendre brutalement.

Il appuya sur le nom de Kevlar et porta le téléphone à son oreille.

— Kevlar à l'appareil.

— Elle a disparu, dit succinctement Blink. J'ai besoin de toi et de l'équipe.

— Tu es à ton appartement ?

— Oui.

— Je suis en chemin. J'appellerai les autres. Tu as contacté la police ?

Blink secoua la tête, avec l'impression d'être dans un long et sombre tunnel.

— Blink ?

— Non, répondit-il d'une petite voix.

— OK. Tiens bon, mon pote. On arrive.

Il hocha la tête et rappuya sur le bouton sans dire au revoir.

Blink était *terrifié*. Il ne savait pas quoi faire. Tout ce qu'il savait, c'était que Josie avait disparu, qu'elle avait certainement très peur et qu'elle comptait sur lui pour la retrouver. Sauf qu'il ne savait pas par où commencer. Où regarder.

Ce sentiment d'impuissance lui était bien trop familier. Il avait ressenti la même chose en voyant ses coéquipiers mourir et gémir de douleur en Iran et il n'avait rien pu faire excepté tenter de les protéger des tirs ennemis.

Mais là, c'était bien pire. Car Josie ne s'était pas portée volontaire pour ça. Et elle avait déjà connu l'enfer. Ce n'était pas juste !

Fermant les yeux, il prit une autre grande inspiration. Il devait se ressaisir. Il ne serait d'aucune utilité à Josie ainsi. Son parfum hantait son odorat. Le savon qu'elle avait utilisé... La lotion qu'elle aimait... La légère odeur d'œufs de ce matin flottait encore dans l'air.

Il ouvrit les yeux et se sentit davantage sous contrôle. Plus déterminé que jamais à retrouver Josie et lui offrir la belle vie qu'il imaginait pour eux.

Baissant les yeux sur son téléphone, il appuya sur quelques boutons pour la troisième fois.

— Neuf cent onze, quelle est votre urgence ?

— Ma petite amie a été kidnappée. Il me faut un inspecteur. Tout de suite.

* * *

La route jusque Las Vegas était surréaliste. Gen passait son temps à alterner entre être complètement silencieuse et s'en prendre à Josie pour avoir « tué » son petit frère. Elle avait tenu l'arme tout ce temps, s'en servant pour ponctuer des mots ici et là.

Josie n'osait rien faire pour la distraire ou la faire perdre le contrôle du véhicule. Gen n'accélérait pas, ne faisait rien pour attirer l'attention sur leur voiture. À un moment, elle sortit à une bretelle de l'autoroute et s'aventura sur une petite route de terre qui déviait vers le désert. Elle conduisit environ un kilomètre, hors de vue des voitures qui pourraient passer par là, puis força Josie à sortir.

Elle crut que c'était la fin. Que Gen allait la tuer d'une balle dans la tête et laisser son corps pourrir là dehors, dans le désert.

Mais au lieu de ça, elle lui demanda d'ouvrir le coffre. À l'intérieur se trouvait un jerrican d'essence. Tout en la visant avec son arme, Gen exigea de mettre de l'essence dans le réservoir. Après avoir obtempéré, Gen lui dit de jeter le bidon vide au sol et de retourner dans la voiture. Elles reprirent l'autoroute 15 et continuèrent vers l'Est, vers Vegas.

Josie allait la supplier de s'arrêter pour qu'elle puisse aller aux toilettes. Mais puisque ses mots ne semblèrent pas capables d'aller au-delà de l'énorme boule dans sa gorge et que le grand détour dans le désert démontrait clairement que Gen ne prévoyait pas de s'arrêter pour mettre de l'essence, elle ne chercha même pas à la mettre au fait de ses besoins. Puisque les stations essence étaient visiblement exclues, Josie espérait encore que Gen aurait bientôt besoin de repos.

Jusqu'à ce que, à un moment donné, Gen lui fit un sourire terrifiant et lui dise :

— Je porte une couche.

Josie fronça les sourcils, confuse.

— Une couche pour adulte. Alors je n'ai pas besoin de m'arrêter. Je ne veux apparaître sur aucune caméra. C'est pour cela que j'ai emporté de l'essence avec moi. Et je peux pisser dans la couche. Nous avons trouvé une solution à tout. Nous regardons des émissions sur les crimes, nous savons ce qu'ils cherchent. Nous sommes plus malignes que tout le monde, même plus que ce connard avec qui tu es. Ils peuvent enquêter sur nous autant qu'ils le veulent, mais nous avons des alibis. Ma mère se sert sans doute de mon téléphone en ce moment, s'envoyant des messages à elle-même pour prouver que je suis toujours à Vegas, expliqua-t-elle, souriant triomphalement. Personne ne saura jamais que c'est moi qui t'ai kidnappée. Tu es *niquée*, Josie. Tout comme tu as niqué Ayden. Tout comme tu nous as niquées, Maman et moi.

Puis elle se mit à rire. Un rire de folle qui fit se dresser les cheveux sur la nuque de Josie. Apparemment, elle et sa tarée de mère avaient soigneusement organisé son enlèvement. Et le désespoir menaçait de la submerger. Mais Josie le tint à l'écart.

Elles n'étaient pas plus futées sur Nate. Lui et ses amis trouveraient où elle était. Ils le devaient.

Vegas apparut à l'horizon et à chaque kilomètre parcouru, les espoirs de Josie s'éloignèrent de plus en plus. Elle reconnut le coin où avait tourné Gen, là où se trouvait la maison de Millie. Elle s'y était rendue une fois avec Ayden, peu de temps après avoir commencé à se fréquenter. Ce fut le dîner le plus étrange de sa vie et elle avait réussi à éviter de refaire ça une seconde fois.

Gen s'avança vers la maison et la porte du garage s'ouvrit. Elle s'y gara et la porte se referma derrière elles. Puis, Millie apparut à la portière de Josie, la maintenant ouverte.

— Sors, salope, dit-elle.

Josie ne le voulait pas. Elle voulait rester là où elle était, mais avec Millie qui pointait désormais une seconde arme vers sa tête, elle n'avait pas le choix. Elle sortit lentement et se mit debout, trébuchant lorsque Millie la poussa vers la porte de la maison.

Les deux femmes la suivirent, la poussant comme du bétail à l'intérieur. Il y avait des piles et des piles d'affaires dans toute la maison. Bien plus qu'à l'époque où elle était venue pour le dîner avec Ayden. Elle avait réalisé ce jour-là que Millie était une entasseuse compulsive et avait compris de suite pourquoi Ayden voulait toujours rester chez Josie. Mais ça avait apparemment empiré de façon exponentielle depuis la dernière fois qu'elle avait vu la maison. Il y avait des cartons partout, tout comme des piles de vêtements, des sacs poubelle et des cochonneries que personne n'avait visiblement touchées depuis des années. La maison agressait la vue et l'odorat de Josie. Ça sentait... le vieux. Ça puait. C'était dégoûtant.

Elle n'eut pas le temps de comprendre *ce* qui sentait exactement de la sorte quand Gen dépassa Josie et ouvrit une porte dans la cuisine, lui faisant signe de descendre les marches.

Elle en fut surprise. La plupart des maisons de Vegas n'avaient pas de sous-sol, quelque chose à propos du type de roche dans le sol désertique les rendait compliqués à creuser. Celui-ci était petit et avait de quoi rendre claustrophobe. Et il était trop rempli de cartons et autres merdes dans chaque recoin.

— Par là, dit Millie, enfonçant le canon de son pistolet au centre du dos de Josie.

Elle trébucha à nouveau, luttant pour voir à travers la faible luminosité de la pièce. Un chemin avait été dégagé parmi les cartons, menant à une petite porte.

Pour la première fois, Josie hésita. Cette pièce ne lui rappelait que trop bien la cellule dans laquelle on l'avait jetée. Elle ne pouvait pas refaire ça... Elle ne pouvait pas être enfermée comme un vieux déchet oublié.

Mais tout comme à l'autre bout de la planète, elle n'avait pas le choix ici. Gen la poussa violemment, faisant tomber Josie à genoux. Elle sentit le canon du flingue être pressé dans la nuque.

— Ne tire pas ! s'exclama Millie et Josie commença à avoir des sueurs froides. Elle ferma les yeux, certaine d'être sur le point de mourir. Son seul regret était que Nate ne saurait jamais ce qui lui était arrivé. Ces femmes emmèneraient son corps dans le désert, où elle ne serait jamais retrouvée. Ce serait comme si elle n'avait jamais existé.

Le bras de Josie fut tiré vers le haut, dans son dos.

— Debout, garce ! Et rentre là-dedans. Tu en sortiras bientôt, mais on ne peut pas t'avoir dans nos pattes pendant qu'on finalise les préparatifs pour ton *avenir*. Alors, entre, lui ordonna Millie, ouvrant la petite porte d'un geste théâtral.

Gen la poussa vers l'avant et Josie atterrit à quatre pattes. Elle n'avait d'autre choix que de ramper dans le petit espace de la taille d'un placard, Gen lui bottant les fesses pour la propulser à l'intérieur. La minuscule pièce était tout juste suffisamment grande pour qu'elle puisse s'asseoir, mais à peine pour se retourner. Chose incroyable, la cellule qui lui paraissait maintenant spacieuse en comparaison lui manqua.

Elle ouvrit la bouche pour implorer les femmes, les supplier de la laisser partir, de porter le chapeau pour tout ce qu'elles lui reprochaient quant à la mort d'Ayden, mais sa voix ne fonctionnait toujours pas. Et elle n'eut de toute manière pas l'occasion de le faire avant que la porte ne se referme en claquant. Le clic d'un cadenas résonna comme l'explosion d'une bombe dans l'endroit sombre.

Puis, il n'y eut plus rien. Le silence. C'était comme si elle était entrée dans une dimension alternative.

Piégée, *encore* ! Mais cette fois, il n'y avait pas le goutte-à-goutte d'une eau salvatrice dans le recoin. Pas de petite tasse en métal pour récupérer le liquide.

Peu importait ce qu'avaient Millie et Gen en réserve pour elle, ce ne serait pas bon.

Josie ne pouvait qu'espérer que Nate la retrouve avant que les plans conçus par ces femmes ne soient mis en place. Elle avait l'intuition qu'une fois ce moment arrivé, elle disparaîtrait *pour de vrai*, comme tant de gens dans le monde l'avaient fait, sans laisser de trace. Dans un nuage de fumée.

CHAPITRE 18

— Elles n'ont pas quitté Vegas, dit Tex. Je comprends où tu veux en venir, Blink, mais il n'y a aucune preuve pour soutenir qu'elles sont les responsables.

Blink faisait les cent pas dans son salon. Il partait et revenait. Repartait et revenait. Il n'arrivait pas à rester immobile. Ni à manger. Il ne pouvait penser à rien d'autre qu'à retrouver Josie.

Son petit appartement est bondé. Tous ses coéquipiers étaient présents, tout comme Wolf et Cookie. La police était venue puis repartie, prenant la déclaration d'une personne portée disparue avant de dire qu'ils se recontacteraient, car puisque cela ne faisait pas vingt-quatre heures et que Josie était une adulte, ils ne pouvaient pas faire grand-chose et qu'elle reviendrait probablement d'elle-même bientôt, patati et patata. Ce n'était pas illégal pour un adulte de se faire la malle.

Pour une raison inconnue, ils n'avaient pas paru trop inquiets concernant la chaîne cassée et l'empreinte de pied sur la porte.

C'était la merde, mais rien de surprenant. La police était inondée de rapports de personnes disparues et neuf fois sur dix, la personne n'était pas vraiment disparue. Leur téléphone était hors d'usage ou bien elles avaient besoin d'une pause dans leur vie, ou elles avaient simplement oublié de dire à d'autres où elles s'en allaient.

Mais Blink était sûr et certain qu'aucun n'était le cas de Josie. Elle avait des projets pour eux cette nuit-là. Ils venaient d'échanger leurs sentiments l'un pour l'autre. Elle n'avait aucune raison de se barrer et toutes les raisons de rester.

Alors tandis que la police pourrait ne pas rechercher Josie, Blink et ses amis le faisaient.

— Ce sont *elles*, dit Blink, agité, à Tex. Ça ne peut être personne d'autre. Josie n'a pas d'ennemis. Elle n'a même fait la connaissance de personne ici, à Riverton, excepté notre famille du SEAL.

— Je t'ai entendu. Si ce sont elles, elles ont recouvert leurs traces, car j'ai pinguer les téléphones de Gen comme de Millie et elles sont toutes les deux à Vegas, dans la maison de la mère. Elles y sont restées toute la journée. Et toute la journée d'hier. En fait, elles se sont envoyés un tas de messages depuis ce matin. Les appareils GPS dans leurs véhicules montrent également qu'elles n'ont pas quitté la maison de la journée, expliqua Tex d'une voix calme qui tapait sur les nerfs de Blink.

À un tout autre moment, il apprécierait le sang-froid dont il faisait preuve, mais là ? Il avait envie de traverser le téléphone pour secouer ce mec.

— Et puis leurs cartes de crédit n'ont pas servi. Pas de station essence, pas de nourriture.

Rien, ajouta Tex.

— Elles ont pu engager quelqu'un pour faire leur sale boulot, non ? suggéra Preacher.

— Oui, mais la trace de pas que Blink m'a envoyée est franchement trop petite pour être celle d'un homme.

— Il ne faudrait pas beaucoup de force pour la maîtriser, dit Smiley. Elle est toute petite.

— Tu n'aides pas, se plaignit Safe d'une voix basse.

— Si ce n'est pas la mère ni un homme, qui est-ce ? demanda MacGyver d'une voix neutre. Ont-elles pu engager une femme pour aller la chercher ?

— C'est elle. Ou les deux. Il n'y a absolument personne d'autre pour détester Josie. Elles la tiennent responsable de la mort de son ex, insista Blink.

— Attendez... Pourquoi se sont-elles envoyé des SMS si elles sont dans la même maison ? demanda Kevlar.

— Oui, ça n'a pas de sens, commenta MacGyver.

— Ça en a si elles cherchent à faire croire qu'elles sont toutes les deux à Vegas, mais que l'une d'entre elles était en fait ici, à Riverton, grogna Preacher.

— Et les caméras de circulation ? demanda Flash à Tex.

— Je suis dessus. Si elles n'en ont pas dans leurs propres véhicules, et je suppose que c'est le cas puisque j'ai déjà vérifié les données GPS, c'est comme chercher une aiguille dans une botte de foin si on suit chaque voiture qui a pris les routes autour de la résidence de Blink.

— Et si on vérifiait les agences de location de voiture de Vegas ? proposa Cookie.

— Déjà fait. Je n'ai rien trouvé concernant l'une de ces femmes, répondit Tex.

Chaque mot qui sortait de la bouche du génie de l'informatique désignait quelqu'un d'autre que Millie ou Geneviève Hitson comme la personne étant entrée par effraction dans l'appartement pour enlever Josie, et pourtant, Blink savait sans en douter que l'une d'entre elles ou les deux se cachaient derrière sa disparition. Kevlar avait raison, ça n'avait aucun sens que ces femmes se soient envoyé des messages toute la journée tout en se trouvant dans la même maison. À vrai dire, occasionnellement, il avait envoyé un message à Josie alors qu'ils étaient côte à côte sur son canapé, juste pour rigoler... et pas de manière répétée.

— C'est elle, répéta fermement Blink, se forçant à se concentrer sur le moment présent.

— Bien. Alors j'ai juste besoin de trouver une preuve, dit Tex. J'y vais et verrai ce que je peux faire. Je te recontacte.

Et la ligne se fit silencieuse.

— Je vais à Vegas, annonça Blink. Peu importe ce que Tex a trouvé ou pas ou pourrait trouver ces prochaines heures, je le sais de toute mon âme qu'elle est là-bas.

— Je ne veux pas être celui qui dira ça, mais... elles ont déjà pu lui faire quelque chose.

Elle pourrait ne pas être là-bas, dit Kevlar, le chagrin et le malaise évidents dans le ton de sa voix.

Blink avait envie de se déchaîner sur son chef de groupe. Lui hurler qu'il ne savait pas de quoi il parlait. Mais Kevlar n'avait rien dit que Blink n'avait pas déjà pensé. L'image du corps de Josie, brisé et ensanglanté abandonné quelque part dans le vaste désert entre Riverton et Las Vegas lui donnait envie de vomir.

— Je sais. Et ne crois pas que je n'y ai pas déjà pensé. Mais les gars, vous n'avez pas entendu la mère... La haine dans sa voix était dévorante. Je ne pense pas qu'elle voudrait simplement tirer sur Josie. Ce serait trop facile. Non, je crois qu'elle a une idée plus sinistre en tête. Elle veut que Josie souffre.

Blink se sentit sale rien qu'à prononcer ces mots.

— Alors pendant que Tex fait son truc et que la police attend un laps de temps arbitraire avant d'estimer que Josie a vraiment disparue, qui va à Vegas avec Blink ? demanda Wolf.

— Kevlar et Safe doivent rester ici avec Remi et Wren. Elles seront malades d'inquiétude sinon et dans l'infime possibilité où ce ne sont pas les Hitsons et que ça a un lien avec notre boulot, je veux qu'elles soient sous protection, dit fermement Blink.

Kevlar ouvrit la bouche pour protester, mais Preacher le devança.

— J'irai. Et Smiley aussi. MacGyver, Flash, vous les gars, restez ici et voyez ce que vous pouvez creuser d'autre. Parlez aux voisins, soyez les yeux et les oreilles de Tex ici s'il en a besoin et vous pourrez être en liaison avec les flics.

Tout le monde hocha la tête.

— Je ne suis pas certain que c'est une bonne idée qu'il n'y ait que vous trois pour partir à Vegas, dit Cookie, légèrement soucieux.

— Même si je déteste ces garces, je ne peux pas foncer là-bas tête baissée, dit Blink. Je ferai tout ce qu'il faudra afin d'être sûr que Josie va bien. Et si on se montre tous les sept, ça pourrait les mettre sur la défensive. Peut-être que s'il n'y a que moi et deux amis, elles se planteront et se vanteront de ce qu'elles ont fait. S'il y a la plus petite chance qu'elle soit encore en vie, qu'elles ne l'ont pas tuée, je la saisirai. Je ferai ce que j'ai à faire. Vendre mon âme pour la trouver.

— Très bien, dit Cookie en hochant la tête. On rassemble les filles. Josie aura besoin du soutien de ses amies quand elle rentrera.

Sa foi donnait à Blink l'envie de pleurer. Wolf, Cookie et le reste de leur bande étaient des légendes au sein du SEAL. Ils avaient vu et fait plus de choses que la plupart des équipes combinées. L'entendre parler de Josie qui rentre chez eux avec une telle certitude intensifia son assurance.

— Bon ! Qui conduit ? demanda Preacher.

— Moi, répondit Smiley, résolu. On prendra le pick-up de Blink, au cas où on aurait besoin de quitter la grande route. On peut partir maintenant.

Il fallut toute la force en lui pour que Blink ne coure pas jusqu'à sa porte d'entrée.

— Je dois préparer un sac pour Josie. Elle pourrait avoir besoin de changer de vêtements.

Et on appréciera d'avoir un kit de premier secours... juste au cas où.

Wolf posa une main sur le bras de Blink tandis que celle de Kevlar atterrit lourdement sur son épaule.

— Tu la retrouveras, lui dit Kevlar.

— Elle est peut-être riquiqui, mais elle est en béton, dit Wolf. Je suis sûr qu'elle est certaine que tu viens la chercher. Tout comme ma Caroline l'était quand ces salopards qui l'avaient emmenée l'ont balancée dans l'océan. Les femmes comme elle et Josie, ce sont des survivantes. Appelle-nous sur le chemin du retour.

Blink déglutit avec peine et acquiesça.

Puis il s'en alla dans sa chambre pour préparer un sac. Pendant un moment, il resta debout là, à tenter de retrouver son équilibre. La disparition de Josie l'avait complètement secoué. Il ne la laisserait pas tomber. L'alternative était impensable. Il aimait Josie et elle l'aimait. Il ne la perdrait pas maintenant. Il en était hors de question.

* * *

Le temps ne signifiait rien dans le noir total du petit placard où on avait forcé Josie à entrer. Elle s'efforçait d'entendre quelque chose, n'importe quoi, mais tout ce qu'elle entendait, c'était le son de son propre cœur qui battait.

Ses pensées se tournèrent vers Nate.

Que faisait-il en ce moment ? Il avait sûrement découvert qu'elle était partie. Il aurait appelé Kevlar et les autres. Ils se demanderaient où elle pouvait bien se trouver. Avait sans doute appelé la police. Tout le monde serait en train de la chercher.

Mais se rappeler des précautions que Gen avait prises pour rester hors des radars inquiétait Josie. Porter une couche pour adulte afin de ne pas avoir à s'arrêter pour aller aux toilettes était... dingue... et malin. Et l'essence. Laisser son téléphone à Vegas. La voiture que Josie n'avait pas reconnue. Et ça ne lui avait pas échappé que Millie était celle qu'ils avaient indiquée dans la demande de mesure de protection, car elle était celle qui était venue la menacer directement.

Si on interrogeait Gen, elle clamerait qu'elle se trouvait ici, à Vegas, tout ce temps, qu'elle ne pouvait pas être celle qui l'avait kidnappée et toutes ses preuves iraient dans ce sens. Mais Nate et les autres gars ne se contenteraient pas de supposer que même si son téléphone ne prouvait pas sa présence en Californie, cela voulait dire qu'elle n'y était pas vraiment.

Mais pour la première fois, l'inquiétude fit son chemin. Découvriraient-ils la vérité à temps ? Peu importait ce que Millie et Gen allaient faire d'elle, Josie avait l'intuition que c'était bien plus élaboré que simplement la tuer et jeter son corps quelque part. Cela ne ferait pas une vengeance suffisante pour les deux femmes.

Millie avait gâté son fils unique et Gen avait toujours été surprotectrice envers son petit frère. Sa mort les avait claire-ment brisées, poussées à commettre des choses qu'elles n'au-raient pas faites sans ça. Josie n'avait aucun doute là-dessus.

Seraient-elles vraiment capables de la tuer ? Peut-être, peut-être pas.

Mais demander à quelqu'un d'autre de faire une chose horrible et prendre leur revanche afin qu'elles ne se salissent pas les mains ? Oui, elle pouvait les imaginer faire ça.

Josie frissonna. Il ne faisait pas froid dans le placard, mais elle pouvait sentir l'horloge tourner. Et bien plus vite que lors-qu'elle était à l'autre bout de la planète. Elle savait d'instinct qu'elle n'aurait pas beaucoup de temps avant que Millie et Gen mettent leur plan en action.

Dépêche-toi, Nate. Il faut que tu me trouves !

* * *

Des heures plus tard, dans l'obscurité de la nuit, Smiley descendait la rue où vivait Millie Hitson. Tex leur avait envoyé l'adresse de cette femme pendant qu'ils étaient en route pour Vegas. Il les avait informés d'être toujours en train de chercher toute voiture étant passée près de l'appartement de Blink, tout comme de vérifier les caméras de circulation sur la route menant hors de Riverton, mais c'était une tâche si colossale qu'il n'avait pas beaucoup progressé. Il leur assurait qu'il était toujours dessus et qu'il avait même appelé une amie à la rescousse, une femme nommée Ryleigh qui vivait au Nouveau-Mexique. Mais même si ces deux-là bossaient d'arrache-pied pour pirater les caméras, ils savaient tous que ce serait lent.

Mais Blink n'avait pas besoin de vérification pour ce qu'il savait dans son cœur. Les Hitson avaient sa Josie et il allait la ramener, si c'était la dernière chose qu'il ferait.

— Ne fais rien d'imprudent, lui dit Preacher, comme s'il pouvait lire dans l'esprit de Blink.

Il ne répondit pas. Il lui était impossible de parler à ce stade. Il avait joué et rejoué encore et encore toutes les mauvaises choses qui auraient pu arriver à Josie ces dernières heures... et il n'était pas prêt pour parler de façon cohérente.

— Souvenez-vous, laissez-moi parler, dit Smiley, les trois hommes sortant du pick-up.

Ça ne posait aucun problème à Blink. Il allait user de tout son contrôle pour ne pas attraper l'une des femmes et la secouer jusqu'à ce qu'elle lui dise où est Josie.

Ils marchèrent jusqu'à la porte et avant même de pouvoir frapper, elle s'ouvrit. Geneviève se tenait devant eux et pendant un temps, elle eut l'air choquée de les voir.

— Vous vous attendiez à qui ? lui demanda Smiley d'un ton sévère qui aurait fait frémir la plupart des gens.

Mais pas cette garce. Elle mit une main sur la hanche, s'appuya contre le chambranle et leur jeta à tous les trois un regard noir.

— Qu'est-ce que vous voulez ?

— Josie. Où est-elle ?

— Comment je le saurais ? Elle s'est encore évaporée ? Quelle honte !

Les mains de Blink se transformèrent en poings.

Elle lui fit un sourire suffisant.

— Je suppose que ce sont vos amis super-soldats ? Je ne suis pas impressionnée. Cassez-vous.

— On ne part pas, dit Smiley. Pas sans Josie.

— Alors quoi ? Vous allez camper sur notre pelouse ? Parce qu'elle n'est pas ici. Et si vous étiez futés, dit-elle à Blink, vous vous éloigneriez d'elle, car elle parviendra sans doute à vous tuer, vous aussi.

— Si *vous* étiez futée, vous arrêteriez de raconter de la merde et vous iriez chercher Josie.

— Écoutez, vous ne vous prenez peut-être pas pour de la merde, mais vous, enfoirés de soldats, vous êtes tous les mêmes. Prétentieux, arrogants, croyant être un cadeau de Dieu pour les femmes. Flash info : vous ne l'êtes pas. Je ne sais pas où est cette salope et je m'en fiche. Si je la revois, je ne lèverai pas le petit doigt pour l'aider. Elle pourrait être en train de couler juste devant moi que je resterais là à la regarder. Elle. N'est. Pas. Ici. Maintenant, allez-vous-en.

— Non, dit Blink d'une voix gutturale.

— Oh, il parle ! dit Gen en levant les yeux au ciel.

— Laisse-les entrer, dit Millie, arrivée dans le dos de sa fille pour s'intégrer à la conversation.

— Quoi ? Non, maman ! protesta Gen.

— Oui, Gen, laissez-nous entrer, dit Smiley.

— Nous n'avons rien à cacher. Ils ne trouveront pas Josie ici. Si ça les fait partir, laisse-les regarder. Plus vite ils comprendront qu'elle n'est pas là, plus vite ils déguerpiront du pas de ma porte.

Gen soupira d'un air dramatique puis se retourna pour rentrer d'un pas lourd dans la maison.

— J'autorise uniquement cela parce que je veux vous voir partir, les informa Millie avant de s'adresser à Blink. Je la hais.

Elle a ruiné ma vie. Mais je n'ai rien fait à cette petite garce. Gen et moi sommes restées ici ces douze dernières heures, au moins.

Blink regardait fixement la femme. Elle protestait trop. Personne ne lui avait demandé où elle était depuis ce matin. Seulement où se trouvait Josie.

Smiley passa le seuil de la porte, Blink et Preacher sur ses talons.

La maison était en bordel ; il était évident que Millie Hitson était une syllogomane. Il n'y avait pas un seul endroit libre sur aucune des tables de la maison. Ils traversèrent le salon, leurs chaussures peinant à ne pas rester collées sur un chemin étroit entre des tas de cartons et merdes en tout genre, direction la cuisine. Il y avait des piles et des piles de vêtements sur les canapés, avec seulement deux endroits libres, de toute évidence là où Millie et Gen s'asseyaient. La maison entière sentait mauvais, un mélange de vieille nourriture et de possibles rongeurs en train de pourrir. Mais Blink n'était pas là pour juger la façon dont vivait Millie. Il voulait juste Josie.

Sans en parler au préalable, les hommes se séparèrent. Millie et Gen étaient assises à leur place sur le canapé comme si elles se fichaient totalement qui étaient ces hommes et de ce qu'ils pourraient trouver.

Pour la première fois, Blink se demanda s'il avait tort. Seraient-elles si détendues si Josie était là ? Il n'en était pas sûr.

Il était difficile de fouiller la maison à cause de toutes ces saletés empilées vraiment partout. Ouvrir les placards était impossible puisqu'ils étaient bloqués par des années d'objets entassés.

Preacher força une porte près de la cuisine et cria :

— Sous-sol !

Blink était surpris, puisque cette partie du pays n'était pas réputée pour avoir des sous-sols, mais son taux d'adrénaline grimpa en flèche. Josie devait être là, en bas. Elle l'était *forcément* !

Les escaliers pour descendre étaient traîtres, car ils étaient cassés et irréguliers, et des trucs étaient empilés sur chaque marche. Regardant autour de lui, l'optimisme de Blink plongea. Ça sentait encore plus mauvais ici-bas et il n'y avait même pas de passage dans ce bordel. Il ne savait pas par où commencer pour progresser entre les piles de saletés entassées dans cet espace exigu.

— Merde, jura Smiley derrière lui.

— Josie ? l'appela Preacher.

— Mais bordel ! Tu crois qu'elle est ligotée sous ces piles de merde là-dedans ? demanda Smiley.

— Je l'ignore. Mais je ne sais même pas comment simplement entreprendre une recherche dans tout ce foutoir.

Blink cessa d'écouter ses amis et analysa méthodiquement la pièce. Elle n'était pas large, mais il ne voyait aucun endroit où quelqu'un pourrait se cacher ou être caché. Il se pencha en avant et ramassa un carton qu'il lança sur le côté, se fichant de ce qu'il y avait dedans ou de l'endroit où il avait atterri. Mais sous ce carton se trouvait un autre carton. Et un autre.

Frustré, il soupira puis regarda de nouveau la pièce. Il n'avait aucune idée de ce qu'il cherchait, mais rien ne semblait suspicieux.

— Blink ? l'appela Preacher.

— Je n'en sais rien, répondit-il en secouant la tête. Mon cœur me dit qu'elle est là, qu'elle ne *peut* être nulle part ailleurs. Mais...

Ses paroles restèrent en suspens. Honnêtement, il avait cru qu'ils entreraient dans cette maison et trouveraient Josie recroquevillée dans un coin, complètement flippée mais qui irait bien.

Mais maintenant... la possibilité que la personne qui l'avait emmenée ait pu peut-être, juste peut-être, mettre fin à sa vie et balancer son corps dans le désert ou l'enterrer dans une fosse peu profonde le dévorait.

— Vous avez fini ?

La question sèche de Millie résonna dans le petit sous-sol. Elle se tenait au sommet des escaliers, les regardant de haut.

— Il faut qu'on se regroupe, dit calmement Preacher.

— C'est foutu, dit Smiley, le regard analysant la pièce.

— Allez. Plus je reste dans cette maison, plus je ressens le besoin de prendre une douche, leur dit Preacher avant de poser une main sur le bras de Blink.

Il était d'accord avec ses amis. Ils devaient se rassembler, appeler Tex, peut-être Kevlar et les autres, trouver quoi faire ensuite. Mais une partie de lui profondément ancrée ne voulait pas partir. Il avait eu tant d'espoirs de trouver Josie que l'alternative l'anéantissait.

Il se tourna puis rebroussa chemin jusqu'au rez-de-chaussée, les cheveux dressés sur sa nuque tandis qu'il traversait le labyrinthe d'ordures et autres déchets que Millie collectionnait.

— Je vous l'avais dit, fanfaronna Gen de sa place sur le canapé.

Elle ne s'était pas embêtée à se lever. Millie s'était rendue à la porte d'entrée et l'avait ouverte. Elle se tenait là, leur indiquant clairement que leur temps était écoulé.

Mais là encore, toute cette situation faisait hurler les sirènes internes de Blink pour lui signaler que ces femmes cachaient quelque chose. Cachaient *Josie*.

— Putain, est-ce que c'est une couche ? marmonna Smiley dans sa barbe en dépassant une poubelle en plastique qui tenait précairement en équilibre sur une pile de vêtements et dieu savait quoi d'autre.

— Dégoûtant, dit Preacher.

Blink précédait ses amis, se dirigeant vers la porte, ne s'arrêtant qu'une fois à côté de Millie.

Il la regarda dans les yeux et lui dit d'une voix grave et neutre :

— Nous allons la retrouver.

Les lèvres de Millie se tordirent vers le haut.

— Le monde se porte mieux sans elle. Où qu'elle soit, j'espère que cette garce souffre.

Qu'elle regrette son rôle dans le meurtre de mon fils. Aucune torture ne serait suffisamment sévère pour lui faire payer ce qu'elle a fait à ma famille.

Quelque chose dans ses propos fit stopper net Blink, mais Smiley était dans son dos, le poussant vers l'avant.

— Josie n'a pas touché un cheveu de votre fils pourri gâté et vous le savez, dit Smiley.

Si elle est coupable de quoi que ce soit, c'est d'avoir été trop gentille avec quelqu'un qui ne le méritait pas.

— Sortez ! cria Millie en désignant la porte.

— Avec joie, répondit Preacher.

Blink sortit dans l'air sec du désert et ressentit l'envie urgente de revenir sur ses pas. Il voulait retourner chaque foutue chose dans la maison de cette entasseuse compulsive jusqu'à trouver Josie ou le moindre signe de sa présence.

Smiley poussa de nouveau Blink pour l'inciter à continuer de marcher. Chaque pas lui donnait l'impression que ses pieds pesaient deux cents kilos.

— Viens, il faut qu'on parle, dit Preacher.

Blink marchait comme s'il était en trance, retournant vers le pick-up. Il s'installa sur la banquette arrière et Preacher à côté de lui. Smiley se mit au volant. Pendant un moment, ils restèrent assis en silence.

— C'était vraiment tordu, finit par dire Smiley.

Blink ne pourrait être plus d'accord.

— Et maintenant, quoi ? leur demanda Preacher.

— Je ne pars pas. Elles savent quelque chose, leur dit Blink.

— Je suis de ton avis, répondit Smiley. Elles nous ont fait entrer trop rapidement.

— Et la fille avait l'air vraiment tendue. Elle essayait de le cacher, mais elle n'arrivait pas à regarder autre chose que nous, ajouta Preacher.

Il n'avait pas tort. Blink avait pensé la même chose.

— Josie n'est pas morte, dit-il avec conviction. Je ne sais pas comment je le sais, mais je le sais. La mère était trop disposée à nous faire entrer et j'aurais pensé qu'elle aurait campé sur ses positions et protesté contre le fait qu'on mette un pied dans sa maison.

— Oui, hein ? Elle était quasi certaine qu'on reviendrait bredouille. Pourquoi ? Parce que Josie n'est pas là ? Parce qu'elle savait qu'on ne la trouverait pas là où elles l'ont cachée ? dit Preacher.

— Pourquoi la fille est-elle là, d'ailleurs ? songea Smiley. Elle a sa propre maison, non ?

C'est ce que Tex a dit en tout cas. Donc si elle a son propre appart, pourquoi est-elle dans la maison de sa mère, continua-t-il avant de vérifier sa montre, à onze heures et demie du soir ? Et elles sont toutes les deux complètement habillées. La plupart des gens, à cette heure de la nuit, s'ils ne s'apprêtent pas à sortir faire la fête, ils sont en pyjamas.

Il n'avait pas tort. L'esprit de Blink tournait.

— Et vous avez remarqué l'expression du visage de Gen quand elle a ouvert la porte ?

Elle s'attendait clairement à trouver quelqu'un en particulier et elle a été choquée de nous voir à la place, dit Preacher.

— Elles attendent une visite, dit Blink.

— Pour leur amener Josie ? suggéra Smiley.

— Ou pour la récupérer, dit Smiley.

— La mère nous a laissés entrer, espérant qu'on entre, qu'on sorte et qu'on reparte. Pour que la personne qu'elles attendent n'arrive pas alors que nous étions là, dit Smiley.

— Alors on reste. On surveille les lieux. On voit qui se pointe, décida Preacher.

Blink était d'accord avec ce plan. Ils étaient près de découvrir ce qui se tramait ici. Il le sentait. Ces femmes n'allaient pas jouer aux plus malignes avec lui. Il y avait trop en jeu pour lui : son avenir entier, sa santé mentale, l'amour de sa vie.

Blink avait besoin de Josie. Il n'était pas certain de pouvoir survivre s'il la perdait.

Aussi dur que ce soit de rester assis et d'observer, c'était ce qu'il ferait si cela permettait de découvrir ce que Millie et Gen Hitson dissimulaient. Et elles cachaient véritablement quelque chose, il n'en doutait pas.

Smiley quitta le trottoir et descendit la rue. Ils feraient demi-tour et attendraient, surveilleraient... c'était ce qu'ils faisaient de mieux.

CHAPITRE 19

Josie avait l'impression de ne pas pouvoir respirer. Elle ne savait pas trop depuis combien de temps elle était dans le noir, mais cela lui paraissait être des années. C'était en un sens bien pire que dans cette satanée cellule. Elle n'était pas à l'autre bout du monde dans un pays étranger. Elle était ici, aux États-Unis. Un endroit où elle aurait dû être en sécurité.

Elle se remit en question quant à ses réactions plus tôt ; aurait-elle dû tenter de s'échapper ? Courir ? Risquer de se faire tirer dessus pour fuir Gen ?

Elle détestait avoir une fois de plus besoin d'être secourue. Elle s'était toujours considérée comme extrêmement indépendante. Elle ne dépendait jamais de qui que ce soit pour lui donner ce dont elle avait besoin. Elle avait bataillé dur pour garder la tête hors de l'eau. Elle avait appris ça de sa mère. Et pourtant, voilà où elle en était... Enfermée dans un autre satané trou comme si elle n'était rien de plus qu'un déchet. Un rebut humain.

Elle aurait pu se trouver au fond du puits sans Nate. Lui et ses amis l'avaient acceptée, adoptée, lui avaient donné l'impression de valoir quelque chose. D'être importante pour eux. Ils ne se contenteraient pas de hausser les épaules après sa disparition et de continuer leurs vies. Non, Josie ne doutait pas qu'ils remuaient ciel et terre pour la retrouver. Elle devait rester forte, comme Nate la voyait.

Le problème, c'était qu'il ne suffirait pas de seulement affronter Millie et Gen, sans doute la première idée de Nate. Parce qu'elles ne prévoyaient sûrement pas de la laisser dans un placard de leur maison pour y mourir. Elles devaient penser que c'était une punition appropriée pour ce dont elles l'estimaient responsable... la mort d'Ayden. Mais elles la détestaient suffisamment pour désirer qu'elle souffre d'une mort bien plus atroce.

Josie ne savait pas ce qu'il y avait de pire que de mourir de déshydratation et d'un manque d'alimentation. En fait, ce n'était pas vrai, elle pouvait penser à des choses *bien* pires. Et la famille d'Ayden avait sans nul doute opté pour une méthode prolongée et douloureuse.

Ça aurait dû troubler Josie de réaliser qu'elle était détestée à ce point. Et si elle n'avait pas rencontré Nate et ses amis, elle serait complètement en train de piquer une crise en cet instant. Mais elle avait eu la preuve encore et encore qu'elle avait de la valeur. Penser à tout ce que Remi et Wren avaient fait pour elle depuis leurs rencontres lui réchauffait le cœur. Sans parler de Caroline, Fiona et toutes les autres filles. Et il y avait ensuite les retraités du SEAL. Tout le monde avait été si merveilleux !

Millie et Gen étaient les mauvaises personnes ici, pas elle. *Qu'elles aillent se faire voir !* Peu importait ce qu'elles avaient prévu, Josie ferait tout ce qui était en son pouvoir pour les contrecarrer.

Cette pensée en tête, elle étendit les bras pour passer ses mains sur les murs autour d'elle. Elle devait y laisser son ADN. Si elle ne sortait pas vivante de ce que la famille d'Ayden avait en magasin pour elle, elle voulait être sûre de laisser des indices pour la police. Même si personne ne trouvait où elle avait disparu pendant des années, quelqu'un finirait par vider cette maison et tomber sur ce trou à rat.

Josie fit courir ses ongles sur le mur puis sur le sol. Elle pouvait sentir la saleté s'incruster sous ses ongles.

Cherchant quelque chose à tâtons, n'importe quoi qu'elle pourrait utiliser pour faire une espèce de marque sur le mur, Josie hoqueta lorsque ses doigts se referment sur ce qu'elle prit pour un cintre. Un cintre en *métal*, niché dans le coin derrière elle.

Même dans le noir, il ne fut pas difficile de le tordre. C'était plus difficile d'écrire ce qu'elle souhaitait sur le mur, puisqu'elle ne pouvait voir.

Quand elle eut terminé, elle tordit le cintre dans une forme qu'elle espérait voir devenir une sorte d'arme. Elle n'aimait pas la violence, mais s'il était question de sa mort ou de celle d'une autre personne, elle ferait tout ce qu'il faudrait pour revenir auprès de Nate.

Penser à lui provoqua un petit sanglot qui lui coupa le souffle. Qu'était-il en train de faire en cet instant ? Faisait-il les cent pas dans son appartement, se demandant où elle était ? Sillonnait-il Riverton en voiture en espérant l'apercevoir ?

Non, il ne faisait aucune de ces choses. Son petit ami avait probablement appelé toutes les ressources dont il disposait et faisait tout son possible pour la localiser. Josie gagna en confiance à cette pensée.

Elle était en train d'imaginer différents scénarios sur ce qu'elle ferait si Millie ou Gen ouvraient cette fichue porte quand cela finit par arriver.

Prise de court, elle perdit l'élément de surprise. Et ça n'aurait pas eu d'importance de toute manière puisque le faible éclairage dans le sous-sol était si éblouissant après être restée si longtemps dans le noir complet que Josie était pratiquement aveugle.

— Debout, grogna Millie.

Josie ne voulait pas. Après avoir tant souhaité et espéré

pouvoir sortir de ce placard, soudain, il paraissait être l'endroit le plus sûr dans lequel se trouver. Elle n'avait aucune idée de ce que Millie avait en réserve pour elle, mais ce ne serait pas agréable.

— C'est quoi ça ? Merde. Lâche-le ! s'exclama Millie. Je te tuerai, je le ferai ! Lâche cette arme !

Sa vue s'était adaptée à la lumière du sous-sol et le sang de Josie se glaça en voyant une fois de plus Millie pointer cette saleté de flingue sur son visage. Pendant une demi-seconde, elle songea à bondir du placard et faire son maximum pour enfoncer l'embout pointu du cintre dans l'un des yeux de la nana. Mais au lieu de ça, Josie posa le cintre par terre.

Elle voulait vivre. Et un seul petit mouvement rapide du doigt de Millie suffirait à ce qu'elle reçoive une balle entre les yeux. Elle ne pourrait pas vivre le restant de sa vie avec Nate si elle était morte.

Lentement, pour ne pas effrayer la mère d'Ayden, Josie sortit en rampant du trou dans lequel elle avait été planquée. Le sous-sol paraissait encore plus infesté d'ordures maintenant qu'il ne l'avait été lorsqu'elle avait été menée dans ce placard. Le chemin qu'elle avait pris s'était effacé. Millie et Gen avaient dû disperser le bric-à-brac tout autour pour dissimuler le placard. Pour faire croire que marcher à travers ces années de bordel accumulé était impossible.

Intelligent. Et exaspérant.

— Mets ça, lui ordonna Millie, désignant une paire de menottes placées sur le dessus d'un sac en plastique. Elles étaient rouillées et semblaient anciennes.

Josie hésitait.

— Je te tirerai dessus et ne ressentirai pas un iota de remords, l'avertit Millie. Mais je ne te tuerai pas. Une balle dans ta cervelle, ce serait trop rapide. Pas assez douloureux. Non, je te tirerai dans le genou et te forcerai à marcher dessus. Mets ces saletés de menottes qu'on puisse continuer.

Josie voulait lui demander continuer *quoi* mais elle n'était pas certaine de souhaiter le savoir. Et sa voix ne coopérait toujours pas de toute manière. Même si elle voulait implorer pour sa vie, essayer une nouvelle fois de convaincre Millie que ce n'était pas de sa faute si Ayden était mort, elle ne le pourrait pas.

Prenant les menottes, Josie essaya de penser à un moyen de prétendre les mettre, mais avec l'impatience de Millie et son doigt sur cette gâchette, elle n'arrivait pas à trouver une quelconque façon de contrecarrer le fait de se passer les menottes.

Progressivement, l'angoisse grandissant en elle, elle entoura l'un de ses poignets et resserra la menotte. Entendre le déclic du système se verrouillant était terrifiant.

— L'autre, maintenant, lui ordonna Millie, agitant le flingue devant le visage de Josie.

La peur grandit alors qu'elle parvenait à positionner la menotte à l'autre poignet.

Millie se mit alors à rire. Un son sinistre, horrible, qui suivrait Josie pour tout le tempsqu'il lui restait à vivre.

— Il est temps de partir, salope. Mais n'oublie pas, tu auras ce que tu mérites. Le karma aura son mot à dire. Monte. *Allez* !

Il est presque impossible de traverser les cartons, sacs et piles de déchets encerclant le sous-sol, surtout avec les mains menottées. L'équilibre de Josie fut déstabilisé à maintes reprises et elle ne pouvait pas beaucoup se servir de ses mains pour s'empêcher de tomber. Chaque fois qu'elle tombait sur les genoux ou sur le côté, Millie riait.

Atteindre le sommet des escaliers parut prendre des heures, là où se trouvait enfin un chemin menant au rez-de-chaussée. Josie n'avait jamais été aussi soulagée de poser le pied sur une marche d'escalier tordue et brisée de toute sa vie.

Elle eut un mouvement de recul quand elle sentit Millie enfoncer le canon du pistolet dans le bas de son dos.

— Dépêche-toi. Je veux que tu sois partie avant que ton petit ami ne revienne.

Josie s'immobilisa et tourna la tête pour regarder Millie. Elle ouvrit la bouche, mais aucun mot n'en sortit.

Millie ricana.

— Eh oui, petite garce, ce roux ridicule était là avec deux de ses amis. Nous les avons laissés jeter un œil, mais évidemment, ils ne t'ont pas trouvée, tout comme nous nous en doutions. Puis ils sont partis. Ils ne reviendront pas et ils ne te sauveront pas de ce que j'ai prévu pour toi. Alors si tu espères un sauvetage de dernière minute, ça n'arrivera pas. Tu vas souhaiter être morte longtemps avant qu'on ne plante un couteau dans ton cœur de pierre. Il devrait me remercier de lui épargner le même destin que mon Ayden.

Le cœur de Josie battait presque hors de sa poitrine. Nate avait été là ? Elle le savait. *Savait* qu'il aurait fini par trouver qui l'avait enlevée !

Elle rejeta totalement le reste du discours de Millie. Nate était peut-être parti, mais il reviendrait.

Les mots de Millie étaient faits pour la démoraliser, mais ils provoquaient l'effet inverse. Ils avaient donné de l'espoir à Josie. Nate était ici. À Las Vegas. Elle devait se tenir prête à tout.

La sensation de l'arme dans son dos incita Josie à se dépêcher de monter le reste des escaliers.

— Assieds-toi là, lui ordonna Millie, désignant une pile d'ordures sur le sol.

Ça puait affreusement, mais Josie fit ce qu'on lui demandait.

— Cette salope t'a posé problème ? demanda Gen à sa place sur le canapé à l'autre bout de la pièce.

— Non. Elle est faible. Tout comme nous le savions, répondit une Millie joviale.

Josie était assise complètement immobile, pas du tout décontenancée par l'insulte de la plus âgée. Elle n'était pas faible. Elle l'avait prouvé en survivant en Iran. Toutes les fois où Nate lui avait dit à quel point elle était forte et qu'il en était impressionné résonnaient dans sa tête.

— Tu lui as dit ce qui va arriver ? demanda Gen à sa mère.

— Non.

Gen arbora un affreux sourire.

— Je peux ? S'il te plaît ? Je veux qu'elle sache.

— Très bien. Mais lève-toi et surveille la porte, au cas où il arriverait.

Josie ne savait pas qui « il » était, mais elle supposait que Millie ne parlait pas de Nate.

Gen se leva et marcha jusqu'à la porte d'entrée. Elle regarda par la fenêtre à côté puis se tourna vers Josie.

— On t'a vendue, dit-elle sans ménagement, une lueur dans les yeux. À un mec qui a des relations dans la prostitution. Il connaît un gars qui connaît un gars qui aime la chair fraîche. Des femmes qui n'ont pas encore été prostituées. Il *connaissait* quelqu'un au Pérou, un homme qui enlevait des femmes peu méfiantes dans les casinos, mais malheureusement, toute l'opération avec ce mec est tombée à l'eau.

Gen rit alors. Un son profond qui provoqua des frissons dans la colonne vertébrale de Josie.

— Tu vas te faire *baisée*, littéralement. Jusqu'à ce que tu saignes par tous les orifices. Tu seras ligotée, violée encore et encore. Donnée à qui attendra son tour. Et puis on te fourrera dans un conteneur et tu seras expédiée en Chine. Tu seras la petite nouvelle là-bas et tout recommencera à zéro encore et encore. Tu passeras le restant de ta vie à être baisée, tout comme tu *nous* as baisés...

Cela semblait excessivement théâtral, comme si Gen avait regardé trop de films policiers, mais Josie ne doutait pas que celui à qui elle était sur le point d'être vendue ne prévoyait pas de l'inviter à prendre le thé avec des biscuits.

— Tu m'as entendue, salope ? Tu vas bientôt vivre ton putain de pire cauchemar.

Josie se contentait de regarder fixement Geneviève. La dernière chose qu'elle donnerait à ces deux femmes serait la satisfaction de savoir à quel point elle était terrifiée. Elles *voulaient* qu'elle ait peur. Voulaient qu'elle supplie de lui laisser la vie sauve. Mais pour cette raison précise, elle refusait de montrer une quelconque émotion.

— Une centaine de dollars. C'est tout ce que tu vaux. C'est plus que ce que nous pensions obtenir de toi, cependant. Honnêtement, je t'aurais donnée gratuitement à lui, mais Maman a insisté pour que nous recevions une sorte de compensation pour nos soucis. Il a dû faire un arrêt avant de venir ici, mais il est en route désormais.

Josie se sentait froide à l'intérieur, mais elle ne laissa aucun des tourments lui traversant le corps apparaître sur son visage.

Des phares vacillèrent par la fenêtre de devant, quelqu'un venant se garer dans l'allée dehors.

— Il est là ! dit Gen, excitée.

Millie releva le pistolet et le pointa sur Josie.

— Il est temps de payer pour tes crimes, garce.

* * *

— Quelqu'un est en train de se garer, commenta inutilement Smiley, derrière une voiture dans la rue où lui, Preacher et Blink étaient accroupis.

Ils étaient garés plus loin dans le quartier, il avaient observé et patienté en silence que quelque chose arrive. Ils n'avaient pas eu à attendre longtemps.

Une berline noire à quatre portes se gara dans l'allée et les phares s'éteignirent immédiatement. Un homme de large stature, d'environ un mètre quatre-vingt et d'au moins cent trente kilos sortit et marcha jusqu'à la porte d'entrée.

Blink aperçut Gen à la porte quand elle l'ouvrit avant que l'homme ne disparaisse à l'intérieur.

Ses tripes se tordaient. Tout en lui lui hurlait de courir jusqu'à la maison, mais sa formation le poussait à rester là où il était.

— Je vais aller jeter un œil à la voiture. Je reviens, dit Smiley.

— Je vais avec toi, dit rapidement Blink.

Il avait besoin de renseignements et il en avait besoin maintenant. Quiconque était cet homme qui était entré, il préparait un mauvais coup. Et s'il était impliqué dans la disparition de Josie ou s'il y avait la preuve de sa présence dans la voiture, maintenant ou par le passé, il devait le voir de ses yeux.

— J'appellerai Tex pour la plaque d'immatriculation, dit Preacher. Allez-y.

Blink et Smiley rampèrent sur la route sombre jusqu'à l'arrière de la voiture. Ils firent le tour par le côté de la voiture situé le plus loin possible de la porte d'entrée et se redressèrent pour regarder par la vitre. Smiley sortit un petit stylo lumineux et l'alluma, visant le siège arrière.

Blink inhala brusquement quand Smiley dit en même temps :

— C'est quoi ce bordel ?

Une femme était allongée sur le siège arrière. Elle avait visiblement les cheveux brun-roux et de très grands yeux. Elle en avait un œil au beurre noir ainsi que des bleus partout sur le visage et un bâillon dans la bouche. Ses mains étaient attachées avec un collier de serrage, tout comme ses chevilles. Si Blink devait le deviner, il dirait qu'elle était entre la fin de la vingtaine et le milieu de la trentaine, mais c'était difficile à dire dans son état et dans le noir.

Les yeux de Smiley croisèrent ceux de Blink puis il saisit la poignée de la portière. À leur surprise, la voiture n'était pas verrouillée. Et aucune lumière au plafond ne s'alluma quand la porte s'ouvrit, un autre signe évident qu'un truc sérieusement mauvais était en cours.

Smiley mit la main dans une des poches de son pantalon et en sortit le couteau qu'il avait toujours sur lui. Il le déploya en cliquetant et il essaya d'atteindre le bâillon dans sa bouche.

La femme tressaillit, mais ne recula pas brusquement

devant Smiley. Il s'engouffra dans la voiture et coupa l'objet offensant.

— Est-ce que vous allez bien ? lui demanda-t-il.

C'était une question plutôt stupide car *bien évidemment*, que cette femme n'allait pas bien.

— Non ! Je vous en prie, aidez-moi !

Sans un autre mot, Smiley se pencha davantage pour atteindre ses chevilles.

Blink leva les yeux vers la maison puis les posa de nouveau sur la femme. Ils n'avaient pas beaucoup de temps. À tout moment, l'homme pouvait revenir et ils devaient se tenir prêts.

— Quel est votre nom ? demanda Smiley tout en œuvrant sur le collier de serrage autour de ses poignets.

— Bree. Bree Haynes, répondit-elle. Je... Mon ex m'a vendue à cet enfoiré. Il est ici pour prendre quelqu'un d'autre. Puis il a parlé de nous emmener dans une maison close clandestine.

Elle frissonna. De peur ou de révulsion, Blink n'en était pas sûr.

— Je m'appelle Jude Stark. Mes amis et moi sommes de la Navy SEAL, à Riverton.

Tout ira bien maintenant.

Blink n'avait jamais entendu son ami si... gentil. Il n'était pas réputé pour son contact avec les autres gens, pour ainsi dire. Mais tandis que Smiley coupait les liens de la femme, Blink demeurait fixé sur l'une des dernières choses qu'elle leur avait dites. L'homme était là pour prendre quelqu'un d'autre. Et il savait au fond de lui de qui il s'agissait : Josie.

Il avait eu raison. Elle *était* là. Et il était hors de question qu'elle soit vendue comme esclave sexuelle. *Putain, non.*

— Venez avec moi, dit Smiley d'une façon bourrue, tendant la main devant la femme.

Elle recula.

— Je ne vous ferai pas de mal. Je dois juste vous sortir de

là. Vous avez demandé de l'aide, dit-il brusquement, sonnant davantage comme l'homme auquel Blink était habitué.

La femme se mordit la lèvre déjà en sang puis grimaça. Avant d'accepter. Sans un mot, Smiley lui prit la main et la guida rapidement jusqu'au bas de la rue, là où ils étaient garés, au lieu de retourner auprès de Preacher.

La preuve que ce qu'avaient prévu Millie et Gen pour Josie était là. Blink ne savait toujours pas qui l'avait kidnappée, mais à ce stade, ça n'avait pas d'importance. Elles avaient de toute évidence vendue sa femme à ce... monstre, sachant ce qu'il avait prévu pour elle.

Elles étaient inhumaines. Il savait que le mal existait dans le monde, il avait juré de le combattre dans son pays. Mais ça... Des femmes vendant sciemment une autre femme à un esclava- giste sexuel, c'était l'une des pires choses qu'il aurait pu imagi- ner. Elles voulaient que Josie souffre d'une des pires façons imaginables.

Il referma silencieusement la portière de la berline et tentait de trouver quoi faire ensuite quand la porte de la maison de Millie s'ouvrit. Il voyait la silhouette du grand type qui était sorti de la voiture et une ombre minuscule à ses côtés.

Blink reconnaîtrait Josie n'importe où.

L'homme la tenait par le haut du bras et Blink pouvait voir qu'elle avait les mains menottées devant elle. Voir cela le fit hésiter pendant le plus court des instants.

Cette hésitation était une chose que sa formation aurait dû empêcher. Mais ce n'était pas une opération, c'était personnel et le soulagement pur de voir Josie vivante combiné à la rage de la voir malmenée par ce colosse suffisait à jeter ses années d'en- traînement par la fenêtre.

Cette hésitation le fit tout foutre en l'air... en ne plongeant pas au sol derrière la voiture suffisamment vite, avant que les occupantes de la maison ne l'aperçoivent se tenir à l'arrière de la berline.

Alors, l'enfer se déchaîna.

CHAPITRE 20

À la seconde où l'homme entra dans la maison, Josie sut qu'elle était profondément dans la merde. Il était grand. Et il avait un air renfrogné et méchant sur le visage.

— C'est elle ? demanda-t-il en aboyant.

— Oui, répondit Gen.

— Elle est petite, observa l'homme.

— Je suis certaine que beaucoup d'hommes aimeront ça. Elle pourra sans doute mentir sur son âge et inciter les gens à payer plus.

— Pas faux, dit-il avec un hochement de tête. Très bien. Voici votre argent, dit-il en tendant une enveloppe vers Gen, mais Millie s'approcha et la prit avant que sa fille ne le puisse.

Elle feuilleta les billets puis afficha un air soucieux.

— Il n'y a que cinq cents. Vous avez dit un millier.

L'homme haussa les épaules.

— C'est ce que j'ai eu. Prenez-les ou laissez-les.

Millie fit une mauvaise tête, mais mit l'enveloppe dans sa poche arrière.

— Tant que je n'ai plus à la revoir et qu'elle souffre, ça me va.

— Elle ne part pas au Club Med, c'est certain, dit l'homme avec un rire qui provoqua des frissons dans tout le dos de Josie.

Il se pencha pour saisir Josie par le haut du bras avec son énorme main et la remit sur ses pieds, lui déboîtant presque l'épaule au passage.

— Elle parle ? demanda l'homme en tirant Josie vers la porte.

— Pas beaucoup, dit Gen en haussant les épaules.

— Bien. Pas besoin de salopes qui jacassent sans arrêt. Pitié, me faites pas de mal, dit-il d'une voix haut perchée, imitant ce à quoi une femme pourrait ressembler. Ça fait mal, arrêtez, continua-t-il avant de rouler des yeux. C'est difficile pour les clients de se concentrer quand elles font ce genre de merde.

Josie se sentait mal. Elle faisait confiance à Nate et ses amis, mais ils devaient se dépêcher et débarquer ici s'ils voulaient éviter qu'elle ne soit emmenée.

Elle tenta de ralentir l'homme alors qu'il approchait de la porte, mais il la tenait si fermement, il la portait presque. Ses efforts étaient vains. Elle voulait hurler sur Millie et Gen. Leur dire qu'elles ne s'en sortiraient pas. Qu'elles ne pouvaient pas *vendre* des personnes ! Que c'était Ayden qui avait insisté pour louer ce bateau et avait voulu frimer en se rapprochant de la frontière juste pour lui faire peur. Mais ses cordes vocales étaient comme brisées. Gelées.

L'homme ouvrit la porte et la tira brusquement vers le petit porche de devant. Il fit deux pas, puis s'arrêta soudainement.

Avant que Josie ne puisse comprendre pourquoi, il sortit un revolver et posa le canon sur le côté de sa tête.

— Éloigne-toi de la voiture ! dit-il d'un ton absolument glaçant. Ou je lui explose la cervelle tout de suite !

Levant les yeux, Josie repéra la plus belle chose qu'elle n'avait jamais vue : Nate.

Si elle avait cru être contente de voir quelqu'un quand elle avait posé les yeux sur lui la première fois après qu'il ait été traîné jusqu'à cette cellule, elle avait eu tort. *Rien* ne fit autant couler de soulagement dans ses veines que de savoir qu'il ne l'avait pas laissée après avoir fouillé la maison de Millie. Qu'il était là ! Il la sauverait. Elle n'en avait aucun doute.

— Je suis sérieux, grogna l'homme qui la tenait, enfonçant davantage l'arme sur sa tête.

Avec les mains menottées devant elle, Josie ne pouvait pas faire plus qu'essayer de s'écarter de l'arme. Même si ça ne marchait pas, l'homme la retenant bien trop fort.

— Oh merde, marmonna Gen derrière elle.

— Va chercher ma voiture. Elle est garée derrière, dit Millie à sa fille.

Josie les entendait, mais toute son attention était portée sur Nate.

— Lâchez-la, dit ce dernier, de l'arrière du véhicule dans l'allée.

Au grand désarroi de Josie, elle vit qu'il ne portait aucune arme.

— Aucune foutue chance, répondit le sale type. Putain... Où est l'autre ?!

— Son nom est Bree. Et elle est déjà loin d'ici, espèce de taré, dit Smiley avec un regard meurtrier en s'approchant de Nate.

— Tu es en infériorité, enfoiré, ajouta Preacher, apparaissant sur le côté de la maison, comme sorti de nulle part.

Voir d'autres membres du SEAL que Nate rendit Josie plus confiante, bien que cette situation soit tout sauf contrôlée. Elle était davantage effrayée en cet instant qu'elle ne l'avait été à tout moment durant leur fuite d'Iran, qui avait merdé. Une traversée infernale en bateau, avoir été hissés dans cet hélicoptère, s'écraser, errer dans les montagnes du désert... Peut-être parce que l'homme qui la retenait n'avait absolument rien à perdre. S'il se laissait maîtriser, il irait en prison, sans doute pour un long moment.

Il bouscula Josie sur le porche, vers sa voiture. Mais Nate et les autres ne cèderaient pas le terrain. En réalité, ils se rapprochaient.

Soudain, l'homme visa le ciel et tira.

Les oreilles de Josie sifflaient, mais avant de même de comprendre ce qu'il avait fait, le canon du revolver retrouva sa place contre sa tempe.

Elle grimaça de douleur. La chaleur de l'arme venant de tirer était comme une marque au fer sur sa peau. Toute tentative de recul, d'éloignement de cette chaleur accablante était inutile.

La furie sur le visage de Nate était facile à voir. Même malgré les trois mètres ou plus qui les séparaient, Josie pouvait voir la colère, l'impuissance, la frustration.

— Reculez ! ordonna l'homme. Ou la prochaine balle ira dans sa cervelle.

Dans sa vision périphérique, Josie parvenait à voir les voisins commencer à se rassembler dans la rue, sans nul doute attirés par le coup de feu ; elle aurait pensé que le bruit d'un tir les aurait fait *fuir* mais apparemment, elle avait tort. Elle maintint ses yeux rivés sur Nate. Si elle mourait bientôt, elle voulait qu'il soit la dernière chose qu'elle verrait.

Malgré cette pensée, la colère monta en elle.

Elle était si furieuse. *En rage.*

D'avoir été faite prisonnière pendant qu'elle rendait visite à Ayden au Koweït.

Qu'on ne lui ait pas donné de nourriture ni d'eau.

Que Nate ait été torturé dans ces cellules.

D'avoir finalement trouvé un homme gentil et protecteur et que pour une obscure raison, il l'aimait, *elle*, et que cet enfoiré essayait de lui retirer ça.

Que Gen et Millie aient considéré que c'était normal de la vendre. *La vendre* !

Qu'apparemment, il y avait une autre femme qui avait été vendue à cet homme horrible qui la retenait d'une poigne solide qui laisserait sans doute une marque permanente sur son corps.

Josie en avait *assez*.

Elle ouvrit la bouche et toute sa frustration se déversa.

Elle hurla aussi fort qu'elle le put. Laissant les mots traduire sa frustration, sa colère, son chagrin. La vie était injuste et elle ne voulait pas mourir !

Même alors qu'elle continuait de hurler, Josie se sentit tomber. L'homme ne l'avait pas seulement lâchée, il l'avait poussée aussi fort que possible sur le côté. Les mains liées devant elle, elle fut incapable de se protéger en s'écrasant au sol. Elle le heurta brutalement, son cri interrompu aussi net qu'il avait commencé.

Le chaos surgit tout autour d'elle. Nate, Preacher et Smiley chargèrent l'homme à la seconde où il la poussa. Le son du putain de flingue qui tirait à nouveau était assourdissant, mais quand Josie leva les yeux, elle n'aurait su dire si quelqu'un avait été touché.

Des bras et des jambes s'emmêlaient, les hommes luttant pour avoir le dessus. Josie tenta de décamper, mais son épaule hurla sa douleur, alors tout ce qu'elle put faire était de rester allongée sur l'herbe et regarder les yeux grand ouverts.

La bagarre en elle-même prit fin en quelques secondes. Bien que l'homme à qui elle avait été vendue pesait plus lourd que les membres du SEAL d'une quarantaine de kilos voire plus, Preacher et Smiley l'avaient rapidement mis sur le ventre, les bras tordus dans son dos et les jambes pliées comme si elles avaient été ligotées. Ils n'avaient rien pour l'attacher, mais il n'irait nulle part tant que les deux SEALs ne le lâcheraient pas.

Et puis, Nate fut là, à genoux devant elle, lui bloquant la vue.

— Est-ce que tu vas bien ? Où as-tu été touchée ?

Touchée ? Non, l'homme ne l'avait pas frappée. Pourquoi Nate penserait-il ça ?

— Josie, regarde-moi ! Tu as reçu une balle ?

Oh ! Voilà ce qu'il voulait dire. Elle secoua la tête.

— *Putain !* s'exclama Nate.

Et étrangement, l'entendre dire ça lui fit se souvenir de la première fois où elle l'avait entendu parler, alors qu'il avait dit exactement la même chose, et elle se sentit en sécurité.

Nate ne dit pas d'autre mot, prit seulement un truc dans la poche de son pantalon, quelque chose de petit et brillant. À sa surprise, les menottes autour de ses poignets tombèrent.

— Tu avais une clé de menottes dans ta poche ? demanda-t-elle.

Maintenant que Nate était là, elle n'avait aucun problème pour parler.

Cependant, il semblait que Nate, lui, avait perdu la parole. Il acquiesça simplement puis posa les mains sur les joues de Josie pour plonger ses yeux dans les siens.

— Je vais bien, murmura-t-elle en lui prenant les poignets.

Ils restèrent ainsi pendant plusieurs battements de cœur, avant que le bruit d'une rixe les fasse regarder vers le côté de la maison.

Nate se tendit, posant un bras autour d'elle.

— Hé ! Nous avons vu ce qui s'est passé ! Elles essayaient de s'en aller par l'allée derrière la maison... On a trouvé que ce n'était pas cool ! Alors on les a sorties de la voiture et on les a ramenées ici.

Quatre hommes retenaient Gen et Millie entre eux. Les femmes se débattaient et essayaient de s'échapper, proférant des jurons à tout le monde, mais les hommes – Josie ne pouvait que supposer qu'ils vivaient dans le coin – les agrippaient fermement toutes les deux.

— Plusieurs d'entre nous ont appelé le 911, s'exclama une femme dans la rue.

— J'ai tout filmé sur mon téléphone ! dit un garçon en fin d'adolescence. Enfin, j'ai

loupé le premier coup de feu, mais j'ai tout le reste. C'était trop génial !

— Vous avez besoin d'aide ? demanda un autre homme.

Avant que Josie ne le sache, les voisins s'étaient rapprochés et parlaient tous en même temps. Un couple était agenouillé dans l'herbe pour seconder Preacher et Smiley. Les autres restaient debout à ne rien faire, discutant avec enthousiasme en attendant l'arrivée de la police. Les sirènes devenaient de plus en plus bruyantes, les véhicules roulant à toute allure jusqu'aux lieux.

Nate aida Josie à se relever et elle gémit quand un mouvement lui fit mal à l'épaule. Nate s'immobilisa.

— Tu es blessée ? demanda-t-il d'une voix paniquée.

Josie l'avait rarement entendu autrement que calme et maîtrisé. Ça, plus que tout ce qui était arrivé, la faisait complètement flipper.

— Je vais bien, le rassura-t-elle rapidement. C'est juste mon épaule. Je crois que je suis mal tombée dessus.

Les vingt minutes suivantes furent floues... La police arriva, les armes à feu dégainées et pendant une minute ou deux, Josie eut peur que Preacher et Smiley se fassent tirer dessus. Mais les témoins s'assurèrent que les flics sachent qui étaient les gentils et les méchants. Gen et Millie tentèrent de faire croire qu'elles n'avaient aucune idée de ce qu'il se passait, mais le jeune homme à la vidéo fut ravi de partager ce qu'il avait filmé avec les officiers, y compris Gen et Millie tentant désespérément de s'enfuir des témoins venus aider, prouvant que les deux femmes étaient impliquées jusqu'au cou.

Nate avait porté Josie jusqu'à l'ambulance à son arrivée et un secouriste avait examiné son épaule, parvenant à la remettre en place avant de lui mettre une écharpe de soutien. Actuellement, Josie était debout dans la rue, appuyée contre Nate qui avait passé son bras autour d'elle. Elle s'imprégnait de sa présence.

Un détective finit par arriver et, après avoir parlé avec les officiers de police qui étaient arrivés les premiers sur la scène, il marcha vers eux.

— Monsieur Davis et Mademoiselle England, c'est bien ça ? leur demanda-t-il.

Josie n'eut pas le temps de faire plus qu'un hochement de tête avant que Nate ne se mette à parler.

— Je sais que vous voulez parler à Josie, mais je dois l'emmener à l'hôpital pour qu'elle se fasse davantage examiner. Elle a probablement faim et soif et j'ai juste envie de l'emmener loin d'ici.

— Je comprends, mais nous devons déterminer ce qu'il s'est passé ici ce soir, répondit le détective.

Il avait vraiment l'air contrarié de devoir lui poser des questions. Sa compassion et sa compréhension quant au fait qu'elle venait de vivre une chose traumatisante donnèrent à Josie l'envie de discuter avec lui. Plus vite ce sera fait, plus vite elle pourrait rentrer chez elle. À Riverton. Avec Nate.

— C'est bon, dit-elle à Nate en posant une main sur son bras.

— Ce n'est pas bon, rétorqua-t-il férocement.

Ignorant le détective, Josie se glissa devant lui pour faire face à Nate. Elle leva sa main valide et la posa sur sa nuque.

— Regarde-moi, lui dit-elle en chuchotant.

Il attendit une seconde ou deux, mais finit par incliner la tête vers le bas pour la regarder dans les yeux.

— Je savais que tu viendrais pour moi. Que tu me trouverais. Que tu ne les laisserais pas s'en sortir comme ça.

— Spirit..., dit Nate dans un souffle.

Josie secoua la tête.

— Même si cet homme avait réussi à m'emmener, j'aurais tenu bon... pour *toi*. Je t'aime, Nate. Comme je n'ai jamais aimé quelqu'un de toute ma vie. Je n'allais pas les laisser gagner, pas alors que j'avais enfin trouvé tout ce que j'avais toujours voulu. Toi, Nate. Je t'ai trouvé, toi. Ou plutôt, tu m'as trouvée. Ça ne me dérange pas de lui parler. Je le veux. Je veux être sûre que Gen et Millie ne s'en sortent pas après ce qu'elles ont fait.

Nate ferma les yeux et acquiesça.

Josie se tourna vers le détective.

— Je suis prête.

— Si cela ne vous dérange pas de venir vous asseoir dans ma voiture, ce sera plus confortable pour vous.

— Je viens avec elle, dit fermement Nate à l'homme.

Après s'être mise aussi à l'aise que possible à l'arrière du véhicule du détective et après avoir eu la permission de Josie d'enregistrer sur un dictaphone, elle raconta son histoire. Du début. Que Gen s'était pointée déguisée et l'avait kidnappée, qu'elle portait une couche pour adulte afin de ne pas être obligée de s'arrêter pour aller aux toilettes... Elle évoqua l'essence, les téléphones et que Millie se trouvait à Vegas, leur envoyant des messages à toutes les deux pour avoir un alibi. Qu'elles l'avaient gardée dans un placard du sous-sol, qu'elle avait laissé des marques à l'intérieur pouvant servir de preuves... L'histoire racontant qu'elle avait été vendue à un homme pour un millier de dollars et ce que Gen lui avait dit qu'il lui arriverait.

Puis elle finit par lui expliquer le *pourquoi*, qu'elles lui reprochaient la mort d'Ayden et la détestaient pour cela.

Quand elle eut terminé de parler, Josie se sentait un peu étourdie. C'était presque comme si elle était dans un rêve, comme si tout était arrivé à quelqu'un d'autre.

— Nous les avons tous emmenés au poste. Les voisins sont interrogés. Apparemment,

elles ne sont pas très appréciées dans le coin et personne n'hésite à parler franchement. Nous sommes également en train de démarcher pour obtenir les enregistrements des caméras de surveillance.

— Nous passerons la nuit ici, à Vegas, après l'avoir emmenée à l'hôpital. Je vous laisse mes coordonnées, tout comme celles de mes amis. Nous faisons tous partie de la Navy SEAL de Riverton, en Californie.

— J'apprécie. Merci pour vos services.

Nate hocha la tête puis tourna la poignée de la portière.

Josie se glissa au bord du siège et quand Nate la prit dans ses bras, elle dit :

— Je peux marcher.

— Je sais. Mais j'en ai besoin. S'il te plaît.

Josie décelait l'angoisse dans la voix de son homme. Elle accepta, posant la tête sur son épaule tandis qu'il la portait vers son pick-up.

Preacher était en train de parler à quelques officiers, mais quand il les vit, il quitta le groupe et trottina jusqu'à eux.

— Elle est partie, dit Smiley quand ils atteignirent le pick-up.

Il se tenait à côté du véhicule, une ride soucieuse sur le front.

— Qui ? demanda Josie.

— Bree.

— *Qui* ?

— La femme qui se trouvait dans la voiture. L'autre fille qui avait été vendue à ce connard. Elle avait été ligotée et frappée. Je l'ai emmenée au pick-up et je lui ai dit d'y rester. Mais après tout ce qui s'est passé, je suis venu la rejoindre... et elle n'était plus là.

— Oh non..., murmura Josie. Où a-t-elle pu aller ? Tu crois que quelqu'un est venue la récupérer ?

— Je l'ignore, répondit Smiley, l'air plus inquiet que ce qu'elle avait entendu par le passé.

— Tu veux rester ici, peut-être chercher pendant que j'emmène Josie à l'hôpital ? demanda Preacher. Nous pourrons revenir après.

Smiley hocha la tête.

— Si ça vous va.

— C'est bon, lui assura Nate.

— C'est juste... qu'elle a été tabassée à mort. Et qu'elle est terrifiée. Son ex l'a vendue, putain ! Je ne sais pas où elle a pu partir, dit Smiley, se passant une main dans les cheveux.

Josie sentit une affinité avec cette inconnue. Elles avaient toutes deux vécu des choses plus qu'horribles.

— J'espère que tu la trouveras, dit-elle à Smiley.

— Moi aussi. Je suis content que tu ailles bien, dit-il, un peu bourru.

— Merci d'être venu avec Nate pour me retrouver.

— Je n'aurais pu être ailleurs. Blink est peut-être nouveau dans notre bande, mais c'est

l'un des nôtres.

Josie avait envie de pleurer. Cela lui faisait plaisir que Nate ait des amis de ce genre. Qu'il ait des gens pour le couvrir à tout moment.

— Appelle si tu as besoin de nous, dit Preacher à Smiley.

Celui-ci hocha la tête.

— Je vais juste traîner ici, peut-être parler au voisinage. Elle doit être quelque part dans le coin.

Il repartit tranquillement vers la maison de Millie et les groupes de gens qui se trouvaient encore là. Même si c'était le milieu de la nuit, l'adrénaline et l'excitation empêchaient les gens de quitter les lieux.

Nate installa Josie à l'arrière du pick-up puis monta à côté d'elle. Preacher se mit au volant et descendit la rue.

Josie ferma les yeux et s'appuya contre Nate, se détendant complètement pour la première fois depuis qu'elle avait ouvert la porte et découvert Gen qui l'attendait.

— Saleté de couche pour adulte, marmonna Preacher du siège conducteur. Dégueu.

En effet. Mais cela prouvait aussi la préméditation et Josie espérait que cela voudrait dire qu'elle serait condamnée à une peine sévère au tribunal. Même si elle savait très bien qu'une fois le travail des avocats effectué, le temps que passeraient Millie comme Gen derrière les barreaux serait probablement minime. C'était nul, mais elle devait espérer que le karma s'occuperait de ces garces sans cœur.

CHAPITRE 21

Blink vivait un moment difficile loin de Josie. Il avait failli la perdre... Elle lui avait été enlevée juste sous son nez. Il avait su que ces sales garces étaient derrière sa disparition. Même si Tex n'avait trouvé aucune preuve, il avait *su*.

Mais même avoir raison n'avait pas rendu la tâche plus facile. Entendre Josie décrire ce que Gen lui avait dit quant à son avenir lui avait donné envie de vomir. Penser à sa Josie, être enrôlée de force dans l'esclavage sexuel était horrible.

Et ce moment à cette maison, quand son ravisseur avait son arme contre la tête de Josie et menaçait de la tuer... La vie de Blink avait défilé devant ses yeux. Une vie sans Josie serait froide et vide et il aurait été incapable de s'en remettre si elle avait été tuée de sang-froid.

Lui et ses coéquipiers avaient été sur le point de passer à l'action, de plaquer ce mec quand Josie s'était mise à hurler. Blink n'oublierait jamais ce son... Il le hantera jusqu'à la fin de ses jours. Ça avait été comme si toute la terreur, la colère et l'angoisse s'étaient manifestées du fond de son âme. Le hurlement avait raisonné dans le paisible voisinage comme si une entité malfaisante était venue se venger des mauvaises actions de chacun.

Mais ce cri avait aussi été la distraction dont lui et ses coéquipiers avaient eu besoin pour éliminer ce connard. Ayant repoussé Josie, ils avaient pu le plaquer avant qu'il ne puisse leur tirer dessus ou sur Josie.

Quand même, chaque fois qu'il regardait la femme qu'il aimait plus que la vie, il avait le souvenir de ce fichu revolver pressé contre sa tête. La trace de brûlure du canon chaud sur sa tempe finirait par s'effacer, mais Blink n'oublierait jamais le désespoir et l'impuissance qu'il avait ressentis durant cette brève prise d'otage.

À leur étonnement à tous les deux, il vivait un moment plus difficile que Josie avec ce qui était arrivé. Elle clamait que c'était parce qu'elle savait qu'il la retrouverait et viendrait pour elle. Mais même s'il n'avait eu aucun doute sur celles qui se cachaient derrière sa disparition, il avait eu moins de certitude quant au dénouement. Et le souvenir qu'il l'avait cherchée dans cette saleté de maison et l'avait *manquée* le dévorait.

Il avait été si proche d'elle... Si seulement il avait regardé mieux que ça, n'avait pas abandonné si facilement, elle n'aurait pas eu à vivre ce qu'elle avait vécu. N'aurait pas failli être tuée par balle. Il se passerait des semaines, peut-être des mois, avant que Gen, Millie et le connard qu'elles avaient engagé soient menés en justice. Mais au moins, ils passeraient le temps derrière les barreaux jusque-là, un juge leur ayant refusé la caution.

Les policiers voulaient trouver les personnes au-dessus du mec qui était venu récupérer Josie. Ils désiraient mettre fin à tout le réseau d'esclavage sexuel, mais c'était bien plus difficile qu'il n'y paraissait.

La femme nommée Bree s'était évaporée. Smiley n'avait pas réussi à la retrouver, même avec l'aide de Tex, et cela l'embêtait plus qu'il ne le laissait entendre. Deux semaines s'étaient passées depuis l'incident et il avait passé les deux week-ends à

Vegas, maraudant dans les rues, visitant les hôpitaux et contactant les cliniques pour femmes, tentant de trouver le moindre signe d'elle. En vain.

Aujourd'hui était le premier jour où Blink était supposé travailler une journée complète à la base. Lui et le reste de l'équipe devaient assister à un briefing et organiser une prochaine mission. Josie ne serait pas seule, mais même en sachant qu'elle passait la journée avec Jessyka et Benny, cela ne lui suffisait pas pour se détendre.

— Elle va bien, lui dit Kevlar d'une voix calme pendant l'une de leurs pauses.

Blink soupira.

— Je n'arrête pas de penser à rentrer chez moi et ne pas la trouver, comme la dernière fois.

— Tu lui as envoyé un message ?

Seulement une centaine de fois environ aujourd'hui déjà, répondit-il en ricanant un peu.

— Refais-le.

— Elle croit déjà que je suis parano.

Oui. Mais elle a sans doute besoin de reprendre le contact avec toi aussi, tout comme tu as besoin de le faire. Je sais que tu as dit qu'elle prenait les choses vraiment bien, mais vous avez vécu un truc traumatisant tous les deux. Ça ne fait pas de mal de prendre des nouvelles. Pour vous deux.

Blink n'eut pas besoin d'autres encouragements. Il avait essayé de se retenir de lui renvoyer des messages... *encore*... ces vingt dernières minutes.

Il envoya rapidement un petit message et attendit anxieusement sa réponse.

Josie : Je vais bien. Jessyka essaie de m'apprendre à me faire de jolis cocktails... ça ne marche pas très bien.

Sa remarque fit sourire Blink. Elle n'avait pas l'air énervée qu'il lui envoie un message pour la énième fois.

Blink : Tu consommes ?

Josie : Un chef ne peut passer maître sans goûter ses créations. :)

En se souvenant de la dernière fois où Josie avait bu de l'alcool, le sexe de Blink remua. Ils n'avaient pas fait l'amour depuis son enlèvement. Son épaule lui faisait mal depuis un long moment et tout ce que Blink voulait, c'était la tenir contre lui autant que possible toute la nuit. Mais pour la première fois, le désir sexuel le submergeait violemment.

— Ce sourire doit vouloir dire qu'elle va bien, n'est-ce pas ? demanda Kevlar.

— Oui.

— Tant mieux. Je suis content. Aucun de nous ne veut jamais te revoir sombrer dans cette dépression que tu as connue avant de rejoindre notre équipe. Si tu ressens le besoin de lui envoyer un message, fais-le. Besoin d'entendre sa voix ? Appelle-la. Je te garantis que ça ne la mettra pas en rogne. Elle en a besoin autant que toi, même si elle ne l'admettra pas, car elle essaie de prouver à quel point elle est forte. Qu'elle n'est pas affectée par ce qui lui est arrivé. Elle est carrément affectée... Comment ne pourrait-elle pas l'être ?

Blink avait tant culpabilisé de désirer à ce point être avec Josie, de s'assurer qu'elle était en sécurité. Et tandis qu'elle avait insisté sur le fait qu'elle allait bien, elle n'avait pas protesté qu'il lui tourne autour. Ce qui l'incita à penser que Kevlar était sur une piste.

— Merci Kevlar.

— Quand tu veux, lui répondit son chef. Il nous reste encore une heure ou plus de ce briefing, puis je pense que tu pourras rentrer chez toi plus tôt.

Blink voulait accepter sa proposition, mais il se sentait mal, car il n'avait pas maintenu sa position au sein de l'équipe dernièrement. Il secoua la tête.

— Ça ira. Je dois effectuer ma part de travail.

— Tu ne piges pas, Blink. C'est ce que fait une équipe. Ce que font les amis. Ils soutiennent les membres les plus faibles jusqu'à ce qu'ils puissent se relever. Et je ne dis pas que tu es faible, simplement que tu as besoin d'un peu plus de soutien en ce moment. On se charge de tout. Tu rattraperas ton retard demain concernant la mission. Ce n'est pas comme si nous pouvions tout organiser en deux heures. Prends le temps dont tu as besoin pour mettre un terme à ce qui est arrivé. Va voir Josie.

— Merci. Si tout va vraiment bien, je suivrai ton conseil et m'en irai quand nous en aurons terminé ici.

— C'est bon, vraiment. Remi ira chez toi demain. Elle m'a dit la nuit dernière que Josie avait repris ses boulots de sous-titrage, c'est ça ?

Blink acquiesça. Ils s'étaient disputés à ce sujet. Il estimait que Josie devait prendre plus de congés et elle avait insisté sur le fait que travailler lui occupait l'esprit... qu'il se trouvait qu'elle aimait beaucoup ça et que son épaule ne lui faisait pas mal au point de ne pas taper au clavier. Alors ils avaient fait un compromis et elle travaillait pour le moment à mi-temps. Blink avait l'intuition que ça ne durerait pas longtemps. Sa Josie était têtue et c'était l'une des nombreuses raisons pour laquelle il l'aimait tant.

— Cool. Remi adore travailler chez toi. Apparemment, elle aime ne pas se sentir seule quand elle bosse, mais elle est quand même en mesure de dessiner un tas de trucs, car Josie ne lui casse pas les oreilles pendant qu'elles travaillent toutes les deux.

— Josie adore avoir Remi avec elle. Et Wren également.

— Parfait. Alors, faisons ça puis tu rentreras chez toi.

Blink ne put s'empêcher d'envoyer un autre message avant de reprendre le travail.

Blink : Je quitte le boulot dans une heure environ ou plus.

Tu veux que je passe à Aces pour venir te chercher ? Ou auras-tu quelqu'un pour te ramener à la maison ?

Trois petits points apparurent dans l'immédiat, Josie étant en train de taper sa réponse. Il adorait qu'elle ne le fasse jamais attendre pour lui répondre. Ces points détendirent la tension dans ses tripes ; savoir qu'elle était là, en train de lui répondre, était quelque chose dont il avait besoin ces jours-ci pour continuer de ne pas flipper.

Josie : Benny a dit qu'il me ramènerait à la maison. Et... Youpi ! Tu rentres plus tôt !

Blink ne put effacer le sourire sur son visage. Il adorait que Josie ne soit pas gênée de lui faire savoir qu'elle était toute contente de le voir. Il repensa aux propos de Kevlar... Elle se sentait sans doute un peu perturbée après tout ce qui était arrivé et maintenir une communication constante était aussi important pour elle que pour lui.

* * *

Le pire moment quand Blink rentrait chez lui chaque jour, c'était celui où il approchait de la porte de son appartement. Lui et Preacher l'avaient renforcée, la rendant impossible à ouvrir d'un coup de pied, même si seule la chaîne est en place, mais l'appréhension demeurait chaque fois qu'il progressait jusqu'à la porte.

Il fut soulagé de la voir fermée et verrouillée convenablement, tandis qu'il insérait sa clé dans la serrure.

— Josie ? l'appela-t-il dès qu'il entra, comme il le faisait dès qu'il rentrait chez lui.

Cette fois, il n'y eut aucune réponse.

Immédiatement, Blink se tendit. Les souvenirs l'envahirent, ceux de la dernière fois où c'était arrivé et qu'il avait découvert la disparition de Josie.

— Josie ? l'appela-t-il encore, plus fort et un peu plus paniqué.

— Je suis là ! entendit Blink du bout de l'appartement.

Et immédiatement, il expira un soupir soulagé. Il n'avait aucune idée du temps que ça prendrait pour que son anxiété s'apaise quant au lieu exact où se trouvait Josie, mais il était évident que ce ne serait pas aujourd'hui.

Il était trop tôt pour qu'elle ait commencé à préparer le dîner, mais c'était tout aussi insolite qu'elle se trouve au bout de l'appartement au milieu de la journée. Si elle ne travaillait pas à la table de la cuisine, elle était généralement sur le canapé à regarder la télé, envoyer des SMS avec son téléphone ou simplement lire un livre.

Il marcha plus vite qu'à l'accoutumée, direction la chambre à coucher. Il poussa la porte un peu plus fort que nécessaire et elle alla cogner contre le mur tandis qu'il pénétrait dans la pièce.

Il fallut un moment à son cerveau pour comprendre ce qu'il voyait. Il avait cru que Josie était au lit à cause d'un mal de tête ou peut-être à cause de son épaule qui lui refaisait mal.

Au lieu de ça, elle était calée sur quelques coussins, lui souriant, vêtue d'un minuscule ensemble de lingerie blanche.

— Salut, dit-elle un peu timidement. Je n'ai jamais pu te montrer ce que j'avais

commandé... avant. Je me suis dit qu'aujourd'hui était le bon jour pour ça.

Le sang se déversa dans sa queue. Voir la femme qu'il aimait sur leur lit, un genou remonté avec le pied à plat sur le matelas, l'autre formant un angle étrange, s'exposant simplement à lui, le rendait étourdi de désir.

Blink se mit à arracher ses vêtements, marchant lentement vers elle, mémorisant ce moment. Il se souviendrait de cet instant quand il sera les genoux dans la boue dans une foutue jungle ou quand il transpirerait de partout dans le désert. Elle était sa raison de vivre. D'endurer l'enfer qui arrivait tant de fois lors de ses missions. Sa récompense.

Ses petits mamelons étaient nus, le corsage blanc lui encadrant la poitrine. Il s'effilait pour former un V vers son pubis et les yeux de Blink se posèrent entre ses jambes. Le plus petit des bouts de tissu blanc recouvrait son ouverture. Il ne faudrait qu'un petit mouvement avec ses doigts pour l'écarter sur le côté et pouvoir se retrouver en elle.

Les vêtements de Josie éparpillés au sol allaient de la porte jusqu'au lit, mais Blink ne l'avait pas remarqué. Il ne pouvait détourner les yeux de Josie. Elle était si belle... et il avait failli la perdre.

Il rampa sur le matelas et se réjouit de la manière dont elle l'accueillit.

— Tu es sûre ? lui murmura-t-il en se rapprochant.

— Positif.

Ce fut tout ce dont Blink avait eu besoin d'entendre. Il écarta davantage les jambes de Josie pour se positionner entre elles. Il fit exactement comme il l'avait imaginé, tirant légèrement le tissu sur le côté, la mettant à nue sous son toucher. Elle était trempée.

— Qu'as-tu fait pendant que tu m'attendais ? lui demanda-t-il.

Un rouge adorable vint lui rosir les joues.

— Je me préparais, répondit-elle fermement. Je te veux. Maintenant. En moi. J'ai envie de toi, Nate.

L'extrémité de son sexe se retrouva entre ses jambes avant même qu'elle n'ait fini de parler. Blink inspira, tâchant de se calmer. Il ne voulait pas lui faire de mal et vu comment il se sentait en cet instant, il le ferait certainement.

Alors Josie se pinça les tétons tout en le regardant dans les yeux.

Il n'en fallut pas plus à Blink.

Le contrôle en acier qu'il retenait se brisa.

Blink fut profondément enfoui jusqu'aux testicules en elle avant même d'inspirer une seconde fois. Elle était si étroite et d'un coup, ce fut comme s'il était rentré à la maison.

Il avait eu désespérément envie de jouir quelques secondes auparavant, avait voulu la pilonner, mais désormais, il était simplement ravi d'être dans son corps, sans bouger... simplement *vivant*.

— Nate ? demanda-t-elle, tentant de remuer sous lui.

— Je t'aime, dit-il avec respect, baissant les yeux vers les siens.

— Je t'aime aussi, répondit-elle sans hésiter.

Blink ferma les yeux, mémorisant ce moment. Avoir Josie sous lui, près de lui, c'était au plus proche de ce qu'il avait imaginé être le paradis sur terre.

— S'il te plaît, murmura-t-elle.

Il ouvrit les yeux et pendant un moment, il ne put rien voir d'autre que cette fichue marque sur sa tempe, mais ensuite, elle souleva ses hanches pour l'inciter à se mettre à bouger.

— J'ai besoin de plus, continua-t-elle d'une petite voix.

À cela, Blink bougea. Si Josie avait besoin de quelque chose, il le lui donnerait. Peu importait ce que c'était.

— Oui ! Plus fort, Nate. Je t'en prie !

Leur rapport était frénétique et rapide et après que Josie eut joui, Blink conservait une forte érection. Il la fit se tourner, pour la prendre par-derrière. Puis il la mit au-dessus. À un moment, il jouit, mais sa queue ne s'apaisa pas. Il remplit Josie de son sperme et continua de l'aimer.

Quand il jouit de nouveau, la lingerie que Josie portait pour lui, très jolie, mais fragile, s'était déchirée et pendait à sa taille. Et elle avait eu un orgasme pour la troisième ou quatrième fois. Les couvertures étaient suspendues sur le côté du lit et ils étaient tous les deux recouverts de sueur. Blink pouvait sentir leurs fluides corporels mélangés sur ses testicules et ses cuisses, et les draps sous lui étaient trempés.

Mais jamais il ne s'était senti aussi satisfait de sa vie. Leur désir mutuel était maintenant assouvi, le sexe de Blink toujours profondément placé dans le fourreau de Josie. Elle était allongée mollement sur lui, ses souffles se déposaient sur son torse, tâchant de retrouver une respiration stable.

— Pour info... j'ai bien aimé cette lingerie, lui dit Blink.

Il sentit plus qu'il n'entendit son rire, ce qui le fit sourire.

— Eh bien, dommage, c'était la seule fois où je la portais, puisque tu l'as ruinée, dit-elle, posant le menton sur ton torse.

Il haussa les épaules.

— Alors, commandes-en plus. Une douzaine. Deux douzaines.

— Je pourrais bien. Tu pourrais préférer un peu de variété. Plus de couleurs. Ils en ont en rouge, noir, pourpre et même...

Blink les fit soudain rouler, lui coupant la parole. Il tendit la main vers le tiroir près du lit, maintenant Josie sous lui. Quand il revint sur elle, il serrait un petit objet dans sa main.

— Je t'aime en blanc. Non, ce n'est pas vrai, je t'aime dans toutes les couleurs que tu voudras porter comme dans rien du tout. Mais le blanc te va bien. Peut-être que tu en porteras quand tu te marieras ? Du blanc, je veux dire, pas de la lingerie sexy.

Il se fit violence pour se taire et tendre la bague.

Les yeux de Josie s'agrandirent. Ils se posèrent sur la bague puis sur Blink et de nouveau sur la bague.

Son hésitation faisait transpirer Blink. Il avait agi trop vite. Avait précipité les choses entre eux. *Putain.*

— Oui, murmura-t-elle, avant qu'un énorme sourire apparaisse sur son visage. Oui ! cria-t-elle, jetant ses bras aux épaules de Blink.

Blink sursauta si brusquement qu'il fit tomber la bague. Mais il la retrouverait plus tard. La seule chose qui comptait en cet instant, c'était que la femme qu'il aimait tellement que ça en était effrayant lui avait dit oui.

Plus tard, quand Josie lui recouvrait de nouveau le torse et que la bague perdue s'enfonçait dans ses fesses, Blink avait les yeux rivés au plafond, un sourire idiot sur les lèvres.

— On peut inviter ton frère ? Et peut-être des amis pilotes ? Je ne veux pas d'une grande cérémonie, mais je veux une vraie grosse fête. Je veux que tous mes nouveaux amis soient réunis dans un seul endroit. Qu'on oublie les vilaines choses dans ce monde et qu'on profite juste d'être ensemble.

— On peut faire tout ce que tu veux, lui dit Blink, absolument ravi qu'elle pense à Tate.

Il avait envoyé des messages plus régulièrement à son frère. Avoir failli perdre Josie avait rendu Blink plus conscient de la fugacité de la vie et il avait besoin de savoir que ceux qu'il aimait allaient bien.

— Tu sais, quand j'étais dans cette cellule, je n'arrivais pas à penser à l'avenir.

Vraiment, tout ce à quoi je réussissais à penser, c'était à vivre la minute suivante, puis heure, puis journée. Mon corps essayait de cesser de fonctionner, mais pour une raison, j'ai refusé d'abandonner. De rester allongée pour mourir. Maintenant, je sais pourquoi. C'est parce que je t'attendais. Tu as changé ma vie, Nate, et je ne peux l'imaginer sans que tu en fasses partie. Je t'aime.

Cette femme... Elle avait changé *sa* vie.

— C'était pareil pour moi, admit-il. Je passais jour après jour assis à l'Aces, perdu en moi-même. Et je ne pensais qu'à ce que j'aurais pu faire différemment, comment mon équipe aurait pu ne pas être décimée ou blessée ? Quand j'ai été renvoyé à l'endroit où c'était arrivé, j'ai pensé que ma place était là-bas. À ce moment-là, j'ai cru que c'était pour que je puisse faire ce que je n'avais pas pu faire avant, me sacrifier pour les autres. Mais aujourd'hui, je réalise que j'étais destiné à être là pour te rencontrer.

— Nate..., dit Josie en reniflant.

— Non. Ne pleure pas, lui ordonna-t-il gentiment.

Il fut récompensé par son petit rire. Puis elle dit :

— Cette tasse ? Celle que je voulais qu'on pose sur l'étagère au mur, qu'on puisse la voir tous les jours ?

Blink fronça les sourcils. Il avait été peu convaincu à l'idée d'exhiber un rappel de cet horrible événement, mais il l'avait fait, car elle s'était montrée tellement inflexible.

— Oui ? répondit-il, puisqu'elle ne continuait pas.

— Elle représente l'espoir pour moi. La résistance. Le fait de ne pas abandonner. C'est pour cela que je veux la voir tous les jours. Pour me souvenir que même lorsque les choses semblent sans espoir, elles ne le sont pas.

Sa Josie. Plus forte que tous ceux qu'il avait rencontrés.

Il releva la tête pour l'embrasser... mais juste à ce moment, l'estomac de Josie gargouilla. Longtemps et fort.

Elle gloussa.

— Ignore-le, lui dit-elle en lui embrassant les lèvres.

Mais il ne le pouvait pas. Sa femme avait faim et Blink se maudirait d'ignorer ses besoins pour faire passer les siens en premier. Soulevant Josie pour la séparer de son pénis, il ravala le gémissement plaintif qui menaçait d'émaner de sa gorge. S'il faisait à sa manière, il vivrait profondément enfoui dans sa chaleur humide, mais il devait la nourrir.

— Ne prends pas la peine de te doucher, l'informa-t-elle avec autorité. Car je vais te porter de nouveau jusqu'ici après que nous ayons mangé. De plus, j'adore voir *ça*.

Il la mit debout à côté du lit et il ne pouvait détourner le regard des gouttes de sperme qui coulaient sur l'intérieur de sa cuisse.

Josie leva les yeux au ciel.

— Tu es bizarre, se plaignit-elle, se léchant les lèvres et fixant son érection recouverte de leurs fluides mélangés.

Blink marcha jusqu'à la commode, ignorant ses vêtements jetés au sol et sortit un boxer et l'un de ses tee-shirts. Il enfila le bas puis retourna là où Josie bataillait pour enlever de sa taille la lingerie en ruine. Quand elle y parvint, il passa son tee-shirt par-dessus la tête de Josie, l'aidant à trouver les trous où passer les bras.

Elle aurait dû avoir l'air ridicule dans son tee-shirt qui était quatre fois trop grand pour sa minuscule carrure. Mais il adorait la voir dans ses vêtements. Résistant à l'envie de l'embrasser, sachant que cela les mènerait à se jeter de nouveau sur le lit, Blink attrapa derrière elle la bague où se reflétait le soleil passant par la fenêtre.

Il lui prit la main et glissa l'anneau sur son doigt. Le petit diamant princesse était extraordinaire. Et il sera parfait une fois couplé à l'alliance qu'il avait choisie pour aller avec.

— Nate, elle est belle, souffla Josie.

Il vint à l'esprit de Blink que c'était la première fois qu'elle voyait correctement la bague,

puisqu'il l'avait fait tomber avant de pouvoir la mettre à son doigt.

— Tu es belle, répondit-il, se penchant pour déposer un baiser sur la bague à son doigt.

Ça te va, des hamburgers pour le dîner ?

— C'est parfait, dit-elle. Accorde-moi une minute dans la salle de bain et je viendrai t'aider.

Blink pouvait gérer sans aide la préparation du dîner, mais il ne refuserait jamais de passer du temps avec cette femme. Jamais.

— Ça me va.

— Nate ? demanda-t-elle, posant les mains sur son torse pour s'appuyer sur lui.

— Oui ?

— Enfile un tee-shirt pour ne pas te brûler, dit-elle en souriant avant de se tourner pour se rendre dans la salle de bain. Son rire résonnait tout autour de lui dans la pièce.

La vie ne serait jamais ennuyeuse avec sa femme. Elle le maintenait sur le qui-vive. Et Blink n'avait aucun problème avec ça. Aucun.

ÉPILOGUE

Maggie prit une grande inspiration au moment où elle fit un pas dehors.

La liberté.

C'était une chose qu'elle ne tiendrait plus jamais pour acquise.

Les un an et dix mois qu'elle avait passés derrière les barreaux avaient été un enfer. Et rien auquel elle s'était préparée. Peu importait combien de fois elle avait clamé ne pas avoir commis ce pour quoi elle était accusée, personne ne la croyait. Et pourquoi l'aurait-on fait ? Avec les preuves contre elle, elle avait su qu'elle serait dans la merde dès le début.

La rancœur l'envahit une fois de plus. Elle ne voulait rien de plus que se venger de l'homme qui l'avait piégée, l'avait envoyée en prison. Mais elle savait mieux que quiconque qu'il n'était pas un homme qu'on emmerdait. Si elle avait trouvé ces derniers vingt-deux mois mauvais, ce ne serait *rien* à côté si elle mouchardait.

Non, la seule chose qu'elle pouvait faire, c'était essayer de continuer sa vie.

Une voiture se gara sur le petit parking devant le bâtiment

où Maggie avait passé presque deux ans de sa vie enfermée. La femme au volant sourit et lui fit signe.

Contente de voir son amie Adina, Maggie se dépêcha de descendre les marches de la prison.

Adina était sortie de la voiture et accueillait Maggie d'une puissante étreinte. Rien n'avait jamais été aussi meilleur que ça. Maggie avait cruellement manqué de contacts humains basiques pendant son incarcération.

— Je suis si heureuse que tu sortes ! dit Adina.

— Toi et moi, ensemble, lui répondit Maggie avec un petit sourire.

— Viens. J'ai commandé un plat à emporter pour ta première soirée et ma chambre d'ami est toute prête pour toi. J'ai un paquet de choses à te raconter avant de partir la semaine prochaine.

— Partir ? demanda Maggie en prenant place sur le siège passager d'un vieux modèle de Honda Accord.

— Oui, dit Adina, légèrement soucieuse. Je ne voulais pas te stresser avant que tu ne sortes, mais je pars pour un déploiement de six mois la semaine prochaine.

Merde. Maggie fit de son mieux pour ne pas paniquer.

— Comme je te l'ai déjà dit, tu es plus que la bienvenue à rester dans mon appartement aussi longtemps que tu le voudras pour te remettre sur pied, dit rapidement Adina. Ce sera sympa d'avoir quelqu'un pour veiller sur les lieux pendant que je serai partie.

Maggie déglutit difficilement. Elle et Adina s'étaient connues seulement quelques mois avant... l'incident, comme elle l'appelait. Et cela avait été une énorme surprise que cette femme garde réellement le contact pendant qu'elle était derrière les barreaux. Maggie avait vécu pour ses lettres. Tous ses autres amis avaient disparu. Le fait qu'Adina lui ait proposé un endroit où se poser à sa sortie... cela représentait beaucoup pour Maggie.

Mais loyer gratuit ou pas, la Californie, c'était cher. Elle devait trouver un boulot. Et maintenant qu'elle était une criminelle, Maggie ne doutait pas que ce serait plus facile à dire qu'à faire.

Mais c'était une inquiétude pour demain. Aujourd'hui, elle se réjouirait du fait d'être libre. Loin de l'enfer qu'elle avait vécu pendant presque deux ans.

— Merci d'être venue me chercher, dit Maggie à son amie.

— Évidemment ! Tu ne méritais pas d'être là, déjà.

Non, en effet. Et c'était génial d'avoir au moins une personne qui croyait qu'elle n'avait pas fait ce dont on l'accusait. Elle pensait même que son propre avocat ne l'avait pas crue quand elle lui avait dit avoir été piégée.

— J'aurais aimé qu'on ait plus de temps ensemble avant de devoir partir. J'allais te brancher avec quelqu'un.

Maggie eut un mouvement de recul comme si elle avait reçu un coup.

— Non ! Pas de ça. Je vais rester célibataire pour le restant de mes jours. La dernière chose que je souhaite c'est tout ce qui se rapproche d'un petit ami.

— Jamais ?

— Jamais, répéta Maggie avec conviction.

Elle avait appris la leçon de la manière brutale. Les hommes étaient des chiens.

— Alors, je suppose qu'aller au Bar and Grill Aces est loupé pour demain soir ? demanda Adina.

— Loupé, confirma Maggie.

— Oh, flûte. Très bien. Mais si tu changes d'avis, tu n'auras qu'à le dire. Je connais de beaux gosses célibataires de la Navy SEAL.

— Nan. Pas de mec. *Surtout* pas ceux de la Navy.

Adina passa le reste de la route jusqu'à son appartement à parler joyeusement des choses qu'elle avait prévues pour elles la semaine prochaine, avant son déploiement. Tout ce que voulait Maggie, c'était se terrer et reprendre ses esprits. Se réhabituer à être en dehors des murs de la prison. Mais elle ne dit pas un mot à l'encontre des projets de son amie. Le fait qu'Adina était prête à la faire vivre avec elle, gratuitement, aussi longtemps qu'il le faudrait à Maggie pour se remettre sur pied était un petit miracle. Elle ferait tout ce que cette fille voudrait.

Avant qu'Adina ne rentre de son déploiement de six mois, Maggie était déterminée à avoir un travail et être de nouveau autonome.

Puis elle quitterait la Californie et irait quelque part sans base navale. Un endroit où elle aurait la garantie de ne plus *jamais* revoir cet enfoiré qui l'avait envoyée en prison.

Dans un coin de son esprit, Maggie avait le sentiment que cet homme savait qu'elle était sortie, qu'il ferait tout pour s'assurer qu'elle soit renvoyée directement derrière les barreaux. C'était un connard de première classe, de ceux qui avaient du pouvoir. Elle ne l'avait pas vu tel qu'il était vraiment avant, mais elle le savait désormais.

Quand Adina coupa le moteur dans son parking, Maggie sortit et prit une autre inspiration. L'air frais sentait si bon.

Elle n'allait pas foirer la nouvelle vie que son amie lui offrait. Elle en tirerait le meilleur parti. Ou mourrait en essayant.

**

Comme vous le savez tous, rien dans mes livres ne se passe comme sur des roulettes et le nouveau départ de Maggie ne fait pas exception… en commençant par ce truc de « pas de mec de la Navy ». Les chemins de Preacher et Maggie sont sur le point de se croiser et de les emmener tous les deux dans un périple fait de hauts et de bas. Lisez comment tout cela se déroule dans *Un protecteur pour Maggie* , le prochain tome de *Forces Très Spéciales : Alliance*!

DU MÊME AUTEUR

Un paradis pour Lexie

Un paradis pour Kenna

Un paradis pour Monica

Un paradis pour Carly

Un paradis pour Ashlyn

Un paradis pour Jodelle

Sauvetage à Eagle Point

Un sauveteur pour Lilly

Un sauveteur pour Elsie

Un sauveteur pour Bristol

Un sauveteur pour Caryn

Un sauveteur pour Finley

Un sauveteur pour Heather

Un sauveteur pour Khloe

Le Refuge

Un soutien pour Alaska

Un soutien pour Henley

Un soutien pour Reese

Un soutien pour Cora

Un soutien pour Lara

Un soutien pour Maisy

Un soutien pour Ryleigh

Silverstone

Pour la confiance de Skylar

Pour la confiance de Taylor

Pour la confiance de Molly

Pour la confiance de Cassidy

Delta Force Deux

Un refuge pour Gillian

Un refuge pour Kinley

Un refuge pour Aspen

Un refuge pour Jayme

Un refuge pour Riley

Un refuge pour Devyn

Un refuge pour Ember

Un refuge pour Sierra

Forces Très Spéciales : L'Héritage

Un Sanctuaire pour Caite

Un Sanctuaire pour Brenae

Un Sanctuaire pour Sidney

Un Sanctuaire pour Piper

Un Sanctuaire pour Zoey

Un Sanctuaire pour Avery

Un Sanctuaire pour Kalee

Un Sanctuaire pour Jane

Mercenaires Rebelles

Un Défenseur pour Allye

Un Défenseur pour Chloé

Un Défenseur pour Morgan

Un Défenseur pour Harlow

Un Défenseur pour Everly

Un Défenseur pour Zara

Un Défenseur pour Raven

Ace Sécurité

Au Secours de Grace

Au Secours d'Alexis

Au Secours de Bailey

Au Secours de Felicity

Au Secours de Sarah

Forces Très Spéciales Series

Un Protecteur Pour Caroline

Un Protecteur Pour Alabama

Un Protecteur Pour Fiona

Un Mari Pour Caroline

Un Protecteur Pour Summer

Un Protecteur Pour Cheyenne

Un Protecteur Pour Jessyka

Un Protecteur Pour Julie

Un Protecteur Pour Melody

Un Protecteur pour l'avenir

Un Protecteur Pour Les Enfants de Alabama

Un Protecteur Pour Kiera

Un Protecteur Pour Dakota

Delta Force Heroes Series

Un héros pour Rayne

Un héros pour Emily

Un héros pour Harley

Un mari pour Emily

Un héros pour Kassie

Un héros pour Bryn

Un héros pour Casey

Un héros pour Wendy

Un héros pour Mary

Un héros pour Macie

Un héros pour Sadie

Un héros pour Annie

Autre

Un moment suspendu : Recueil de nouvelles

AUDIO

Un paradis pour Élodie

À PROPOS DE L'AUTEUR

Susan Stoker est une auteure de best-sellers aux classements du New York Times, de USA Today et du Wall Street Journal. Elle a notamment écrit les séries Badge of Honor: Texas Heroes, SEAL of Protection et Delta Force Heroes. Mariée à un sous-officier de l'armée américaine à la retraite, Susan a vécu dans tous les États-Unis, du Missouri jusqu'en Californie en passant par le Colorado, et elle habite actuellement sous le vaste ciel du Tennessee. Fervente adepte des fins heureuses, Susan aime écrire des romans où les sentiments laissent place au grand amour.

http://www.StokerAces.com

 facebook.com/authorsusanstoker

 x.com/Susan_Stoker

 instagram.com/authorsusanstoker

 goodreads.com/SusanStoker